btb

DAISY JOHNSON

UNTERTAUCHEN

Roman

Aus dem Englischen
von Birgit Maria Pfaffinger

btb

Für meine Großmütter,
Christine und Cedar

EINS

Mitten im Nichts

DER ORT UNSERER GEBURT lässt uns nicht los. Er tarnt sich als Migräne, Bauchweh, Schlaflosigkeit. Er sorgt dafür, dass wir manchmal aus dem Schlaf schrecken, nach der Bettlampe tasten, in dem festen Glauben, dass alles, was wir erschaffen haben, über Nacht verloren gegangen ist. Wir werden zu Fremden für den Ort, an dem wir geboren sind. Er würde uns nicht wiedererkennen, aber wir ihn immer. Er steckt uns in den Knochen, ist tief in uns verankert. Und würde unser Innerstes nach außen gekehrt, wären Karten in unsere Haut geritzt. Damit wir den Weg zurück finden. Nur dass bei mir keine Kanäle, keine Gleise und kein Boot eingeritzt sind, sondern von jeher nur: du.

DAS COTTAGE

Selbst jetzt weiß ich kaum, wo ich anfangen soll. Für dich ist Erinnerung nichts Lineares, sondern eine Abfolge wirbelnder Kreise, die näher kommen und sich entfernen. Manchmal bin ich kurz davor, die Beherrschung zu verlieren. Wärst du noch dieselbe Frau wie vor sechzehn Jahren, dann brächte ich es wahrscheinlich fertig, die Wahrheit aus dir herauszuprügeln. Jetzt geht das nicht mehr. Du bist zu alt. Die Erinnerungen blitzen auf wie zerbrochene Weingläser im Dunklen und verschwinden wieder.

Du baust immer weiter ab. Du vergisst, wo du deine Schuhe gelassen hast, obwohl du sie an den Füßen trägst. Fünf-, sechsmal am Tag schaust du mich an und fragst, wer ich bin, oder du willst, dass ich verschwinde. Du möchtest wissen, wie du hierhergekommen bist, zu mir nach Hause. Ich erzähle es dir immer wieder. Du vergisst, wie du heißt oder wo die Toilette ist. Also fange ich an, deine saubere Unterwäsche in der Schublade mit dem Besteck aufzubewahren. Mache ich den Kühlschrank auf, entdecke ich meinen Laptop, das Telefon, die Fernbedienung. Mitten in der Nacht rufst du nach mir, und wenn ich angerannt komme, fragst du, was ich hier verloren hätte. Du bist nicht Gretel, sagst du. Meine Tochter Gretel war wild und wunderschön. Du bist nicht sie.

An manchen Tagen weißt du morgens ganz genau, wer wir beide sind. Du kramst so viele Küchengeräte hervor, wie auf der Arbeitsplatte Platz finden, und bereitest ein Festtagsfrühstück zu, mit vier Knoblauchzehen in jedem Gericht und so viel Käse wie möglich. Du kommandierst mich in meiner eigenen Küche herum, sagst, ich soll abwaschen oder, Herrgott noch mal, die Fenster putzen. An diesen Tagen kommt der Verfall langsam. Du vergisst die Pfanne auf dem Herd oder lässt die Pfannkuchen anbrennen, das Spülbecken läuft über, ein Wort verfängt sich in deinem Mund, du zerhackst es in Einzelteile und versuchst vergeblich, es auszuspucken. Ich lasse dir ein Bad einlaufen, und wir gehen Hand in Hand nach oben. Das sind kleine Momente des Friedens, nahezu unerträglich.

Hätte ich dich wirklich gerne, dann würde ich dich zu deinem eigenen Besten in ein Heim bringen. Geblümte Vorhänge, täglich geregelte Essenszeiten, mehr von deiner Sorte. Alte Menschen sind eine Spezies für sich. Würde ich dich wirklich noch lieben, dann hätte ich dich gelassen, wo du warst, anstatt dich hierher zu verfrachten, wo die Tage so ereignislos sind, dass jedes Wort, das man über sie verliert, eigentlich eins zu viel ist, und wo wir unaufhörlich zutage fördern, freischaufeln, was besser begraben bliebe.

Gelegentlich schleichen sich bei uns die alten Wörter wieder ein, und sie machen alles ungeschehen. Es ist, als hätte sich nichts verändert, als wäre Zeit ohne Bedeutung. Wir sind wieder da, wo wir waren, ich bin dreizehn Jahre alt, und du bist meine furchtbare, wunderbare, entsetzliche Mutter. Wir leben in einem Hausboot auf dem Fluss und benutzen Wörter, die außer uns niemand kennt. Wir haben eine eigene Sprache. Du sagst, du kannst das Wasser dahinpimpern hören, ich erwidere, dass hier zwar kein Fluss in der Nähe ist, ich es aber manchmal auch höre. Du sagst, ich soll dich allein lassen, du brauchst etwas Uffzeit. Ich nenne dich eine Harpiedudel, und du wirst wütend oder lachst so sehr, dass dir die Tränen kommen.

Eines Nachts wache ich auf, und du schreist und schreist. Ich schlittere durch den Flur, stoße deine Zimmertür auf, schalte das Licht ein. Du sitzt mit offenem Mund auf dem schmalen Gästebett, die Decke bis ans Kinn gezogen, und weinst.

Was ist los? Was hast du?

Du schaust mich an. Der Bonak ist hier, sagst du, und einen Moment lang – weil es mitten in der Nacht ist und ich gerade erst aufgewacht bin – spüre ich, wie Panik in mir aufsteigt. Mir wird ganz schlecht vor Angst. Ich schüttele sie ab. Mache den Kleiderschrank auf und zeige dir, dass er leer ist; helfe dir aus dem Bett, damit wir gemeinsam in die Hocke gehen und darunter nachsehen können. Dann stehen wir am Fenster und blicken ins Schwarze hinaus.

Hier ist nichts. Schlaf jetzt.

Er ist hier, sagst du. Der Bonak ist hier.

Die meiste Zeit sitzt du mit versteinerter Miene im Sessel und siehst mich an. Du hast einen schlimmen Ausschlag an den Händen, der früher nicht da war, und kratzt dich mit gebleckten Zähnen. Ich versuche, es dir gemütlich zu machen, aber du – und das fällt mir jetzt wieder ein – magst nicht, dass man dir hilft. Du willst den Tee nicht, den ich dir bringe, weigerst dich zu essen, trinkst kaum. Wenn ich mit Kissen komme, scheuchst du mich weg. Hör auf, du gehst mir auf die Nerven, lass mich in Ruhe. Und das tue ich dann auch. Ich setze mich an den kleinen Holztisch gegenüber von deinem Sessel und höre dir zu. Du besitzt eine aggressive Ausdauer, die uns fast ohne Unterbrechung durch ganze Nächte trägt. Manchmal sagst du, ich gehe aufs Klo, erhebst dich aus deinem Sessel wie eine Trauernde von einem Grab und streichst dir unsichtbaren Staub von der Hose, die ich dir geliehen habe. Ich gehe jetzt, sagst du, und schreitest würdevoll zur Treppe, dann drehst du dich um und funkelst mich an, wie um mir zu sagen, dass ich nicht ohne dich weitermachen soll, dass es nicht meine Geschichte ist und dass ich warten muss, bis du wieder da bist. Auf halbem Weg nach oben erklärst du mir, dass man zu seinen Fehlern stehen, mit ihnen leben muss. Ich schlage eins der Notizbücher auf, die ich gekauft habe, und schreibe alles nieder, woran ich mich erinnere. Auf dem Papier sind deine Worte beinahe friedlich, irgendwie entschärft.

Ich habe über die Spur unserer Erinnerungen nachgedacht, darüber, ob sie gleich bleibt oder sich verändert, wenn wir sie im Lauf der Zeit überschreiben. Ob Erinnerungen robust sind wie Häuser und Klippen oder ob sie schnell verfallen, ersetzt und überlagert werden. Alles, woran wir uns erinnern, ist überliefert, überarbeitet, es ist nie so, wie es sich in Wirklichkeit zugetragen hat. Das belastet und beunruhigt mich. Ich werde nie wissen, was wirklich passiert ist.

Wenn es dir gut genug geht, nehme ich dich mit hinaus auf die Felder. Früher gab es hier Schafe, jetzt wächst da nur noch Gras, das so dünn ist, dass der Kalkboden durchscheint, klumpige Hügel, die sich aus den Vertiefungen erheben, ein schmaler Bach, der aus dem Dreck herausquillt und sich den Hang hinabschlängelt. Alle paar Tage erkläre ich Spazierengehen zum Allheilmittel, und wir marschieren auf den Hügel, bleiben oben schwitzend und schnaufend stehen und gehen dann schräg hinunter zum Bach. Erst dann hörst du auf, dich zu beschweren. Du hockst dich neben das Wasser und streckst die Hände in die kalte Strömung, bis du den steinigen Grund berührst. Menschen, die am Wasser aufwachsen, erklärst du mir eines Tages, sind anders als andere Menschen.

Wie meinst du das?, frage ich. Doch du antwortest nicht oder hast längst vergessen, dass du überhaupt etwas gesagt hast. Dennoch begleitet mich der Gedanke durch die stille Nacht. Dass unsere Umgebung uns definiert, dass Hügel und Flüsse und Bäume unser Leben bestimmen.

Deine Laune schlägt um. Du spielst die Beleidigte, und als es dunkel wird, rumpelst du auf der Suche nach etwas Stärkerem als Wasser durchs Haus. Wo ist sie?, schreist du. Wo ist die Flasche? Ich sage dir nicht, dass ich alle Schränke geleert habe, als ich dich am Fluss fand und hierherbrachte, und du nun ohne Alkohol auskommen musst. Du lässt dich in den Sessel fallen und starrst finster vor dich hin. Ich mache dir einen Toast, den du vom Teller fegst. In einer Schublade finde ich ein Kartenspiel, und du schaust mich an, als sei ich verrückt.

Ich weiß es doch auch nicht, sage ich. Was willst du?

Du stehst auf und deutest auf den Sessel. Ich kann erkennen, dass deine Arme vor Erschöpfung oder Wut zittern. Es kann ja wohl verdammt noch mal nicht sein, dass immer nur ich dran bin, sagst du. Ich habe dir genug erzählt. Genug von dem Zeug. Den ganzen Mist über mich. Du bohrst deine abgespreizten Finger in den Sessel. Jetzt bist du an der Reihe.

Na gut. Was willst du wissen? Ich setze mich. Der Sessel ist immer noch warm von dir. Du drückst dich an der Wand herum und nestelst an den Ärmeln der Wachsjacke, die du neuerdings immer im Haus trägst.

Erzähl mir, wie du mich gefunden hast.

Ich lege den Kopf zurück und presse meine Hände so fest gegeneinander, dass ich das Blut in meinen Adern pulsieren spüre. Es ist beinahe eine Erleichterung, dass du fragst.

Das hier ist deine Geschichte – mit ein paar Lügen, ein paar Ausschmückungen –, und die Geschichte des Mannes, der nicht mein Vater war. Und es ist die Geschichte von Marcus, der eigentlich Margot war – auch das Berichte aus zweiter Hand, Vermutungen. Und letztendlich ist diese Geschichte auch – und das ist das Allerschlimmste – meine Geschichte.

Zumindest auf den Anfang erhebe ich Anspruch, also darauf, wie ich dich vor einem Monat gefunden habe.

DIE JAGD

Es war sechzehn Jahre her, dass ich dich das letzte Mal gesehen hatte, damals, beim Einsteigen in diesen Bus. Zu Beginn des Sommers füllten sich die Mulden in dem Weg, der zum Cottage hinaufführte, mit Froschlaich, doch mittlerweile war der August schon halb vorbei, und in den Löchern wuchs nicht mehr viel heran. In einem anderen Leben war dieser Ort ein Hausboot.

Im August waren die Wände immer feucht, und die plötzlichen Böen, die von den Hügeln fegten, brachten Vogelnester, Eierschalenscherben und Eulengewölle im Kamin zum Vorschein. Der Boden der winzigen Küche war so schief, dass ein Ball glatt von einer Seite zur anderen rollen würde. Keine Tür schloss richtig. Ich war zweiunddreißig und wohnte seit sieben Jahren dort. In Australien sagten die Leute, sie lebten mitten im Nichts. In Amerika war man dann ab vom Schuss oder wohnte in der Einöde. Die Botschaft dahinter war immer dieselbe: Ihr sollt mich nicht finden. Mir war klar, dass ich diesen Zug von dir geerbt habe. Mir war klar, dass du dich so tief einbuddeln wolltest, damit nicht einmal ich dich ans Tageslicht befördern könnte. Der Apfel fällt nicht weit vom Stamm. Mit dem Bus brauchte ich eineinhalb Stunden nach Oxford, wo ich arbeitete. Bis auf den Postboten wusste niemand, dass ich hier war. Ich schützte meine Einsamkeit. Ich räumte ihr Platz ein, so wie andere Leute das für Religion oder Politik tun, denen ich aber nun mal nichts zu verdanken hatte.

Meinen Lebensunterhalt verdiente ich damit, Wörterbucheinträge zu überarbeiten. Die ganze Woche hatte ich an dem Verb *break* gearbeitet. Verteilt über den ganzen Tisch, und sogar auf dem Boden, lagen Karteikarten herum. *Brechen* war ein schwieriges Wort und wehrte sich gegen eine einfache Definition. Solche Wörter mochte ich am liebsten. Sie waren wie Ohrwürmer, Lieder, die einem nicht mehr aus dem Kopf gingen. Oft ertappte ich mich dabei, dass ich sie in Sätze einbaute, in denen sie nichts zu suchen hatten. *Einen Code knacken. Einen neuen Rekord aufstellen. Jemandem das Wort abschneiden.* Ich arbeitete mich durch das Alphabet vor, und wenn ich am Ende angekommen war, hatte es sich verändert und sogar ein Stück weit verschoben. Mit den Erinnerungen an dich verhielt es sich genauso. Als ich noch jünger war, ging ich sie immer wieder durch, weil ich ihnen unbedingt winzige Details, bestimmte Farben oder Klänge entreißen wollte. Aber jedes Mal, wenn ich zu einer zurückkehrte, hatte sie sich schon wieder ein bisschen verändert, und mir wurde klar, dass ich nicht mehr zwischen dem unterscheiden konnte, was ich mir ausgedacht hatte, und dem, was wirklich vorgefallen war. Von da an hörte ich auf, mich zu erinnern und versuchte stattdessen zu vergessen. Das hatte ich schon immer besser gekonnt.

Alle paar Monate rief ich Kliniken, Leichenhäuser und Polizeistationen an und fragte, ob irgendwer dich gesehen hätte. Im Lauf der letzten sechzehn Jahre war zweimal die Möglichkeit aufgeflackert: eine Razzia bei einer Hausbootgemeinschaft, der eine Frau angehörte, auf die meine Beschreibung zutraf; ein paar Kinder, die behaupteten, sie hätten im Wald eine Leiche entdeckt, was sich allerdings als Lüge erwies. Ich sah dich nicht mehr in den Gesichtern fremder Frauen auf der Straße, doch die Anrufe bei den Leichenhäusern waren mir zur Gewohnheit geworden. Manchmal kam mir der Gedanke, ich machte nur weiter, weil ich sicherstellen wollte, dass du nicht zurückkommst.

An jenem Morgen war ich im Büro. Die Klimaanlage war so kalt eingestellt, dass alle Pullover, Schals und fingerlose Handschuhe trugen. Wir Lexikografen sind ein eigener Menschenschlag. Beherrscht, bedächtig, wählerisch in dem, was wir sagen. Als ich am Schreibtisch saß und Karteikarten mischte, fiel mir auf, dass ich seit beinahe fünf Monaten nicht nach dir gesucht hatte. Die längste Pause seit geraumer Zeit. Ich ging mit dem Handy auf die Toilette und rief die altbekannten Orte an. Ich hatte deine Beschreibung angepasst, um der vergangenen Zeit Rechnung zu tragen. Eine weiße Frau, Mitte sechzig, dunkles bis graues Haar, eins fünfundfünfzig groß, fünfundsiebzig Kilo, ein Muttermal auf der linken Schulter, eine Tätowierung am Knöchel.

Ich habe mich schon gefragt, sagte jemand im letzten Leichenhaus auf meiner Liste, ob dieser Anruf kommen würde.

Du hattest immer stark, ewig, unvergänglich gewirkt. Ich machte früher Feierabend. Weil an den Verkehrskreiseln Bauarbeiten durchgeführt wurden, brauchte der Bus länger als sonst durch die Stadt. Ich hatte dir nie besonders ähnlich gesehen, aber als ich mein Spiegelbild in der schmutzigen Fensterscheibe betrachtete, entdeckte ich dich aus bestimmten Blickwinkeln in meinem Gesicht. Ich umklammerte mit beiden Händen die Rückenlehne des Vordersitzes. Am Abend würde ich packen, mir ein Auto mieten und das Wasser abstellen. Am Morgen würde ich losfahren, um deine Leiche zu identifizieren.

Als ich zu Hause ankam, war es dunkel. Ich wollte das Licht in der Küche einschalten und ertappte mich dabei, dass ich – wie schon so lange nicht mehr – Angst vor deinem plötzlichen Auftauchen hatte. Ich drehte das Wasser auf und ließ es mir so lange über die Hände laufen, bis es dampfte. Du bist damals schon kleiner gewesen als ich, mit breiten Hüften und so kleinen Füßen, dass du manchmal im Scherz gesagt hast, man habe sie dir als Kind eingebunden. Du hast dir nie das Haar geschnitten, das lang, dunkel und oben kraus war. Ab und an hast du es von mir flechten lassen. *Gretel, Gretel, was für flinke Finger du hast.* Dann hast du gelacht. Daran hatte ich lange nicht gedacht. Wie es sich anfühlte, dein Haar zu berühren. *Kannst du mir einen Meerjungfrauenzopf machen? Nein, nicht so, versuch es noch mal. Einmal noch.*

Ich versuchte, zu Hause weiterzuarbeiten. *Break. Brechen. In Stücke teilen. Funktionsuntüchtig werden oder machen.* Am Morgen würde ich dich im Leichenhaus endlich wiedersehen. Das Wort *Dread* konnte sowohl Angst bedeuten als auch das plötzliche Aufflattern eines Vogelschwarms. Jetzt stieg die Vogelschar in meinem Hals auf und strömte durch meinen rissigen Rachen nach draußen. Ich brach meine eigene Regel. Eingeklemmt zwischen Kühlschrank und der Wand steckte eine Flasche Gin. Mit Mühe zog ich sie heraus. Goss mir einen Dreifachen ein. Erhob das Glas auf dich. In meinem Kopf hörte ich deine Stimme, die redete und redete. Die Worte konnte ich nicht ausmachen, nur dass sie aus deinem Mund stammten; die Sätze hatten deine Betonung, die Wörter waren schlicht und hart. Ich presste die Zähne gegen den Rand des Glases. Ich machte die Augen zu. Da war ein lautes Geräusch, und ich spürte einen Lufthauch im Gesicht. Als ich wieder hinsah, stehst du in der niedrigen Tür, die auf den Hof hinausführt. Du trägst das alte orangefarbene Kleid, das an der Hüfte so eng gerafft ist, dass deine Beine unten herausklaffen. Als du mir die Hände entgegenstreckst, sind sie voller Schlamm. Der Fluss ist mit deiner linken Schulter verbunden und dehnt sich hinter dir aus. Er ist wie damals, als wir dort gelebt haben: zähflüssig, beinahe undurchsichtig. Nur dass ich hier, auf den Küchenfliesen, die Schatten tauchender, schwimmender Geschöpfe gut erkennen konnte. Ich ließ das Wasser wieder laufen und hielt die Hände unter den heißen Strahl. Als ich mich umdrehte, hast du dich näher herangeschlichen, Unkraut umschlingt dein zu beiden Seiten schwer herabhängendes Haar, dein Geruch nach altem Zigarettenrauch erfüllt die Küche. Ich konnte fühlen, wie du mein Leben begutachtest. Selbst in meiner Fantasie warst du rechthaberisch, kritisch. Du schälst ein Ei, pellst die Haut von der glatten weißen Kugel. Du jagst mich mit dem Schlauch, bis der Boden so matschig ist, dass wir stürzen, schmutzverkrustet daliegen wie Knollen, die gerade erst das Licht der Welt erblicken. Du starrst mich aus dem dunklen Schlund der Küche an, während hinter dir der Fluss rauscht. *Was machst du?*, sagst du. *Hier bist du also gelandet? Pimperst einfach vor dich hin?*

Ich schlüpfte in meine Stiefel und einen Mantel, setzte mir eine Mütze auf und rannte so schnell hinaus, dass ich es gerade noch schaffte, die Tür hinter mir zuzuziehen. Eine Schorfschicht aus Lichtverschmutzung, dazu ein Mondsplitter. Ich ging so schnell, dass ich nach einer Weile keuchend anhalten musste. Als ich mich umdrehte, war da ein einzelnes Quadrat aus Licht, das aus dem Küchenfenster des Cottage kam. Ein gelbes Loch im Hügel. Ich wusste nicht mehr, ob tatsächlich ich es angelassen hatte.

Mir war schon immer klar gewesen, dass die Vergangenheit nicht einfach stirbt, bloß weil wir es uns wünschen. Die Vergangenheit schickt uns Zeichen: das Knarren und Knarzen in der Nacht, falsch geschriebene Wörter, der Jargon der Werbeanzeigen, die Körper, zu denen wir uns hingezogen fühlen oder auch nicht, die Geräusche, die uns an dieses und jenes erinnern. Die Vergangenheit ist kein Faden, den wir hinter uns herziehen, sondern ein Anker. Darum habe ich all die Jahre nach dir gesucht, Sarah. Nicht, weil ich Antworten oder Beileid wollte; nicht, um dich mit Schuld zu überhäufen oder zu Fall zu bringen. Sondern weil du – vor langer Zeit – meine Mutter warst und fortgegangen bist.

DIE JAGD

Der Mietwagen war rot, und das Krankenhaus schien hauptsächlich aus einem langen Korridor zu bestehen. Ich passierte die Eingänge zu Gynäkologie, Pulmologie, zur Privatstation. Es roch nach in der Mitarbeitermikrowelle aufgewärmter Suppe, verbranntem Toast, Bleichmittel. Die Pathologie befand sich drei Stockwerke tiefer. Ich drückte mich vor der Tür herum. Es gab ein Schwarzes Brett mit Anzeigen für Gassigeher, einen zu verschenkenden Hamster und ein neues Fahrrad für nur hundert Pfund. Die Klimaanlage war kaputt, und wann immer jemand aufstand, hinterließ er einen Schweißfleck auf dem Stuhl. Sanitäter kamen mit fahrbaren Krankenliegen, mit Stöpseln in den Ohren oder am Handy telefonierend vorbei. An Gesichter und Körper konnte ich mich kaum erinnern. Ich dachte an Wörter, die du oft verwendet hast: Fusel, Radiator, Glibber. Wie hast du gerochen? Ich schnupperte an meinem Handgelenk. Auf deine Zeit und deinen Freiraum hast du eifersüchtig und egoistisch geachtet. Selbst nach sechzehn Jahren ohne dich, selbst kurz bevor ich deine Leiche sehen würde, war ich immer noch bemüht, dir nicht auf die Zehen zu treten. Als ein Sanitäter ein Bett durch die Schwingtür schob, ging sie so weit auf, dass ich ein Dreieck des dahinterliegenden Zimmers erkennen konnte, den grellen Schein von Leuchtstoffröhren.

Im Lauf der Jahre hatte ich schon mehrmals mit dem Pathologieassistenten gesprochen. Pausen und Fragezeichen am Ende von Aussagen fragmentierten seine Sätze. Er war kahl, seine Glatze glänzte. Er sagte, mein Aussehen passe zum Klang meiner Stimme. Ich wusste nicht genau, was er damit meinte. Ich sah dir nicht besonders ähnlich. Du warst von einer kantigen Schönheit, die jeden einschüchterte, der deine Bekanntschaft machte. An der Wandtafel hingen ausgeschnittene Bilder von Kaktussen. Als er sah, dass ich sie betrachtete, zuckte er mit den Schultern.

Sie haben was, finden Sie nicht? Sie brauchen niemanden. Sie speichern Wasser in ihrem Inneren.

Ich war mir nicht sicher, wie ich in das Zimmer gekommen war. In die Wände waren Metalltüren eingelassen, und im Hintergrund spielte das Radio leise ein Lied, das ich nicht kannte. Er machte eine der Türen auf und zog eine Lade heraus. Du warst mit einem blauen Tuch bedeckt. Alle Luft war weg. Unter dem Stoff zeichneten sich Umrisse ab: eine Nase, ein Hüftknochen. Die Füße, die an einem Ende hervorragten, wirkten wie aus Wachs. An einer Zehe hing ein Etikett, an einer anderen eine Glocke.

Wofür ist die?, fragte ich.

Er strich sich über den kahlen Schädel. Seine Hände waren ausgesprochen gepflegt, aber in dem einen Winkel seines schmalen Mundes hing ein Essensrest. Eigentlich ist sie unnötig, sagte er, nichts weiter als eine Marotte. Aber bevor es Herzüberwachungsgeräte gab, hat man so sichergestellt, dass die Toten auch wirklich tot sind. Ich bewahre ein Stück Tradition.

So viel zum Thema Taphophobie, sagte ich, und er schaute mich an, wie die Leute mich manchmal anschauen, wenn ich wie ein Lexikon rede. Ich wollte ihm von all den schönen

Wörtern erzählen, die mir auf der Hinfahrt durch den Kopf gegangen waren und mit denen wir die Orte benennen, an denen wir unsere Toten aufbewahren: Beinhaus, Ossarium, Sepulcrum.

Soll ich rückwärts zählen? Drei, zwei, eins?, fragte er. Manche Leute wollen das.

Nein.

Er zog das blaue Tuch zurück, bis knapp unter die Schultern. Ich spürte einen Schmerz im Magen, am Haaransatz, einen plötzlichen Kälteschock. Das warst du. Und kurz darauf bemerkte ich meinen Irrtum. Ihr Haar hatte – das stimmte wohl – dieselbe Farbe wie deines, und die Falten um ihre Augen und ihren Mund erinnerten an dich, ebenso die Form ihrer Stirn. Aber sie besaß weder deine breite Nase – die schief war, seit du sie dir vor meiner Geburt gebrochen hattest –, noch hatte das Muttermal auf der Schulter dieselbe Farbe wie deines, dieses fast schon gefährlich nach Krebs aussehende, dunkle Lila.

Sind Sie sicher? Er klang enttäuscht. Wahrscheinlich gab es in der Pathologie genauso viele verloren gegangene Leichen wie früher im Kanal, wo sie in der Trockenzeit aufgedunsen an die Oberfläche stiegen. Er lüpfte das untere Ende des Tuchs, um mir die Tätowierung zu zeigen, doch sie war frisch und dort, wo die Nadel eingedrungen war, noch ein bisschen entzündet: ein seitlich verrutschter Stern, die Umrisse eines nicht zu erkennenden Landes. Ich war mir nie sicher gewesen, was dein Tattoo darstellen sollte, und du hast dich geweigert, es mir zu sagen. *Auch Mütter brauchen Geheimnisse.*

Ja, klar, sagte ich.

Auf dem Rückweg hielt ich an, um zu tanken, und setzte mich dann auf eine Picknickbank aus Holz, die neben den Zeitungen und der Grillkohle stand. Alles schien falsch justiert: das Metall der Autotüren, das sich flirrend gegen den heißen Luftstrom vom Motorway abhob. Ich hatte einen säuerlichen, ungewaschenen Geschmack im Mund. Ich fühlte mich, als hätte man mir die Haut von den Händen und Wangen geschabt. Ich war erschöpft, als wäre dieser Augenblick schon zehnmal in meinem Leben passiert, als könnte ich nirgendwo anders enden als dort: in der Hitze an einer Tankstelle, nachdem ich eine Leiche gesehen hatte, die nicht deine war. Es war ein Fehler, hinter dir herzutelefonieren. In den Köpfen der Leute gab es Kurbeln und Wählscheiben, die man besser in Ruhe ließ. Ich holte die Karte aus dem Handschuhfach. Einige Straßenschilder waren mir bekannt vorgekommen (geschriebene Wörter kann ich mir gut merken), und als ich nachsah, fand ich heraus, dass ich mich in der Nähe der Stallungen befand. Ich hatte geglaubt, ich sei Stunden davon entfernt, eine Tagesreise. Aber es war nicht weit, höchstens eine Stunde. Es verunsicherte mich, dass ich die ganze Zeit in der Nähe dieses Ortes gewesen war. Ich kaufte mir einen Schokoriegel und setzte mich ins Auto, um zu überlegen, was ich tun sollte. Die Schokolade schmolz, noch bevor ich die Verpackung aufmachen konnte. Nach Hause zu fahren erschien mir unmöglich – jetzt, da das blaue Tuch wieder über dieses Gesicht gezogen war.

In einer engen Kurve rammte ich fast etwas, das über die Straße gesaust kam, knapp über dem Boden, ein Farbstreifen. Ich stieg voll auf die Bremse, biss mir auf die Zunge, schrie. Überzeugt, dass ich etwas überfahren hatte. Was auch immer es war. Ich stieg aus. Es war heiß. Viel zu heiß für all das. Ich ging in die Hocke, um unter dem Auto nachzusehen. Als ich mich aufrichtete, kam eine Frau in einem lilafarbenen Regenmantel auf mich zugerannt.

Haben Sie meinen Hund überfahren? Ihre rechte Gesichtshälfte hing schlaff herunter – vielleicht von einem Schlaganfall –, und sie sprach undeutlich. Ich wollte weiter, aber sie hielt mich am Arm fest. Haben Sie meinen Hund überfahren?

Ich weiß es nicht, sagte ich.

Trotz der Hitze war der Reißverschluss ihres Regenmantels bis unters Kinn hochgezogen. Wir schauten gemeinsam unter dem Auto nach, ob der Hund dort war, und anschließend in den Büschen zu beiden Seiten der Straße. Sie rief ihn nicht beim Namen, sondern pfiff nur mickrig und erfolglos nach ihm.

Er darf nichts fressen, erklärte sie, er muss eine strenge Diät halten. Wir müssen ihn finden, bevor er etwas frisst. Immer reißt er aus. Sie redete mit mir, als wären wir alte Freundinnen. Schon als Welpe war er ein Ausreißer.

Ein Auto kam um die Kurve und krachte beinahe gegen meines, das mitten auf der Straße stand.

Ich sehe ihn nirgends. Kann ich Sie irgendwohin fahren?

Doch sie war schon weg, kämpfte sich durch die dichte Hecke und den dahinterliegenden Graben. Mir lagen die Wörter für das Sammeln der Toten im Mund. Ich erwartete immer noch, dich irgendwo zu finden. Verschrumpelt, kalt und mit in verschiedene Richtungen zeigenden Füßen.

Eine steile, mit Schlaglöchern übersäte Straße führte hinab zu den Stallungen, zu einem mit einem Doppelbalken versehenen Tor, über das zwei Mädchen in engen Hosen kletterten, und einem Parkplatz weiter hinten. Das hier war der letzte Ort, an dem ich mit dir gelebt hatte, das letzte Zimmer, das ich mit dir geteilt hatte. Weißt du noch, wie die Mädchen, die an den Wochenenden dort arbeiteten, ihre halb leeren Cola-Flaschen an der Wand aufgereiht und die Köpfe zusammengesteckt haben? Wie wir ein paar der Mädchen nie auseinanderhalten konnten? Viele von ihnen hatten einen seltsam aufgebracht klingenden Essex-Akzent, den ich nicht richtig verstand, und zogen die Wörter mit zusätzlichen Os und Us in die Länge.

Erst schaute ich mich um, ohne mich bemerkbar zu machen. Auf dem Platz war gerade eine Reitstunde im Gange. Vier Kinder auf fetten Ponys. Die Lehrerin, die zu unserer Zeit hier unterrichtet hatte, war groß gewachsen gewesen und hatte geglättetes braunes Haar und lackierte Nägel gehabt. Eine Stimme wie ein Nebelhorn, aber zerbrechlich, oft mit Gipsverband in einer Schlinge um den Hals. Sie war nicht mehr da.

Ich schlich am Reitplatz vorbei. Ein paar der Stufen, die in unser ehemaliges Zimmer führten, waren kaputt. Ich erinnerte mich an diesen schmalen Gang zwischen Reitplatz und Stallgebäude, denn ich hatte oft auf der Treppe gesessen und auf deine Rückkehr gewartet, bei der du dann über den unebenen Boden gestolpert bist und fluchend an der Wand Halt gesucht hast. Mal ehrlich, ich muss doch gewusst haben, dass du fortgehen würdest, muss doch immer damit gerechnet haben, dass du nicht nach Hause kommst. *Du bist wegen mir aufgeblieben? Wie lieb,* hast du gesagt, doch dein Gesichtsausdruck verriet etwas anderes und überdeckte die Worte wie ein Baugerüst.

Ich ging zurück zum Parkplatz. Die Stunde war zu Ende, und die Lehrerin kam und fragte, ob ich ein Kind hätte oder selbst Unterricht nehmen wolle. Vierzehn Pfund die Stunde.

Für mich mehr. Ich erklärte ihr, dass ich als Teenager hier gewohnt hätte, doch sie sah mich nur ausdruckslos an und suchte hinter meinem Rücken nach einer Fluchtmöglichkeit.

Wir hatten das Zimmer da oben gemietet.

Sie zuckte mit den Schultern. Das machen die nicht mehr.

Außerdem möchte ich meiner Nichte Reitstunden schenken, sagte ich. Kann ich mich noch ein bisschen auf dem Hof umsehen?

Ich ging nach hinten und hoch zu den Weiden. Ein Stück weiter oben machte sich eine Frau in gebückter Haltung am Boden zu schaffen. Ich schlüpfte unter dem Elektrozaun durch und näherte mich ihr. Sie hob scharfkantige Steine auf und warf sie aus der Wiese hinaus.

Suchen Sie was? Sie wischte sich die Hand an der Hose ab. Um den Hals trug sie ein kleines Silberkreuz, das bei jeder Bewegung nach vorne baumelte. Sie war älter als die Reitlehrerin, und ihr orangefarbenes Haar war am Ansatz herausgewachsen. Ich zeigte ihr ein Foto von dir.

Ich suche diese Frau, sie hat ein paar Jahre lang hier gewohnt. In dem Zimmer oberhalb der Reitanlage.

Sie wischte sich zum zweiten Mal die Hände ab. Nahm das Bild. Warf einen Blick darauf. Kann sein. Sie gab es mir zurück, schürzte die Lippen. Ich bin mir nicht sicher.

Können Sie es sich noch mal ansehen?

Oberhalb der Reitanlage?

In dem Zimmer, zur Miete. Sie hat die Ställe ausgemistet. Sie hatte ein Mädchen dabei. Ihre Tochter. Dürfte um die dreizehn gewesen sein, als sie hier ankamen. Ging nicht zur Schule. Lungerte meistens hier herum.

Doch.

Was?

Ja. Sie blickte zu den hässlichen Gebäuden hinunter, der

rechteckigen Reithalle und den klobigen Stallungen. Ich erinnere mich an sie. An beide. Warum fragen Sie?

Ich bin ihre Nichte. Sie hatte schon lange keinen Kontakt mehr zu ihrer Familie. Sie hat Geld geerbt. Ich muss sie finden.

Die Frau hob kurz ihr kantiges, schmutziges Kinn Richtung Küchencontainer, und wir gingen den Hügel hinunter. Sie lehnte sich gegen die Theke und wartete, dass das Wasser kochte. Ich lauschte ihren Erinnerungen an dich und das Mädchen, von dem sie nicht wusste, dass ich es war. In der Spüle standen mit grünem Schimmel gefüllte Tassen. Auf dem Sofa las eine Jugendliche eine Zeitschrift und trank einen Energy Drink. Einiges von dem, was die Frau mir erzählte, wusste ich nicht mehr, obwohl ich gedacht hatte, mich an alles aus dieser Zeit erinnern zu können. Die laute Musik aus dem Zimmer oberhalb der Reitanlage, dass du manchmal Reitstunden gegeben oder den Pferdetransporter zu Wettbewerben gefahren hast. Ich war verunsichert. Sogar die Geschichte, von der ich glaubte, ich hätte sie behalten, war falsch. Ich schlug mit der Faust auf die Theke.

Als das Wasser kochte, goss sie uns einen Instantkaffee auf. Wir haben keinen Zucker, aber es sind noch Pop-Tarts da.

Danke. Haben Sie sie später noch mal gesehen?, fragte ich und drückte beim Trinken den Rand der Tasse gegen meine Zähne. Nachdem sie weggegangen ist? Ist sie noch mal wiedergekommen? Mein Puls hämmerte in den Schläfen.

Ich weiß es nicht.

Vielleicht?

Der Blick, mit dem sie mich ansah, verriet mir, dass meine Stimme zu laut war. Das Mädchen auf dem Sofa ließ das Magazin sinken und starrte mich an.

Leute kommen und gehen. Zeigen Sie mir das Foto noch mal. Sie hielt es zwischen Daumen und Zeigefinger, vorsichtig, um die Ränder nicht abzuknicken. Melanie?, sagte sie zu dem Mädchen. Musst du nicht ausmisten?

Ich bin schon fertig, erwiderte Melanie.

Erzähl keine Märchen.

Sie wartete, bis das Mädchen weg war, dann gab sie mir das Foto zurück. Vor ein paar Jahren war da eine Frau. Aber ich bin mir nicht sicher. Sie schüttelte den Kopf.

Reden Sie weiter, forderte ich sie auf.

Ich weiß nicht. Sie könnte es gewesen sein. Sie trieb sich ein paar Stunden auf dem Hof herum, ohne dass jemand von ihr Notiz nahm. Ich sah sie während meiner Mittagspause. Sie war auf die Weide hinausspaziert, auf der wir gerade noch zu tun hatten. Als ich sie ansprach, war sie nicht ganz richtig.

Wie meinen Sie das?

Sie neigte den Kopf, als wollte sie lieber nichts dazu sagen. Na ja, meiner Meinung nach hatte sie nicht alle beieinander. Sie ließ Wörter weg und schien nicht zu wissen, wo sie war oder was sie hier wollte. Hier in der Nähe gibt es ein Altersheim, und ich dachte, sie stamme vielleicht von dort, also rief ich die Polizei. Aber bis die hier ankam, war es schon dunkel, und die Frau war weg. Und als ich im Heim anrief, wurde niemand vermisst. Vielleicht war sie es auch gar nicht. Leute verschwinden. Sie sah mich an. Leute kommen und gehen. Vielleicht war es gar nicht die Frau, die Sie suchen.

Als ich wieder auf der Straße war und fort von den Stallungen fuhr, sah ich den Hund. Auf dem Seitenstreifen. Nicht sehr süß, eher ein ziemlicher Köter, mit seltsamen Proportionen und kahlen Stellen. Fast hätte ich nicht angehalten, und als ich es doch tat, hatten wir eine Meinungsverschiedenheit. Der Hund wahrte Abstand zu mir, lief hektisch hin und her und zeigte mir sein weißes Zahnfleisch. Als ich ihn endlich ins Auto verfrachtet hatte, wirkte er plötzlich ganz zufrieden. Ich beobachtete ihn im Rückspiegel, er hockte aufrecht auf dem mittleren Sitz und erwiderte meinen Blick. *Ich mag keine Tiere,* sagst du in meinem Kopf. So laut, als säßest du auf dem Beifahrersitz. *Bring das Vieh dahin zurück, wo du es gefunden hast.*

Ich mag Hunde auch nicht besonders, erklärte ich ihm, und er schloss die Augen, als hätte er schon jetzt genug von dem Gespräch.

Ich fuhr die Straße auf und ab und suchte nach seiner Besitzerin, fand jedoch keine Spur von ihr, und in keinem der Häuser kam jemand an die Tür. Eigentlich sollte ich auf dem Rückweg sein. Eigentlich sollte ich schon zu Hause sein und am nächsten Tag im Büro auftauchen.

Ich fuhr weiter, bis ich auf eine Fernstraße kam. Der Hund stieß ein kehliges Geräusch aus, das klang, als hätte er etwas gesagt, dass ich fast eine Vollbremsung hinlegte. Er lief unruhig auf der Rückbank hin und her, hob das Bein und senkte es wieder. Ich nahm die nächste Ausfahrt. Lichter von Little Chef, Burger King, Subway. Der Hund pinkelte auf den Parkplatz der Travelodge. Ich war so hungrig, dass ich mir Pommes kaufte und sie ans Auto gelehnt aß. Eine Geschichte fiel mir ein, über ein Mädchen, das in seinem Happy Meal eine Eidechse gefunden hatte. Frittiert. Die Art von Geschichte, die ich früher dir erzählt hätte, um dich zum Lachen zu bringen. Ich beobachtete ein Pärchen, das sich vor dem Eingang der Travelodge stritt, mit verzerrten Mündern und ausladenden Gesten. Dann folgte ich ihnen nach drinnen und fragte nach dem Preis für ein Zimmer. Fünfundzwanzig Pfund, kein Frühstück, aber ein Automat am Ende des Flurs. Ich fand mich in dem Zimmer wieder, bevor ich überlegen konnte, was ich da eigentlich tat. Benzingeruch durchs Fenster. Das schwarz-gelbe Dreiecksmuster des Teppichs. Fremde Haare im Ausguss des Waschbeckens.

Ein Wesen paddelte durch die sommerheiße Luft, kroch über die Flure, grub sich seinen Weg unter der Tür hindurch in mein Zimmer und unter die Bettdecke, legte den Kopf auf mein Kissen. Ich kniff die Augen fest zusammen. Da war der Geruch seiner langsamen, beinahe rinderartigen Verdauung. Die Matratze war durchgeweicht, gleich würde sie sich auflösen. Ich öffnete die Augen wieder, füllte die schmale Badewanne bis knapp unter den Rand, sperrte den Hund aus, stieg hinein. Ich musste wohl weggedöst sein, denn als ich aufwachte, befand ich mich unter Wasser. Über mir waren verschwommene Magnolienfliesen, und der abstoßende Duschkopf aus Metall reckte mir den Hals entgegen. Ich wollte mich aufsetzen, doch ein Gewicht drückte gegen meine Brust. Ich beobachtete die Luft, die aus meiner Nase und meinem Mund nach oben stieg, presste die Hände gegen den rauen Wannenboden, spürte, wie dieses Gewicht mich weiterhin unten hielt. Im kargen Weiß der Sauerstofflosigkeit hatte ich gewusst, was es war. Es war das, von dem ich mir vorgenommen hatte, dass ich nie wieder daran denken würde. Es war das, was in jenem letzten Monat auf dem Fluss gewesen war. Das Wort in meinem Mund fühlte sich falsch an. Ich sah weiße Sterne, spürte eine grässliche Kälte im Hals.

Dann war das Gewicht weg. Ich kam keuchend hoch, das Wasser krachte auf den Boden und strömte unter der geschlossenen Tür durch nach draußen. Ich sog so viel Luft ein, dass es brannte, kletterte aus der Wanne und knallte auf die Knie. Der Hund jaulte. Ich legte eine Wange auf die kalten Fliesen und blieb lange dort liegen.

DAS COTTAGE

Worauf ich – natürlich – immer wieder zurückkomme, ist, wie du mich verlassen hast. Das liegt daran, sagst du von deinem Sessel aus, dass ich selbstsüchtig bin und zu sehr klammere. Du erklärst mir, dass ich schon immer so war. Du erklärst mir, dass ich auf dem Fluss wie eine Napfschnecke an dir gehangen und geheult habe, bis die Bäume umfielen. Du neigst zu Übertreibungen. Das Erzählen deiner Geschichte hat eher etwas mit Schürfen nach Einzelheiten als mit schlichtem Protokollieren zu tun. Manchmal hörst du ruhig zu. Manchmal unterbrichst du mich, und unsere beiden Erzählstränge finden zueinander und überlappen sich.

Ich weiß nicht mehr viel von dem, was auf dem Fluss passiert ist. Vergessen ist eine Art Schutz, glaube ich. Ich weiß, dass wir den Ort verließen, an dem wir seit meiner Geburt vertäut lagen, und dass Marcus nicht bei uns war. Ich weiß, dass wir mit dem Boot flussabwärts davonfuhren, in einer Stadt anlegten, in der die Glocken die Stunde schlugen. Dort vielleicht eine Woche blieben, nicht länger. Eines Tages bin ich aufgewacht, und du hattest bereits einen Rucksack und ein paar Plastiktaschen gepackt. Ich glaube, du hast dir nicht mal die Mühe gemacht, das Boot abzuschließen. Da habe ich begriffen, dass wir nicht zurückkommen würden. Ich war damals dreizehn und alles, was ich je gekannt hatte, befand sich auf diesem Boot. Alles außer dir.

Wir setzen uns auf die erstbeste Bank, an der wir vorbeikommen, und du flichst mein Haar zu einem engen, schmerzenden Zopf, und dann mache ich dir auch einen. Als würden wir in den Krieg ziehen. Ich spüre wieder das Sirren unter deiner Haut, die Elektrizität von Strommasten oder Kraftwerken, die durch dich hindurchjagt. Du bist klein – auch wenn du mir jetzt, mit über sechzig, noch kleiner vorkommst –, trotzdem darf ich auf deinen Rücken klettern und mich dort festklammern, während wir durch die Gegend ziehen.

Für ein paar Monate lassen wir uns durch Jugendherbergen und Frühstückspensionen treiben, über Sofas, die manche Leute günstig vermieten. Wir bleiben nie lang. Das können wir uns nicht leisten. Gegen Ende fahren wir Bus, dösen an schmutzige Scheiben gelehnt und wachen auf, wenn der Fahrer uns auffordert auszusteigen.

In den Stallungen verbringen wir etwa drei Jahre. Die Verzweiflung hat dich wohl mutiger werden lassen. Wir stiegen aus einem Bus, und du fingst an, an Türen zu klopfen. Jemand erzählte uns, dass die Frau, die den Hof führte, gelegentlich das Zimmer oberhalb der Reitanlage vermieten würde, und wir gingen hin, um uns danach zu erkundigen. Ich weiß noch, wie sie dich mustern. Wir haben einen Monat lang kaum geschlafen und gegessen und sehen heruntergekommen aus. Du zündest dir eine Zigarette an der anderen an. Du trinkst, trägst stets eine Flasche bei dir und wischst dir manchmal so fest den Mund ab, dass deine Lippen bluten. Wir dürfen bleiben, und als Gegenleistung misten wir die Ställe aus. Zum Duschen schleichen wir uns in ein Fitnessstudio ganz in der Nähe. Du schiebst gelegentlich eine Schicht bei *Greggs* und bringst anschließend altes Gebäck mit nach Hause. Die Pferde kappen das trockene Gras mit ihren dicken gelben Zähnen. Du trinkst und trinkst, und am Morgen stolperst du herum und suchst ein Haarband, das sich bereits in deinen Haaren befindet, du versuchst fingerschnipsend, dich an die Namen der Pferde, der Kinder, der Wochentage zu erinnern. Manchmal verstecke ich deinen Flachmann und wir streiten uns. Wie kannst du es wagen, sagst du dann, wie kannst du es wagen. Ich trinke alles aus, egal was, um dich davon abzuhalten. Aber du füllst einfach nach, kippst die Flüssigkeit in einem langen, plätschernden Strom hinein. Dein Haar wird über Nacht grau. Sie fragen, wie lange wir bleiben wollen, doch du sagst, das wüsstest du nicht. Damals warst du mir nicht peinlich. Ich glaube, ich stand gewissermaßen unter einem Zauber. Du hattest das Auftreten einer Predigerin oder Anführerin einer Sekte. Du besaßt eine mächtige Strahlkraft, durch die die Menschen in deinen Bann gerieten, und beim Reden unterstrichst du jedes Wort mit deinen kleinen Händen.

An unserem letzten gemeinsamen Abend damals verkündest du, wir würden ausgehen. Ich war noch nie in einem Restaurant gewesen. Du bestellst Wein, schenkst mir einen kleinen Schluck ein und dir einen größeren. Du hast verquollene Augen und Falten im Gesicht, am Hals und an den Händen. Ich weiß nicht, woher das Kleid stammt, das du trägst.

Als du Alles Gute zum Geburtstag sagst, schaue ich dich an, um mich zu vergewissern, dass es als Witz gemeint ist, und du erwiderst meinen Blick über den Rand deines Glases.

Heute ist nicht mein Geburtstag.

Du ziehst die Schultern hoch, kein gleichgültiges Achselzucken, sondern irgendwie mürrischer. Ist doch egal. Irgendwer hat immer Geburtstag. Ich muss was mit dir besprechen.

Ich bin gerade mal sechzehn. Wir haben oft gestritten, manchmal schlage ich dich, manchmal schlägst du mich. Wir sind Hammer und Amboss. Vielleicht bist du darum fortgegangen. Ich glaube, du warst nie der Meinung, dass Familienbande ausreichen, um Menschen zusammenzuhalten. Ich habe nicht gewusst, was mich erwartet, dabei hätte ich es vielleicht wissen müssen. Du hast schon seit Wochen immer wieder Anspielungen gemacht und lachend von Männern und ihrem Gerät gesprochen.

Du musst aufpassen, sagst du. Du willst keine Fehler machen, die du später bereust. Verstehst du?

Ich habe genickt, obwohl ich nicht glaube, dass ich es verstanden hatte. Damals wusste ich nichts über Sex, abgesehen von den dünnen Männern, die du manchmal mit nach Hause brachtest, den Geräuschen, die sie von sich gaben, deinem Schweigen.

Du hast ein Kondom in der Tasche und ziehst es hervor, um es mir zu zeigen. Reißt die Verpackung mit den Zähnen auf. Siehst dich nach einem Hilfsmittel um, da liegt aber nur das Messer vom Abendessen. Das Messer ist ungeeignet. Ich merke, dass ein paar Kellner uns von der Kasse aus beobachten. Eine Frau an einem der Nebentische starrt uns unverhohlen an, ihre Gabel bleibt auf halbem Weg zum Mund in der Luft hängen. Du scheinst ihre Blicke gar nicht zu bemerken. Das Messer durchbohrt den Gummi.

Das Prinzip müsste dir jetzt klar sein, sagst du, als du fertig bist. Du suchst nach einem Ort, um das Kondom zu entsorgen, und schiebst es unter deinen Teller.

Nachdem wir das Restaurant verlassen haben, nimmst du mich mit in eine Bar mit einer viereckigen Tanzfläche und Spiegeln an den Wänden, einer Toilette, die man nicht abschließen kann. Du erklärst dem Mann hinter der Bar, dass ich noch nie einen Cocktail getrunken habe, und bestellst uns eine Batterie. Ich trinke nichts, weil ich Angst habe, dass wir nicht mehr zurückfinden würden. Ich stehe an einem der hohen, wackeligen Tische. Die Platte ist klebrig. Du tanzt, rufst mir zu, ich sei prüde, schiebst die Hüften vor und zurück, wirfst die Hände in die Luft und spreizt die Finger, als würde von oben etwas auf dich herabrieseln. Als du zurückkommst, bist du nass geschwitzt und glücklich.

Dieses Kleid ist so eng, sagst du, und ich helfe dir, es am Hals aufzumachen. Seufzend reibst du dir die Arme. Wir müssen über Marcus reden.

Ich schüttele den Kopf, schreie über deine Stimme hinweg, sage, ich will es nicht wissen. Was immer du mir zu sagen hast, ich will es nicht wissen.

Bist du dir sicher? Auf einmal wirkst du nüchtern, du legst deine rauen Hände um meine, tippst mit den Fingern gegen mein Gesicht. Heute frage ich mich, ob du geblieben wärst, wenn ich zugelassen hätte, dass du mir erzählst, was du mir zu erzählen hattest. Aber ich weiß es nicht.

Ich glaube, hast du gesagt, als wäre ich gar nicht da, ich hätte es von Anfang an wissen müssen. Du sprichst über das, was du im Wasser gesehen hast, von Leichen im Fluss und Metallfallen. Du sprichst vom Bonak. Wir haben ihn erschaffen, sagst du immer wieder, verstehst du, wir haben ihn zu dem gemacht, was er ist. Ich presse mir die Hände auf die Ohren, bis deine Stimme sich im Brummen der Musik verliert.

Ich steige als Erste in den Bus ein. Als ich mich umdrehe, stehst du auf dem Bürgersteig, und als der Fahrer dich fragt, ob du mitkämst, sagst du Nein. Durch die dich langsam ausblendenden Türen des Busses: dein nach oben gewandtes Gesicht, der Puder auf deinem Gesicht klumpig wie Kalk, der Lippenstift so gut wie verschwunden. Dein wie der Mond immer schmaler werdendes Gesicht, bis die Türen ganz geschlossen sind.

Danach blieb ich zunächst auf dem Reiterhof. Ich glaube, sie ließen mich, weil sie wussten, dass du weg warst und ich nirgendwohin konnte. Eine der Mütter – mit ihren sorgfältig geschminkten, besorgten Gesichtern – verriet mich. Anschließend war ich eine Zeit lang im System – so nannten es die Mädchen, mit denen ich zusammenwohnte – und wurde zwischen verschiedenen Häusern, verschiedenen Pflegeheimen, ähnlichen Gesichtern herumgeschoben. Ich erinnere mich nicht mehr an viel. Sie fragten mich nach dir. Mehr als einmal. Sie fragten, ob ich noch andere Verwandte hätte, jemanden, der sich um mich kümmern konnte, bis ich achtzehn war. Ich sagte Nein. Sie fragten, ob ich wisse, wo du bist. Ich sagte, dass du tot bist.

Im letzten Pflegeheim blieb ich, bis ich alt genug war, um zu gehen. Die Schule, auf die sie mich schickten, war heruntergekommen, tausend Schüler oder mehr, ein Baugerüst, wo einmal eine Sporthalle gestanden hatte, Schmutz anstelle eines Feldes. Viele der Jugendlichen wohnten in Wohnwägen neben den Bahngleisen. Mir gefiel es dort nicht, und ich versuchte bei jeder sich bietenden Gelegenheit abzuhauen. Einmal schaffte ich es sogar bis zum Fluss, bevor sie mich aufgriffen. Ich weiß nicht mehr, was ich an dem mit Kiefern bewachsenen Ufer gemacht hätte, an dem ich mit dir gelebt hatte. Ich glaube nicht, dass ich einen

Plan hatte. Ich glaube, es war allein mein motorisches Gedächtnis, das mich immer wieder an diesen Ort zurücktrieb.

Es war meine Sprache – unsere Sprache –, die mich in der Schule zu Fall brachte. Ich erklärte einem der Lehrer, ich bräuchte Uffzeit, beschimpfte einen Jungen als Harpiedudel. In all den Jahren hattest du mir nie gesagt, dass du dir eine eigene Sprache ausgedacht hast, die nur damals und nur für uns Gültigkeit hatte. Du hattest mich nie gewarnt. Nach einer Weile fiel den anderen auf, dass ich Wörter gebrauchte, die sie nicht kannten. Sie äfften mich nach und sprachen die Begriffe falsch aus, wenn sie mir auf den Gängen oder in den Klassenzimmern nachriefen. Sie nannten mich Dahergelaufene oder Lügenmacherin, nach dem Motto: Sie weigert sich, Englisch zu sprechen, sie ist sich zu fein dafür, also denkt sie sich irgendwas aus.

Ich zerstückelte die Wörter, die du mir mitgegeben hattest, tilgte sie. Im Laufe der Jahre verlor ich sie, sodass sie sich jetzt – im Rückblick – für mich genauso fremd in meinem Mund anfühlen wie damals für meine Mitschüler.

Du bist wie ein verwildertes Kind, sagte eines der Mädchen aus der Schule. Ihr Name war Fran. Du bist wie eins dieser Kellerkinder. Du bist wie eins dieser Kinder, die im Keller an ihren Pinkelpott festgekettet sind und nicht mal Sprechen beigebracht kriegen.

Ich klaute Frans Geheimvorrat an Lidschatten und Halsketten und vergrub ihn. Ich prügelte mich mit den größeren Jungs, bis sie oder wir beide bluteten. Damals konnte ich mich wahrscheinlich noch sehr gut daran erinnern, wie das Leben auf dem Fluss gewesen war, und dieses Wissen gängelte mich und mein Handeln so, wie man mit den Augen blinzelt.

Das waren die Jahre, in denen ich versuchte, dich zu finden. An den Wochenenden fuhr ich mit dem Bus an Orte, von denen ich dachte, du könntest dort sein. Durchkämmte sie und fragte nach dir. Ich hatte dasselbe Foto wie jetzt und zeigte es jedem, dem ich begegnete. Ich sagte: Sie ist klein, kleiner als wir; sie hat graues Haar und graue Augen. Es fiel mir schwer, dich nicht überall zu sehen. Aus den Fenstern fahrender Busse, am Ende von Supermarktgängen, an Tischen in Cafés oder Pubs, in Autos an Ampeln. Ich sah dich gehen oder laufen, sitzen, reden, mit gesenktem Kopf lachen, das Kinn auf der Brust. Ich folgte Frauen auf der Straße, aber du warst es nie. Du warst spurlos verschwunden. Du warst ein Gespenst in meinem Kopf, in meiner Magengrube. Ich begann mich zu fragen, ob es dich überhaupt je gegeben hatte.

Ein paar der Mädchen gaben sich mit mir ab, wahrscheinlich, weil ich auf sie den Eindruck machte, als würde ich flussaufwärts gegen den Strom schwimmen, und sie wissen wollten, was mit so jemandem passierte. Rosie setzte sich in Mathe gern neben mich und manchmal erzählte sie mir Sachen: wie sie sich das Ohr gepierct hatte, wie ihre Schwester fast den Tischtennistisch in Brand gesteckt hätte, wohin sie in Urlaub fahren würde. Sie redete auch gern über den Mathelehrer, der nur deshalb attraktiv war, weil er jünger war als die anderen. Sie bezeichnete ihn als schüchtern und zählte die Dinge auf, die sie nach der Schule mit ihm tun wollte. Rückblickend glaube ich, dass sie sich vielleicht nur deshalb neben mich setzte, weil es sich anders anfühlte, mir diese Sachen zu erzählen statt einem der anderen Mädchen. Es war, als würde sie jemandem Sprechen oder Lesen beibringen. Ich hatte die Wörter, die sie benutzte, noch nie gehört. Ihre Sprache war mir fremd. Selbst heute fühlen diese Wörter sich noch wie unzureichend übersetzt an: ficken, vögeln, bumsen, knutschen, blasen.

Wir machten einen Schulausflug in den Lake District. Dort gab es Stockbetten, eine Kletterwand und ein Schwimmbecken, in dem wir übten, mit unseren Kajaks zu kentern, und in dem ich Panikattacken bekam, die Nase voller Wasser, die Schatten auf mich zumarschierender Beine, als würde ich wieder im Fluss ertrinken. Außerdem übten wir Küssen. Rosie war dabei und noch ein anderes Mädchen, das ich nicht näher kannte. Wir machten es vor dem Abendessen, auf den Stockbetten oder draußen hinter dem Schwimmbecken. Ihr Mund schmeckte nach Gurke. Wir beurteilten uns streng: zu viel Zunge, schlängel nicht so. Sie hatten schon Jungs geküsst, aber für mich war es neu. Ich musste die ganze Zeit daran denken. Und Küssen war, soweit ich das verstand, nicht einmal der letzte Akt. Es war der Übergang zu etwas anderem. Ich dachte an dich, damals im Restaurant, das Kondom in deiner Hand. Ich dachte so viel daran, dass ich mich manchmal befangen fühlte, nicht hörte, was irgendwer sagte.

Irgendwann während der Knutschereien fing ich an, Marcus zu sehen. Ihre Brustkörbe öffneten sich, und er tauchte daraus auf, als hätte er die ganze Zeit in ihrem Inneren gewartet. Das Ganze hatte etwas Hektisches, fast schon Hysterisches an sich. Die Münder der anderen Mädchen waren kalt, aber der Marcus, der aus ihnen hervortrat, war glühend heiß, wie eine Feuersbrunst. Manchmal schweifte mein Blick zu ihren Händen auf meinen Knien, und sie sahen seinen so ähnlich, dass ich in Panik geriet. Wenn ich die Augen schloss, konnte jeder er sein. Ich wollte dich fragen, ob es dir genauso geht, wenn du jemanden küsst.

Nach einer Weile fühlte es sich nicht mehr gut an. Er war da, zusammengerollt, abwartend, mit geschlossenen Augen, kaum noch am Leben. Ich spürte seinen Atem eine Sekunde nach ihrem, hörte seine unruhige Zunge gegen meinen Gaumen schnalzen. In seinem Inneren lauerte etwas Krankes, ein Moos, das seine Lungen und seinen Magen überzog und seine Adern ausfüllte. Es stammte aus dem Fluss. Das war mir klar. Wenn ich daran dachte, sah ich eine Bewegung hinter Glas, einen flüchtigen Farbstreifen. Ich wusste nicht, was es war, nur, dass ich nicht mehr davon sehen wollte. Ich konnte die Vorstellung nicht ertragen, dass er sich aus den Mündern anderer Leute quetschte, dass er die Finger aus der Umklammerung ihrer Knöchel schob, sich aus ihren Hälsen zwängte. Ich konnte es nicht ertragen und gleichzeitig konnte ich nicht aufhören, es mir vorzustellen. Ich konnte nicht aufhören, mir vorzustellen, wie es wäre, Sex mit einem Jungen zu haben, die Augen aufzumachen und Marcus aus seinem Gesicht auf mich herabblicken zu sehen. Als ich den anderen Mädchen sagte, dass ich bei den Knutschereien nicht mehr mitmachen wollte, zuckten sie nur mit den Achseln. Wir sind nicht lesbisch, sagten sie.

DAS COTTAGE

Nachdem ich dich am Fluss gefunden und mit nach Hause genommen habe, verfolgt mich immer wieder derselbe Traum. Ich bin im Keller des Wörterbuchverlags, bei dem ich arbeite. Er hat keine Fenster und wird nur von ausladenden schalenförmigen Lampen erleuchtet, die ein bisschen zu tief von der schmutzigen, getäfelten Decke hängen. Ich stehe vor aneinandergereihten Aktenschränken aus Metall, von denen zehn oder mehr mit rückwärts geschriebenen Wörtern gefüllt sind und weitere zehn mit Wörtern, die nicht mehr gebraucht werden. An den Wänden sind alte Handabdrücke, auf dem Boden uralte, staubige Fußabdrücke. In der winzigen Toilettenkabine brennt Licht, doch als ich klopfe, bekomme ich keine Antwort. Interessehalber werfe ich einen Blick in den B-Schrank und gehe die gelben Karten durch, aber da ist nichts. *Bonak.* Natürlich nicht; es ist nicht einmal ein echtes Wort. Es existiert nicht einmal.

Ich gehe durch den Flur zum Fahrstuhl. Ich weiß, dass ich träume, denn in Wirklichkeit wurde er lange, bevor ich meine Stelle antrat, erneuert. Jetzt ist er jedoch alt; ich muss eine Gittertür zuziehen, und die Wände sind mit verschlissenem rotem Samt bezogen. Der Fahrstuhl bewegt sich nur langsam und scheppernd durch die Stockwerke. Ich erreiche die Büroebene. Auf den Schreibtischen sind keine Telefone erlaubt, und in einer der beiden Telefonkabinen in der Ecke des Raums baumelt der Hörer an der Schnur. Ich halte ihn ans Ohr, in der Erwartung, deine Stimme zu hören, doch da ist nicht einmal ein Freizeichen.

Die Kaffeemaschine in der Küche ist noch warm, der Kühlschrank, den ich öffne, voller sorgfältig beschrifteter Tupperdosen. FINGER WEG, ARUNDHATI. NAT 13.04.2017. BENJI. An den Flurwänden bitten Poster um Ruhe. Ich betrete das Gewirr aus Arbeitsplätzen mit niedrigen Seitenwänden. Die meisten Computer sind an, die ordentlichen Schreibtische gesäumt von verschiedenfarbigen Zitatkarten, die Fächer für ein- und ausgehende Nachrichten voll. Ich gehe zu meinem Schreibtisch, doch als ich ihn erreiche, liegen dort die Dinge von jemand anderem. Ein roter Apfel mit fein säuberlichen Zahnabdrücken, ein Glas mit grünlichen Soleiern, eine Enzyklopädie mit Eselsohren. Als ich auf dem Stuhl Platz nehme, sitze ich unbequem, er ist für jemanden eingestellt, der kleiner ist als ich. Ich suche auf dem Computer nach Hinweisen darauf, wer meinen Schreibtisch gestohlen hat. Es gibt E-Mails, aber sie sind nur, und das jedes Mal, mit S unterzeichnet. Irgendwo im Großraumbüro ertönt ein Geräusch. Ich stehe auf und lasse den Blick über die Arbeitsplätze schweifen. Am anderen Ende sind die automatischen Lichter angegangen und gehen – während ich hinschaue – wieder aus. Ich setze mich wieder und fange an, die in Arbeit befindlichen Definitionen durchzusehen. Manche Wörter sind so durchgestrichen, dass ich nur Teile lesen kann. *Das Geräusch, das der Fluss nachts macht. Zeit für sich.* Fast am Ende des Stapels ist ein Wort deutlich zu erkennen. *Bonak: das, was uns Angst macht.* Als ich es geschrieben sehe, dreht sich mir selbst im Traum der Magen um. Ich lege die Hand darauf.

Ich höre, wie etwas auf den Teppichboden fällt. Ich stehe auf und gehe in den Hauptgang zwischen Wand und Seitenwänden. Vor mir wirft der Teppich eine Falte, als wäre jemand mit dem Fuß hängen geblieben. Ich drücke ihn glatt. Über meinem Kopf beginnt die Holzvertäfelung zu rappeln, sie verrutscht zur Seite und bringt die dahinterliegenden Rohre und Kabel zum Vorschein. Ich sehe eine schnelle Bewegung. Vor mir stürzt eine Deckenplatte auf den Boden. Weitere folgen, brechen auseinander oder prallen von den Schreibtischen ab und springen davon. Sie werden begleitet von Wasser, nicht sauberem, gefiltertem Bürowasser, sondern Wasser, das vor Grünzeug starrt, dazu zerrissene Netze, aus denen sich zappelnde Fische auf den Teppich ergießen und dort ertrinken. Das Wasser rauscht von der Decke. Da ist das Geräusch von etwas, das sich über meinem Kopf hin und her bewegt, schnell, sodass die Fensterscheiben klirren. Ich höre, wie es hinter mir herunterfällt. Ich drehe mich nicht um. Ich horche, wie es sich über den Boden bewegt. Ich weiß, was du bist, denke ich. Doch als ich aufwache, habe ich es wieder vergessen.

Am Morgen, nachdem ich den Traum zum ersten Mal hatte, sitzt du in meinem Bademantel und meinen Pantoffeln am Küchentisch und schälst Orangen und pellst hart gekochte Eier, deren Schalen du zu ordentlichen kleinen Haufen türmst. Du hast dir das Haar gebürstet, sodass es flach wie eine Badekappe am Kopf anliegt. Du spuckst einen Kern in die Handfläche und sagst, ich hätte nachts geschrien, ob das jetzt regelmäßig vorkomme? Und wenn dem so sei, könnte ich vielleicht irgendwo ins Hotel gehen und dich in Ruhe schlafen lassen?

Zwischen uns liegen Jahrzehnte unguter Gefühle, ein

Sumpf aus Missverständnissen, vergessene Geburtstage, mein Leben zwischen zwanzig und dreißig, eine weggeschnittene Brust, deren Verschwinden ich nicht mitbekommen habe. Ich überlege, ob ich dir eine knallen soll, wie du es im Stall manchmal bei mir gemacht hast. Nicht fest, sondern mit Gefühl.

Du schälst mir ein Ei. Mir ist etwas eingefallen, sagst du.

Dein Bademantel klafft ein Stück auseinander, und ich kann die Mündung der Narbe sehen, da, wo früher deine linke Brust war.

Ich esse das Ei. Was ist dir eingefallen? Etwas über den Winter mit Marcus?

Du wedelst ungeduldig mit den Händen und wischst dir dann über den Mund. Nein, nein.

Na gut. Was dann?

Du siehst mich mit zusammengekniffenen Augen an. Mit deinen schmutzigen Fingernägeln und der Seehundfrisur siehst du aus wie jemand, den ich aus der Wildnis entführt habe. Ich sitze da und warte. Du scheinst weitere Wörter zu haben, von denen du nicht weißt, was du mit ihnen anfangen sollst. Von denen ich nicht weiß, was ich mit ihnen anfangen soll. Sie schwappen einfach aus dir heraus.

SARAH Am Anfang – und das begreife ich jetzt – stehst du. Das hier ist – und ich war weder darauf gefasst, noch habe ich danach gesucht – die Geschichte des Mannes, der mein Vater hätte sein können.

Du warst einunddreißig. Man schrieb in etwa das Jahr 1978. Auch wenn du es nicht wusstest, war eine Raumsonde auf dem Weg zum Saturn. Sie fand heraus, dass der Planet in einem Gewässer von ausreichender Größe an der Oberfläche treiben würde. Die Tage auf dem Saturn waren kurz, nicht einmal zehn Stunden lang. Im *Oxford English Dictionary* wurden erstmals die Begriffe *Kaltanruf* und *Verkehrsinfarkt* aufgeführt. Der Arzt in der Praxis, in der du als Sprechstundenhilfe arbeitest, erklärt dir – im Flirt, während er sich ein Stück von der Orange klaut, die du dir als Mittagessen mitgebracht hast –, du hättest gebärfreudige Hüften. Du lächelst, trägst die Beleidigung mit Fassung. Du begreifst, dass er damit sagen will, dass du nicht schlank bist. Dein Körper kann sich durchsetzen; dein Hintern ist in der Lage, das Gewicht eines Rucksacks im Gleichgewicht zu halten, und deine Oberschenkel sind so breit wie bei anderen Mädchen der Rücken. Dieser Körper – das hast du gelernt – stiftet eine Art von Verwirrung, die du leicht zu deinem Vorteil zu nutzen vermagst. In der Schule hat es die sportlichen Jungs gegeben, die nach Schweiß und Grasflecken schmecken, die Wissenschaftsjungs mit ihren versengten Fingern und Stirnfransen, die großen Jungs und die kleinen, die mageren und die mit Fleisch im Überfluss. Deine Zwanziger sind – nach dem, was man dir zu verstehen gibt – für Männer vorgesehen, und zwar meistens für ältere Männer. Männer, die in dieselben Bars gehen wie du. Männer, die für ein Taxi anstehen. Männer, die Einkaufstaschen tragen oder stehen bleiben, um sich die Schnürsenkel zu binden, bevor sie in den Zug steigen, bevor sie dir die Tür aufhalten. Männer mit einer Vorliebe für Espresso, Steak Tatar, Macarons mit weißer Schokolade. Männer, die Filme mit Untertiteln schauen, die Kommentare an den Rand von Büchern schreiben und sie dir dann zum Lesen geben, nachdem du mit ihnen geschlafen hast in ihren Stadtwohnungen oder Waldhütten oder Landhäusern, deren schlundartige Gänge zu Türen führten, durch die du ein und aus gehst. Männer, die BHs mit dünnen Trägern mögen, die schwarze Baumwollunterwäsche mögen, die Bettpfosten mögen und Telefonzellen und Schwimmbecken.

Als du Charlie triffst, bist du alt genug, dass er am Ende einer langen Liste steht. Du hast eine hässliche Trennung von einem Professor hinter dir, der manchmal in das Café gekommen ist, in dem du gekellnert hast. Ein hoheitsvoll ergrauender Professor, der jedes Mal, wenn ihr fertig wart, weinend am Bettrand saß. Der dir, als er zum letzten Mal ging, sagte, er komme nicht wieder, weil du wie seine Tochter aussiehst. Der sich in der Tür umdrehte und dir – mit von den Tränen sauber und niederträchtig gewaschenem Gesicht – verkündete, seine Tochter sei wahrscheinlich genauso eine solche Schlampe wie du. Und das war's dann. Du hast ihnen abgeschworen. Allen Arten von Männern: Männern in Anzügen und Krawatten, Männern in Krankenhauskitteln und roten Unterhosen und Socken, die mit den Wochentagen beschriftet waren. Vor allem älteren Männern, die dachten, du seist ihnen was schuldig, ein Stück von der Jugend, die sie vergeudet hatten.

Die Arbeit in der Arztpraxis hast du dir ausgesucht, weil sie dir – mit den weißen Wänden und der weißen Decke, den Teppichen mit den altersfleckigen Ecken, den morgendlichen und abendlichen Staubsaugerrunden, den blauen Papiertüchern, die das rissige Leder der Untersuchungsliegen bedecken – wie ein Ort erschienen ist, an dem Lust nicht existiert. Und deine Entschlossenheit gerät nicht einmal ins Wanken, als der Arzt – der so sehr dein Typ ist, dass dir ganz flau im Magen wird, als er an jenem ersten Tag um dich herumschwänzelt – dir Stücke von deiner Orange klaut und dir Kurze aus seinem geheimen Gin-Vorrat anbietet. Vielleicht, denkst du, sind die Dreißiger die enthaltsamen Jahre. Zumindest ein Jahrzehnt lang. Deine Mietwohnung hat eine gelb geblümte Tapete, und auf der Matratze befinden sich anderer Leute Flecken. Du führst das Leben einer alten Jungfer. Du holst dir chinesisches Takeaway aus dem Restaurant unten im Haus, isst es auf einer Bank auf der gegenüberliegenden Straßenseite und siehst dabei den vorbeifahrenden Autos zu. In der Praxis ordnest du einmal und dann noch mal die Schublade mit dem Büromaterial: die roten Schleifen aus Klebeband, die Heftklammern, die dir zwischen den Händen durchrieseln, die Zähne des Lochstanzers, die perfekte Kreise hinterlassen.

Eines Morgens – vor Langeweile schon halb verrückt – nimmst du einen anderen Weg in die Praxis, du schlitterst auf den Fersen den schmalen Pfad zum Fluss hinab und gehst auf dem Leinpfad am Kanal entlang. Auf dem öligen Wasser schwimmen Enten und Boote mit rostigen Türen und Blumentöpfen auf dem Dach. Auf halber Strecke ankert ein grüner Kahn, in dessen Heck ein Mann sitzt, die Beine ausgestreckt, eine Tasse dampfenden Kaffee neben sich. Er schnitzt etwas, doch du kannst nicht erkennen was. Später würdest du an diesen Moment zurückdenken. Das dicht am unkrautbewachsenen, schlammigen Kanalufer liegende Boot; die langen Beine, die den dürren Körper des Mannes stützen; das Rattern des Zugs, der oben über die Brücke fährt, sodass du für einen Augenblick kaum hören kannst, wie du an ihn denkst, so intensiv an ihn denkst, dass du eigentlich hättest wissen müssen, dass nichts Gutes dabei herauskommen würde. Du verstehst nicht, was dir an ihm gefällt. Er war zu dünn und bei Weitem nicht beflissen genug. Und doch. Du ertappst dich dabei – am frühen Morgen und auch am Abend –, dass du den Umweg über den Kanal nimmst. Jedes Mal im Vorbeigehen langsamer wirst, bis du eines Tages stehen bleibst und er dich ansieht.

Als du das Boot zum ersten Mal betrittst, verläuft es nicht so, wie du es dir vorgestellt hast. Er scheint teilweise gar nicht zu bemerken, dass du da bist, und du fragst dich, ob es wohl andere Frauen gibt, die vorbeikommen und dasitzen, während er herumläuft. Du bittest ihn um Tee, und als er sagt, er habe nur Whiskey, trinkst du stattdessen den. Du ertappst dich dabei, wie du seinen Körper begutachtest, der auf eine Art zurückgeschraubt wirkt. Oft zieht er mit beiden Händen den Hosenbund hoch, als sei er früher massiger gewesen. Er spricht in Rätseln, Codes und Geheimnissen. Lacht und lacht. Er schnitze, sagt er, einen Köder. Einen was? Er weigert sich, es zu erklären. Wenn du ankommst, ist er meistens beim Kochen. Du sagst, du könnest nicht mal einen Toast zubereiten, und er macht ein ungläubiges Geräusch, schubst dich an die Arbeitsplatte und drückt dir ein Messer in die Hand. Er sagt, alles schmeckt salzig, weil man sich andauernd schneidet. Er wetzt die Messer an seinem Gürtel. Alles ist zu scharf, auch wenn du dir nichts anmerken lässt. Wenn du dich in deinem Zimmer anfasst, brennt es wegen deiner gierigen Berührungen mit den Chili-Händen. Auf dem langen Leinpfad unter dem Rattern des Zugs bringt er dir bei, wie man raucht.

Du bleibst immer länger. In deiner Wohnung werden Wasser und Strom abgedreht. Die Arztpraxis stellt die Anrufe ein. Er bittet dich nicht zu bleiben, aber in den meisten Nächten drückt sein Körper dich auf die Matratze, also bleibst du. Du hörst den Regen auf dem Bootsdach; du hörst den vorbeirauschenden Zug, du hörst seinen Puls langsam schlagen.

Tagsüber – wenn du das Essen, das er gekocht hat, in den großen Töpfen umrührst oder auf dem Dach in der Sonne liegst oder rauchst – hörst du oft etwas. Aber was? Du richtest dich auf oder lässt den Kochlöffel sinken. Es ist in dir, knarzt wie ein altes Haus, das sich im Westwind biegt, oder ein Boot, das von einer starken Strömung emporgehoben wird. Etwas, das sich von allen anderen unterscheidet; von ihren schönen Körpern und ruhigen Gesichtern. Es hat etwas mit der Form seiner schweren Hände zu tun, seiner Wirbelsäule, die sich durch seine moosige Haut drückt, dem Boot unter ihm. Er erzählt dir, dass er davon träumt zu erblinden, aufzuwachen und nur noch Nacht zu sehen, dass er eine Nadel sieht, die sich schnell auf seine Pupillen zubewegt. Er liebt dich mit ganzer Kraft, er unterscheidet sich von den anderen. Es sind doch nicht die Jahre der Enthaltsamkeit. Aber vielleicht die Jahre von etwas anderem.

Manche der Mädchen, mit denen du aufgewachsen bist,

haben so sehr ein Baby gewollt, dass sie es fast nicht in Worte fassen konnten – ein chemischer Schmerz. So bist du nie gewesen. Für dich ist dein Körper kein Lastenträger, kein Fortsatz von etwas anderem. Es hat Schreckensmomente gegeben, ein bisschen Bibbern, verspätete Regelblutungen. Aber es ist nie etwas dabei herausgekommen, und das hat nur gezeigt, dass du nicht dazu fähig, nicht dafür gebaut bist. Manche Maschinen sind dafür da, etwas zuzuschneiden, zu füllen oder zu formen, andere nicht. Du besitzt nicht die zum Kindermachen erforderliche Mechanik. Außerdem – und das wird dir immer klarer, je älter du wirst – besitzt du nicht die erforderliche Entschlossenheit. Du bist eine Ausreißerin, eine Kneiferin. Dieses Muster liegt für jeden sichtbar hinter dir wie eine rückwärts ausgelegte Fährte aus Brotkrumen, die du jederzeit zurückverfolgen kannst – falls du den Drang dazu verspürst –, um zu beweisen, dass man sich auf dich nicht verlassen kann.

Trotzdem. Er redet manchmal von den Kindern, die er sich immer erträumt hat. Du lässt ihn. Dein Schweigen scheint er gar nicht zu bemerken. Er hat sich schon immer welche gewünscht, schon als kleiner Junge, der dachte, er könne es besser machen als seine Eltern.

Eines Morgens: sein begeisterter Gesichtsausdruck, seine dankbaren, klugen Hände, und du erlaubst ihm, die Kondompackung in den Kanal zu werfen. Bist du dir sicher?, fragt er immer wieder. Bist du dir wirklich sicher? Die Wahrheit lautet – seine Hände unter dem engen Gummibund deiner Unterwäsche –, dass du dir gar nichts dabei denkst. Er kann es wollen, so viel er will. Es würde nichts dabei herauskommen. Davon bist du überzeugt. Du bist einfach nicht dafür gebaut.

Das Baby ist da, ob du es nun gewollt hast oder nicht. Und während du weiterhin glaubst, dass es unmöglich ist, ist es irgendwann zu spät, etwas dagegen zu tun. Du wächst so schnell, dass es sich anfühlt, als würde dich etwas von innen verschlingen, sich Platz schaffen. Du kannst dich nicht mehr mit Leichtigkeit über das Boot bewegen, von Bord ans Ufer springen, die schweren Schleusen öffnen. Du sagst ihm nicht, dass du nie ein Kind gewollt hast. Du würdest es tun, einzig und allein für ihn. Andere Leute tun es dauernd. Andere Leute tun es jeden Tag, ohne darüber nachzudenken. Paare bekommen Babys, weil sie beide einen Teil dazu beigetragen haben. Du würdest ein Baby bekommen, weil er seinen Teil dazu beitragen hat.

ZWEI

In der Nacht verschwinden Dinge

DAS COTTAGE

Mit dir im Haus ist es anders. Die überall verstreuten Tassen und die regelmäßigen nächtlichen Kühlschrankplünderungen. Deine Art zu denken, die meinen Geist untergräbt, sodass ich mich dabei ertappe, wie ich Tage verliere, die Anordnung der Wochen vergesse. Die Streitereien, denen ich aus dem Weg gehen will, die aber trotzdem aus dir herausbrechen, die ganze Nächte andauern und damit enden, dass du weinend ins Bad rennst. Die Zwangsvorstellungen, die dich plötzlich packen. Der Tag, an dem du mit von Kurkuma ganz orangenen Händen bottichweise Curry kochst und anschließend nichts davon isst, weil du zu gelangweilt oder zu abgelenkt bist. Der Tag, den wir am Bach verbringen, damit du mit den Händen fischen kannst, und wir stundenlang gebückt im niedrigen, trägen Wasser stehen, während du vornübergebeugt nach Fischen greifst, die ich nicht sehen kann und die vermutlich gar nicht da sind. Außerdem wächst deine Obsession mit der Unabwendbarkeit, Unausweichlichkeit des Schicksals. Wenn du dein ekliges Wachsjackenversteck durch mein Haus schleifst, wirkst du dem Untergang geweiht. Ich weiß, sagst du immer wieder, was passieren wird. Und wenn ich, von Sekunde zu Sekunde wütender werdend, nachhake, sagst du nur, dass es kein Entkommen gibt, dass unser Ende vom Augenblick unserer Geburt in uns einprogrammiert ist und dass all unsere Entscheidungen nichts weiter als Trugbilder sind, Gespenster, die uns freien Willen vorgaukeln. Und ich will dich anbrüllen und dir sagen, dass es dein Entschluss war, mich zu verlassen, dass niemand dich dazu gezwungen hat, dass du es dir nicht hinter deinen falschen Entscheidungen gemütlich machen und sie Schicksal, Vorsehung oder Gott nennen kannst. Aber manchmal frage ich mich, ob du nicht doch recht hast und jede einzelne Wahl, die wir treffen, ein Relikt jeder einzelnen, vorher getroffenen Wahl ist. Als wären Entscheidungen Bombensplitter unseres früheren Handelns. Das sage ich dir nicht. Stattdessen versuche ich wegzuhören, wenn du redest, und koche dir Tee und schlafe, wenn du schläfst, so wie die Mutter eines Neugeborenen, die noch nicht so recht weiß, wie sie sich darum kümmern soll.

Ich habe über Marcus nachgedacht, und als ich dich frage, ob du dich noch an das erste Treffen mit ihm erinnerst, sagst du: Wer? Und: Wovon redest du? Doch dein Blick und dein Ausweichen verraten mir, dass du es sehr wohl weißt. Ein Bruchstück ist mir wieder eingefallen, ich bin mir nur nicht sicher, was es bedeutet. Als ich es dir erzähle, wirst du wütend und ein Fenster geht kaputt. Der Mann, der kommt, um es zu reparieren, sieht dich an, als hätte er Angst vor dir. Du machst den Mund auf, lässt die Kiefer zuschnappen, und er zuckt zusammen.

Als ich so alt war wie sie, habe ich Männer wie dich zum Frühstück verspeist, erklärst du und deutest auf mich.

Ich höre kaum, was du sagst. Die Erinnerung legt sich über das schmutzige Haus, deine klauenartigen Hände, die neue Glasscheibe, den offenen Werkzeugkasten auf dem Tisch.

Ich bin dreizehn Jahre alt und stehe in deiner Schuld und in der Schuld der Wörter und des Wirrwarrs aus Ufer, Wasser und Wald. Ich glaube, dass nichts in Stein gemeißelt ist. Ich glaube, dass ich ändern kann, was ich will, indem ich Wasserratten, Frösche, graue Eichhörnchen, Feldmäuse, Weberknechte und Kaulquappen fange. Der Winter, in dem Marcus auftauchte – unser letzter Winter auf dem Fluss –, ist fast zu Ende, und ich liege bäuchlings auf dem Dach unseres Bootes. Ein Ring aus Nebel durchschneidet die Baumstämme in Kniehöhe. Das Boot liegt nicht am Ufer, sondern in der Mitte des Flusses, und die Schiffstaue sind straff gespannt bis zur Böschung. Mein Kopf ruht in meiner Armbeuge, unter meinem Atem beschlägt das Glas der runden Dachluke und wird wieder klar. Es ist Nacht, das einzige Licht kommt aus dem Boot unter mir. Du, das weiß ich noch, hast gesagt, du müsstest uffzen, und mich gebeten, auf dem Dach zu schlafen. Marcus war bei dir im Boot.

Manchmal befinde ich mich in mir. Ich schmecke die Rinde, die ich von einem Baum geschält und breiig gekaut habe, sehe die schmutzigen Halbmonde unter meinen Fingernägeln. Ich blicke durch die Luke nach unten.

Dann wieder stehe ich am Ufer und bin so alt wie ich bin, als du bei mir im Haus bist, stecke mit verbogenen Zehen in zu kleinen Stiefeln, suche nach Zeichen von dir: Zigarettenstummel, Brotkrumen, abgebrannte Streichhölzer. Vom Boden aus kann ich gerade noch mein jüngeres Ich erkennen, das bäuchlings auf dem Dach liegt, die Ellbogen nach beiden Seiten hin abgespreizt, begierig darauf aus, etwas mitzukriegen.

Hinter der Dachluke bewegt sich etwas. Es hat zwei Köpfe und mehr Gliedmaßen als notwendig, und es wirbelt durch die kontrastarmen Lichtflecken vom Schein der Kerzen. Ich lege die Hände um mein Gesicht und drücke die Nase so fest wie möglich gegen das Glas, halte den Atem an. Ist es der Bonak?

Jedes Mal, wenn ich kurz davor bin zu begreifen, was ich da sehe, finde ich mich am Ufer wieder, zupfe an den kurzen Haaren hinter meinen Ohren, pfeife einem Hund, der schon lange nicht mehr da ist, und suche nach den Wörtern, die wir brauchen, um diese Geschichte zu erzählen.

Der Mann, der das Fenster repariert, murmelt etwas vor sich hin, und du verfolgst ihn bis zu seinem Auto und wirfst ihm Steine hinterher, als er schon längst den Pfad hinunterbraust. Ein Hitzeschleier hängt über den Hügeln. Als du zurückkommst, hast du Schweißflecken unter den Armen, quer über der Brust. Du erklärst mir, dass du Limonade brauchst. Eine Zigarette. Einen Liegestuhl. Du brauchst verdammt noch mal Zeit für dich. Du nervst. Deine Starrköpfigkeit nervt. Du bringst mich auf die Palme. Du gehst mir auf den Sack. Du gehörst nicht hierher.

Ich muss die Person vergessen, die du warst, und stattdessen dokumentieren, wer du geworden bist. Du scheinst keinen Schmerz zu spüren. Ich sehe, wie du dich am Teekessel verbrennst und weitermachst, als sei nichts passiert. Auf kleine Geräusche oder Gerüche reagierst du auffallend empfindlich: Du beschwerst dich über den Wind im Kamin oder das Wasser in den Rohren, weigerst dich, das Zimmer zu betreten, nachdem ich gekocht habe. Du sprichst mit großer, lauter Autorität von Anatomie und Krankheiten. Ich weiß nicht, ob du es dir ausdenkst oder ob du dir dieses Wissen im Laufe der Jahre angeeignet hast. Du erzählst mir, dass ich Eisenmangel habe und wahrscheinlich an Zöliakie leide. Du nimmst meine Hände und betastest die Epidermis, gibst Geräusche von dir, die ich nicht deuten kann, ziehst die meine Augen umgebende Haut nach unten. Es gibt nichts, worüber du nicht redest, du erzählst mit großer Freude von Stuhlgang, der Farbe deines Urins, dem Auszupfen von Kinnhaaren. Wenn du über Sex redest, dann pauschal, verallgemeinernd. Körper fließen in deinen Sätzen ineinander, sodass nie klar ist, ob du dich auf einen Vorfall beziehst oder auf mehrere. Wenn du nicht über Charlie – den Mann auf dem Boot – redest, sind die Männer unterwürfig, eingeschüchtert, bisweilen ängstlich. Es gibt einen, von dem du mit leisem Bedauern sprichst. Jünger, unerfahren, linkisch, nervös. Von Anfang an ein Fehler. Von den meisten anderen erzählst du mir vermutlich, um witzig zu sein; ihre gegen Wände stoßenden Köpfe, ihre Schlaffheit oder die Geschwindigkeit, mit der sie zum Orgasmus kommen. Wenn ich lache, und sei es nur ein bisschen, wirkst du zufrieden und nimmst meine Hand oder reichst mir eine Orange aus der Obstschale.

Außerdem baust du immer weiter ab. Du schreist, komm, komm schnell. Als ich da bin, hast du mein großes Oxford Wörterbuch aufgeschlagen und holst damit nach mir aus.

Ich weiß, dass es ein Wort ist, schreist du. Ich weiß, dass es eins ist. Ich weiß es.

Ich versuche, dich zu beruhigen. Du bist nervös. Du wirfst das Buch auf den Tisch, dabei geht ein Glas zu Bruch. Du blätterst so rücksichtslos die Seiten um, dass manche reißen.

Ich weiß, dass es eins ist. Ich weiß es.

Was? Welches Wort?

Du siehst mich böse an, die Lippen so weit zurückgezogen, dass dein Zahnfleisch zum Vorschein kommt, die Finger gespreizt. Das Wort, das du suchst, lautet *egaratisieren* und heißt so viel wie verschwinden, der Vergangenheit den Rücken zuwenden. Ich erkläre dir, dass es dieses Wort nicht gibt, und zeige dir zum Beweis die entsprechende Stelle im Wörterbuch. Du wirkst verängstigt, folgst mir durchs Haus, klebst mir so dicht an den Fersen, bis wir beide fast stürzen.

Einfache Wörter bereiten dir Probleme. *Hahn, Schraube, Stufe, Griff.* Du betonst sie falsch oder gebrauchst sie in einer anderen Bedeutung. *Kannst du den Hahn an der Badewanne anstellen, um mehr Heiß hineinzulassen? Es ist mir zu frostig.* Meistens tue ich, als wäre nichts passiert, und du schwimmst unbekümmert weiter. Ich gehe davon aus, dass du selbst es gar nicht merkst, bis ich dich eines Tages in der Küche stehen sehe, beide Hände um den Spülbeckenrand gekrallt. Du wiederholst immer wieder das Wort *parasitär.* para-SI-tär. PARA-si-tär. Dein linker Fuß klopft im Takt dazu. Erst verstehe ich nicht, was du da machst, doch im nächsten Moment wird mir klar, dass du deine Verwendung des Wortes auf Fehler überprüfst, dich auf weiteren Schwund untersuchst.

Du weißt ganz genau, was mit dir geschieht. Keinen wirft dein Alter mehr aus der Bahn als dich selbst. Deine Ignoranz gilt nur mir.

Kinder sollten fortgehen und ihre Eltern zurücklassen. So sollte es sein. Wenn man ein Kind bekommt, sollte man mit der eigenen Rastlosigkeit abgeschlossen haben. Eltern sollten nicht fortgehen und ihre Kinder zurücklassen.

Ich muss dich was fragen, sage ich. Wenn du nichts dagegen hast.

Warum sollte ich was dagegen haben? Du schüttelst den Kopf. Offenbar hast du deine regelmäßigen Anfälle von Gereiztheit bereits vergessen.

Du kannst dich vielleicht nicht erinnern.

Du widersprichst mir nicht. Du lehnst dich gegen mich, freundschaftlich, aber vorsichtig. Ich spüre die leere Stelle, da wo deine Brust war.

Kannst du dich, sage ich, an den Winter erinnern, als Marcus zu uns kam?

Aber es ist doch Sommer.

Ja. Aber damals war es Winter. Wir lebten am Fluss. Weißt du noch? Ich habe dich vor ein paar Tagen dort gefunden.

Du summst kurz vor dich hin, schüttelst den Kopf, klopfst gegen mein Knie. Ich dränge weiter. Wir wohnten dort schon mein Leben lang. Nur du und ich. Aber eines Tages kam ein Mann. Ein Junge. Er blieb bei uns. Nicht lange, höchstens einen Monat. Irgendwas war im Fluss, aber ich weiß nicht, was. Ich glaube, wir wollten es fangen.

Haben wir?

Ja.

Ich kann mich nicht mehr erinnern.

Erinnerst du dich noch an irgendwas?

Du zuckst mit den Schultern, wühlst in den Taschen deines Morgenmantels, ziehst die leeren Hände hervor. Du zeigst sie mir, die Handflächen nach oben geöffnet. Ich drücke sie nach unten.

Erinnerst du dich, was aus Marcus geworden ist?

Du nimmst meine Hand zwischen deine und reibst sie fest, pustest in den Zwischenraum, sodass ich deinen klammen Atem auf der Haut spüre. Deine Berührung versetzt mir einen Schock. Früher habe ich – das stimmt doch, oder? – die Arme um deine Beine geschlungen und das Gesicht gegen die Wölbung deiner Knie gedrückt. Ich habe dir all meine Fundstücke aus dem Wald oder aus dem Wasser gebracht: von der Strömung geschliffene Steine, Sauerampfer, Schnecken, die du in Knoblauch und Butter gebraten hast. Du hast den Schlauch in die Luft gehalten, und wir haben gemeinsam auf dem Pfad geduscht, während deine Hände die Knoten in meinen Haaren entwirren wollten, wie Rätsel, deren Lösungen du bereits kanntest.

Plötzlich, als wäre ein Schalter umgelegt worden, bist du völlig klar. Ich sehe dir an, dass du dich an alles erinnerst, dass du erfüllt bist von all den vergangenen Jahren und von dem, was von ihnen zurückgeblieben ist.

Ich hätte es wissen müssen, sagst du, gleich als er aufgetaucht ist. Du legst den Kopf schief. Er hatte so etwas an sich. Ich glaube, ich habe mir vorgemacht, dass es Lust ist, eine neue Art von Lust, eine verzehrende Art von Lust. Er kam mir bekannt vor, als hätte ich ihn schon einmal geliebt. Ich hätte es wissen müssen.

DER FLUSS

Es gibt mehr Anfänge als Enden, um sie zu einzugrenzen. Irgendwo liegen du und der Vater, der nicht mein Vater ist, in einem schmalen Bett, noch furchtlos, Schenkel an Schenkel, Mund an Mund, als würde einer von euch bereits sterben. Irgendwo stehe ich im Wörterbuchverlag und höre, wie das Telefon in einer leeren Leichenkammer klingelt. Irgendwo mache ich die Tür zu dem Cottage auf dem Hügel auf, und du drängelst dich an mir vorbei und kommentierst die beige Tapete, die schon so lange da ist wie ich, die schimmeligen Simse und das Fehlen von Aschenbechern. *Hättest du dir nicht mal ein beschissenes Auto kaufen können?* Und irgendwo geht Margot. Hierfür muss ich auf meine Fantasie zurückgreifen, auf die Möglichkeit. Ich lege ihre Worte in meinen Mund und hoffe, dass sie es mir nicht übel nimmt, wenn ich etwas auslasse oder ausschmücke. Irgendwo geht sie, und vielleicht hört sie mich, das Echo der Wiederholung, und denkt: Das stimmt nicht. Hör zu. Hör zu, es war so.

In Margots Rucksack befand sich ein Zelt, aber sie war zu müde, um es aufzustellen. Stattdessen kroch sie so tief wie möglich in die Büsche. Der Boden war bedeckt von schlickigen Blättern, aufgeschnittenen Bierdosen, einem weiß beschichteten Ballon, der unter ihrem schwachen Bein wegrutschte. Durch die Büsche konnte sie den Kanal sehen, er leuchtete im von Ölpfützen reflektierten Schein der Straßenlaternen, dem gleißenden Licht der Autoscheinwerfer, die abrupt auf der Brücke auftauchten und wieder verschwanden. Sie zog sich das obere Ende ihres Schlafsacks über den Kopf. Gegen Ende der Nacht kamen mehr Leute und legten sich ein Stück weiter weg zum Schlafen unter die Brücke. Sie unterhielten sich und weckten Margot auf. Auf den ersten Zentimetern des Erwachens hatte sie noch alles vergessen. Dann fiel es ihr wieder ein. Danach war an Schlaf nicht mehr zu denken. Eine Frostschicht überzog den Boden, und ihr Schlafsack war nass. Sie sah dem schmutzigen Morgen dabei zu, wie er sich auf das Wasser senkte.

Sie leerte den Rucksack aus, den Fiona für sie gepackt hatte, durchaus voller Mitgefühl. Eine Tafel Schokolade, eine Tüte Brot, ein paar zusammengefaltete Geldscheine, eine halbe Rolle Toilettenpapier und ein paar Tampons. Das Zelt war lange nicht mehr benutzt worden und roch feucht. Etwas, das ihr Vater einmal gesagt hatte, fiel ihr ein, bruchstückhaft. Es ging darum, dass selbst die kleinste Errungenschaft eine Errungenschaft war. Margot lauschte dem Klang ihres Körpers, dröhnend, mechanisch, trotz allem funktionstüchtig. Als sie daran dachte, was sie da tat, bekam sie solche Angst, dass sie kaum noch etwas sehen konnte. Sie stopfte alles zurück in den Rucksack, stand auf und lief los.

Sie lief zwei Stunden, dann hielt sie an. Ein zweispuriger Damm verlief lärmend über den Kanal ins Nichts, alte Bahngleise hörten einfach auf, Felder, die vermutlich voller Früchte gestanden hatten, versanken unter einer schmutzigen Schicht aus Hochwasser. Gelegentlich – wenn auch immer seltener – drehte sie um und trat den Rückweg an. Von zu Hause wegzugehen schien ihr unvorstellbar. Zögerlich tastete sie nach ihren Taschen, berührte zaghaft ihr dünnes Haar, ihr verdrehtes linkes Bein. Sie machte die Augen zu und stellte sich vor, dass die Wände ihres Elternhauses sich wie schützende Rippen um sie legten und die vertrauten Türen ins Schloss fielen.

Vier Angler – deren Zeltpflöcke noch von der Nacht im Boden stecken – drängten ihr so beharrlich eine der Frikadellen auf, die sie in einer schmutzigen Pfanne brieten, dass sie sich zu ihnen hockte und den halb garen Fleischkloß mit den Fingern aß – und auch den zweiten, den sie ihr anboten. Die Männer unterhielten sich bedächtig. Sie hörte kaum zu. Weil sie nicht wusste, was sie sonst tun sollte, blieb sie bei ihnen, bis die Dunkelheit undurchdringlich wie eine Mauer war, die der kleine Feuerkreis kaum zu durchbrechen vermochte. Margot konnte hören, wie sich, was auch immer im Kanal lebte, durchs Brombeergestrüpp bewegte. Sie war unvorbereitet, auf alles. Wieder fühlte sie das kalte Pochen der Angst, die sich fest um ihre Schläfen, ihre Brust spannte. Sie presste sich so lange die Fäuste auf die Ohren, bis die Angst nachließ. Einer der Angler beobachtete sie über das Feuer hinweg.

Hast du schon mal vom Kanaldieb gehört?, fragte er, als ihre Blicke sich trafen. Er lebt im Wasser und geht an Land.

Die anderen lachten oder zischelten unverständlich. Ihre Ruten lagen wie Waffen neben ihnen. Margot konnte den Fettfilm sehen, den das Fleisch auf ihren Händen und Gesichtern hinterlassen hatte. Ihre langen Gliedmaßen wurden von der Dunkelheit abgeschnitten wie amputiert. Einer deutete auf die Taschen, die neben ihm standen. Sie konnte Fischschuppen erkennen, ein rundes Knopfauge.

In der Nacht verschwinden Dinge, sagte er und zuckte mit den Achseln. Wieder lachten sie, und Margot dachte, dass sie bestimmt irgendwelche Geschichten erfanden, um ihr Angst einzujagen.

Als sie aufbrach, bekam sie mit, dass die Männer ihr folgten. Sie verkroch sich in den Büschen und wartete, bis sie vorbeistapften und schließlich aufgaben, umkehrten und zu ihrem Feuer zurückgingen. Sie wusste nicht, was sie mit ihr tun würden, wenn sie sie fanden, nur, dass es nichts Gutes war. Wenn etwas in der Nacht verschwand, dachte sie, dann hatten bestimmt sie es mitgenommen; die schweren Taschen, das, was sie unter den Fischleibern in den Plastiktüten verbargen. Sie hörte ihre Stimmen noch lange, doch irgendwann brachen sie ab, und es gab nur noch das Geräusch des Wassers und der Sträucher, den Schrei eines Fuchses oder einer jagenden Eule. In der Dunkelheit schaffte sie es nicht, die Zeltheringe in die richtige Position zu bringen, also ließ sie es sein und legte sich stattdessen wieder in den Schlafsack, um etwas zu schlafen. Aber es gelang ihr nicht.

DIE JAGD

Am Morgen hatte der Hund in die Zimmerecke gekotzt. Jetzt saß er neben der Tür und beobachtete mich, als wüsste er, dass er damit das Fass zum Überlaufen gebracht hatte. Vielleicht hasste er Travelodges ebenso sehr wie ich. Ich hatte nie verstanden, dass manche Leute gerne in Herbergen oder Hotels übernachten oder auf Feldern zelten. Ich träumte nicht von Italien, Peru oder Neuseeland. Ich träumte von einem Zimmer, in dem ich alle Ausgänge kannte und die Vorhänge an die Wand genagelt hatte. Damit hast du das Fass zum Überlaufen gebracht, sagte ich, und er schien beinahe zu lächeln.

Ich saß im McDonald's und suchte auf meinem Laptop nach dir. Wann immer ein Kind vorbeikam, gab es dem Hund seinen halben Hamburger und fast sein ganzes Eis. Er war wohl nicht mehr auf Diät. Irgendwie freute ich mich für ihn. Ich antwortete auf ein paar E-Mails. Eigentlich sollte ich den Eintrag zu *brechen* fertig bearbeiten. Eigentlich sollte ich schon wieder zurück sein. In den letzten vier Jahren hatte ich mir kein einziges Mal freigenommen oder mich krankgemeldet. Sie konnten warten. Kurz blitzte der Gedanke auf, nicht zurückzugehen, ihnen nicht mal Bescheid zu sagen, einfach nicht mehr zu kommen. Ich war wie du:

weniger ein Mensch, sondern vielmehr eine Leerstelle, eine Öffnung, losgelöst von allem.

Auf der Verlagswebsite gab es ein Foto von mir: mit verdutztem Blitzlicht-Blick, Zahnpasta am Kragen und einer Lücke zwischen den Schneidezähnen. Auch meine E-Mail-Adresse fand sich dort, gemeinsam mit einer Telefonnummer des Büros. Hättest du mich je finden wollen, wäre es dir möglich gewesen. Ohne großen Aufwand. Aber zu dir gab das Internet nichts her. Ich hatte schon häufiger einen Versuch gestartet, aber trotzdem probierte ich es noch mal und noch mal. Der Hund saß auf seinem knochigen Hintern und schnappte nach den Pommes, die ein Kind ihm quer durch den Raum zuwarf. Ich tat, als würde er nicht zu mir gehören. Ich suchte dich an allen Orten, die mir einfielen. Es war, als durchkämme man das Wasser nach Leichen, als suche man eine Nadel im Heuhaufen, als jage man einem Phantom nach. Mein Lieblingsausdruck war: einen Metzgersgang machen. Es gab keine Spur von dir, du hattest keinen Staub hinterlassen, keine Fußabdrücke. Ich war wieder einmal vollkommen frustriert.

Mir fiel erst auf, wie lange ich schon dort saß, als draußen die Lichter der Tankstelle angingen. Autos parkten rückwärts aus, und ihre Scheinwerfer verquirlten sich. Tankstellen hatten etwas mit dem Fluss gemeinsam. Niemand lebte dort, weil in seinem Leben alles glatt lief. Nur begriff ich das erst, als wir schon fort waren.

Endlich hatte ich etwas gefunden. Vielleicht. Das Licht des Bildschirms war so hell, dass es in den Augen wehtat. Ich klappte den Laptop zu. Wenn ich jetzt zurückfuhr, könnte ich am nächsten Tag an meinem Schreibtisch sein.
 Ich würde damit aufhören, die Leichenhallen und Kranken-

häuser durchzutelefonieren. In einem Jahr hätte ich alles vergessen, was mir in den letzten Tagen nach und nach wieder eingefallen war, in zehn könnte ich mich nicht mehr an dein Gesicht erinnern. Als alte Frau hätte ich mir eine völlig neue Kindheit zurechtgelegt, eine ordentlich frisierte Mutter, die jung, aber friedlich gestorben war. Was auch immer ich auf mich zukommen fühlte, würde den Rückzug antreten, bis es irgendwann ganz fort war. Nichts würde in der Nacht verschwinden. In meinem Kopf hörte ich deine Stimme. *Hör auf zu schreien, Gretel, es ist nur ein Traum.* Ich war schrecklich nervös. So nervös wie seit Langem nicht. Ich klappte den Laptop wieder auf. Es ging nicht um dich. Auch nicht um Marcus – er war genauso wenig im Internet zu finden wie du –, sondern um ein Ehepaar, das mit Nachnamen hieß wie er und in einer nicht allzu weit entfernten Stadt wohnte. Ich schob mir händeweise Chips in den Mund, um nicht in Panik zu geraten. Der Hund saß da und schaute mich mit offenem Maul an.

Davon wird dir nur schlecht, sagte ich und hätte mich fast an einem scharfkantigen Stück verschluckt. Vielleicht wusste Marcus, wo du bist. Vielleicht – ich schob mir eine weitere Handvoll Chips in den Mund, und der Hund rollte sich winselnd auf den Rücken – warst du bei ihm. Vielleicht bist du dorthin gegangen und die ganze Zeit über geblieben.

Ich fand auf verschiedenen Seiten Einträge über seine Eltern. Genug, um ihnen auf der Spur zu sein. Die Frau tauchte auf der Website einer Schule auf. Sie war Lehrerin. Engagierte sich in der Waldschule, hatte vor Kurzem einen Ausflug in die Nationalgalerie und auf einen Bauernhof organisiert. Sie sah Marcus nicht ähnlich. Ich war enttäuscht. Auf TripAdvisor gab es eine Restaurantkritik, die sie mit ihrem vollständigen Namen und ihrer E-Mail-Adresse versehen hatte, als handele es sich um ihren Lebenslauf. *Wir waren am Donnerstag spontan hier. Ich hatte das Hühnchen. Mein Mann die Bolognese. Die Kinder hatten ebenfalls die Bolognese. Wir würden wieder hier essen. Ich habe ein Glas Wein bestellt, er war in Ordnung. Mein Mann war nicht beeindruckt vom Service.* Außer der Erwähnung auf TripAdvisor fand ich kaum etwas über den Mann. Es gab weder ein Foto noch irgendwelche beruflichen Informationen über ihn. Allerdings hatte er auf der Website einer Autowerkstatt eine Bewertung hinterlassen. Drei Sterne und seinen vollständigen Namen.

Vielleicht waren es einfach irgendwelche x-beliebigen Leute. Ich sagte es mir laut vor. Dann ging ich zum Auto, holte die Karte aus dem Handschuhfach und breitete sie auf dem Tisch im McDonald's aus. Ich musste daran denken, wie du immer gesagt hast, dass wir im Nirgendwo sind, abseits von allem. Als befände sich der Ort, an dem unser Boot lag, auf keiner Karte, als spielte Geografie für uns keine Rolle. Ich aß eine zweite Packung Chips und gab dem Hund vier davon ab. Vielleicht waren es einfach irgendwelche x-beliebigen Leute, aber – ich beugte mich über die Karte – sie lebten nahe genug der Stelle, an der wir geankert hatten, um möglicherweise Marcus' Eltern zu sein. Der Ort war also doch nicht unkartiert.

DER FLUSS

Was in der Nacht verschwand: der Schlamm an den Rändern der Uferböschung, die Kaninchen in ihren höhlenartigen Bauten, die Sumpfhühner, die auf den unteren Ästen schliefen, streunende Hunde, die sich an Orten herumtrieben, an denen sie nichts zu suchen hatten, die aufgereihten Fische aus dem Lager der Angler, Motteneulen, die Katzen aus der Nachbarschaft und alles, was sie ihrerseits gejagt und gefressen hatten: Mäuse, blind umhertastende Maulwürfe, Vögel mit gebrochenen Flügeln.

Am nächsten Tag fiel Margot auf, dass die Landschaft schnell rauer wurde. Der Kanal mündete in einen Fluss namens Isis. Es war sehr kalt. Von den Brombeeren waren ihre Hände ganz zerkratzt und von den Brennnesseln rot und mit Bläschen übersät. Sie hatte kein Brot mehr und wünschte, sie wäre sparsamer damit umgegangen. Vor ihrem Fortgehen waren ihre Träume so übersichtlich wie Busfahrpläne gewesen, mit vielen Türen und rechtwinkligen Wänden, mit Dingen, die fein säuberlich in der Mitte geteilt waren, mit randvollen Obstschalen. Der Traum, an den sie sich aus der vergangenen Nacht erinnerte, war vollgestopft mit Schmutz, ein Wust aus Wurzeln, vom Wasser feuchtkalt. Sie konnte die Dinge fühlen, die Fiona zu ihr gesagt hatte, bevor sie den Rucksack gepackt und sie weggeschickt hatte.

Sie merkte erst nach einer Weile, dass jemand ihr folgte. Der Fluss pflegte Geräusche aufzugreifen und umzudrehen. Ab und zu meinte sie, ihre Mutter durchs Unterholz rufen zu hören. Ihre Schritte erschienen ihr lauter, als sie sein sollten. Als die Sonne hoch am Himmel stand, hielt sie an, um sich auszuruhen. Das Geräusch der Schritte hinter ihr auf dem Pfad erstarb erst einen Augenblick später.

Sie erleichterte sich in ein Erdloch. Ein Stück weiter vorn erhob sich ein Vogel kreischend aus dem Wasser. Jemand räusperte sich, doch als sie sich umsah, war da niemand. Der Kanaldieb fiel ihr ein, der im Wasser lebte und an Land ging. Sie fragte sich, wie er wohl aussah. Bestimmt hatte er Schwimmhäute an den Händen und Füßen und schmale Finger zum Stehlen. Sie dachte an die Angler und wie sie sie über das herunterbrennende Feuer angesehen hatten, an ihre offenen Hände und ihr Lachen.

Sie ging weiter. Die Schritte gehörten nicht zu ihr. Sie waren gleichmäßiger und schwerer, außerdem verstummten sie einen Herzschlag nach ihren eigenen und setzten einen Augenblick später wieder ein. Der Weg verläuft gerade, dachte sie, da geht einfach jemand in dieselbe Richtung. Allerdings glaubte sie nicht daran. Sie hatte den ganzen Tag nur Reiher und halb gekenterte Boote gesehen.

Sie ging, bis der Himmel sich langsam ins Wasser senkte. Die weinerlichen Gedanken waren lang wie die Stacheln an einem Brombeerstrauch. Sie wünschte, sie hätte vor ihrem Fortgehen mehr gelernt: wie man weniger Angst hat, wie man ein Lagerfeuer macht, wie man mit Fremden spricht. Sie wünschte, sie hätte gelernt, was man tut, wenn einen jemand verfolgt. Neben ihr begann das Blattwerk sich zu lichten. Sie bog ab und ging die Böschung hinunter, schlitterte und stürzte fast, die Hände seitlich zu Fäusten geballt. Sie warf sich auf den Boden, blieb flach auf dem Bauch liegen. Schielte hinauf zum Pfad.

Es war einer der Angler. Sein Gesicht konnte sie nicht erkennen, nur die Farbe seines Regenmantels. Er trug eine scheppernde Metalldose bei sich. Er blieb stehen und schien ihre Fußabdrücke zu studieren. Sein Körper machte ihr Angst. Er nahm mehr Platz ein, als ihm zustand. Sie legte den Kopf ins feuchte Laub und hielt die Luft an. Er war ihr weit gefolgt. Die anderen Angler – davon war sie überzeugt – warteten, dass er sie fand. Er war wie der Kanaldieb: Er nahm sich, was er wollte, lebte im Wasser und war an Land gekommen, um sie zu verfolgen.

Um sich zu trösten, ging sie alle Dinge im Haus durch, die sie mochte: die runden Knöpfe des Geschirrspülers und der Waschmaschine, die glatten Ränder des Schuhlöffels, die Äpfel am Baum, wenn sie noch zu hart zum Essen waren und bei starkem Wind herunterfielen. Da bewegte sich etwas am Boden. Sie stellte sich vor, dass die Augen des Mannes zwei grüne Murmeln waren und seine Hände die spitz zulaufenden Enden einer Zange. Ein Geräusch ertönte, ganz in der Nähe jetzt. Sie hob den Kopf. Der Mann war fort, doch dafür war da etwas anderes. Der letzte Rest des Tages drang durch das baumbestandene Ufer und verwandelte die Stämme, die sanfte Böschung und das Tier in einen Schatten. Sie konnte das Harz der Borke riechen. Der Boden wimmelte von Asseln und Tausendfüßlern, eine Motte kroch ihr über den Arm. Das Tier war länger als ein Mensch auf allen vieren. Sie schloss die Augen und dachte an die Symmetrie von Ampeln, an Obstkerne, Uhrzeiger. Als sie wieder hinsah, war es verschwunden, was auch immer es gewesen war. Margot blieb lange liegen und spürte, wie die Kälte sich um ihre Gelenke schloss und in ihre Finger zog. Ihr Kopf versuchte, sie mit Logik auszutricksen. Sie dachte: Es war ein Dachs, es war ein Fuchs, es war nur der Schatten eines Baums. Aber sie wusste, dass das Wesen, das sie gesehen hatte, nichts davon gewesen war. Sondern der Kanaldieb.

Irgendwann stand sie auf, schulterte den Rucksack und ging davon. Es war Nachmittag, und der Tag fühlte sich anders an, unerträglich. Jeder Baum war der Mann oder die Kreatur, die ihr gefolgt war. Sie zog sich die Kapuze tief in die Stirn und trottete weiter. Döste beim Gehen, sodass der Fluss sich wie die Spiralen eines Spießes in die Höhe schraubte, über ihrem Kopf schwebte und offenbar drauf und dran war abzustürzen.

Langsam kehrte die Industrie zurück: leere Gasbehälter, die in ihren Metallgestellen hingen, gemauerte Kamine. Die schäbige Peripherie einer Stadt: kleine Häuser mit Veranden, an deren Fenstern Gleise vorbeiführten, das Wasser schmutzig und seicht, die Boote dicht an dicht aneinandergedrängt, die dünnen, kahlen Bäume.

Nachdem sie stundenlang gelaufen war, quittierte ihr schlimmes Bein den Dienst und brachte sie in der Nähe der Hecke zu Fall. Von manchen Booten stieg Rauch auf. Der bevorstehende Frost hatte die Bäume hart gemacht. Margot konnte hören, wie sie klappernd gegeneinanderstießen.

Abendrot, sagte der Mann auf dem Boot, das am dichtesten zu ihr vertäut lag. Schönwetterbot. Ich kann es riechen.

Sie zog die Beine an die Brust heran. Er stand auf dem hinteren Deck und sah sie nicht an, sondern konzentrierte sich auf etwas in seinen Händen. Unter der Krempe des Hutes, den er trug, konnte sie den Schatten seiner scharf hervorspringenden Nase und die Tränensäcke erkennen.

Das Wasser unter dem Schiffsrumpf war trüb. Sie strengte sich an, nicht hinzuschauen, nicht daran zu denken, was die Angler über den Kanaldieb gesagt hatten; strengte sich an, nicht an das zu denken, was sie zwischen den Bäumen gesehen hatte.

Es ist kühl, sagte er und bearbeitete weiter das Ding zwischen seinen Händen. Ich habe noch etwas Lammeintopf und Brot. Wenn du magst, kann ich dir einen Tee kochen.

Doch sie war auf der Hut, sammelte ihre Sachen zusammen und zwickte sich in die Beine, um sie aufzuwecken. Er hatte aufgehört, womit auch immer er beschäftigt gewesen war. Er hielt den Kopf leicht zur Seite geneigt, als würde er auf etwas lauschen, das sie nicht hören konnte. Sie hievte sich hoch und ging davon.

Er sagte: Das musst du nicht. Dann zog er die knochigen Schultern nach vorne und verschwand im Bootsinnern.

Sie wartete, verunsichert. Eine der Fabriken hinter ihr stieß ein lautes Kreischen aus. Es roch nach verbranntem Zucker. Im Stehen war der Hunger deutlicher spürbar, ein wuchtiges Loch in ihrem Bauch. Der Lack am Boot des Mannes war so abgeblättert, dass sie die Farbe nicht mehr erraten konnte, es sah richtig heruntergekommen aus, der obere umlaufende Rand war voller Rost, der in Streifen bis an die Wasserkante gelaufen war. Der Abend war noch so hell, dass Margot an einem Ende mehrere Blumenampeln ausmachen konnte, die jedoch nichts Pflanzenähnliches enthielten. Er kam wieder an Deck. Sie hätte längst verschwinden sollen, das wusste sie. Sie marschierte los, schneller, zog das Bein nach und hatte Angst, dass er ihr folgen könnte wie der Angler.

Keine Angst. Ich stelle es dir nur hin, sagte er. Und dann gehe ich zurück. Zurück aufs Boot.

Sie blieb stehen. Er kletterte unbeholfen von Bord, machte ein paar Schritte auf sie zu und beugte sich hinunter, stellte die Schüssel ab und trat den Rückzug an. Dampf stieg auf. Margot ging hin, ohne den Mann aus den Augen zu lassen, schnappte sich die Schüssel und kehrte damit zur Hecke zurück. Der erste Löffel bescherte ihr Brandblasen im Hals und auf der Zunge. Sie schob Brot hinterher, um den Schmerz zu lindern. Der Eintopf war gut und heiß, das Lamm in grobe Stücke geschnitten und mit Fett durchzogen. Das Brot hatte eine braune Kruste, so dick wie ihr Daumen, und war innen blass und porös. Sie aß alles auf, und als sie fertig war, hob sie die Schüssel vors Gesicht und leckte sie aus. So hatte Margot nicht mitbekommen, dass er ihr eine Tasse Tee gebracht und sie ein paar Schritte vor ihr abgestellt hatte. Sie nahm sie in die Hände und umklammerte sie so fest, dass es sich anfühlte, als würden ihre Fingerabdrücke in der Hitze schmelzen.

Zu schwach?

Sie schüttelte den Kopf.

Was?, sagte er.

Nein.

Ich esse in einem fort. Er umschloss mit den Fingern der einen Hand das Gelenk der anderen, das so dünn war wie ein Eisenrohr. Wenn ich nicht fische, verbringe ich den Tag mit Kochen und den Abend mit Essen. Ich esse genug für fünf Männer. Fünf oder sechs. Manchmal habe ich das Gefühl, dass sechs Männer in mir stecken, wie Vögel, mit aufgerissenen Mäulern. Ich esse und esse, um sie zu füttern, und trotzdem sehe ich so aus. Verstehst du? Er nahm den Gegenstand, mit dem er vorher beschäftigt gewesen war, und hielt ihn in die Höhe, damit sie ihn sehen konnte. Das ist ein Köder, sagte er. Ich arbeite schon seit einer Weile daran. Weißt du, wofür?

Nein.

Er strich mit den Händen darüber und drehte ihn zwischen den Fingern. Es ist eine Art Lockvogel, ein Popper. Man bindet ihn ans Ende einer Angel und fängt damit Fische. Ich bin da schon eine ganze Weile dran. Siehst du, wie groß er ist? Er wog ihn in den knochigen Händen. Der Plan ist, damit etwas Größeres zu fangen. Ich habe ihn geschnitzt. Er nahm das Messer, um es ihr zu zeigen.

Sie fürchtete sich nicht mehr vor ihm. Anscheinend besaß er mehr Wörter, als er für sich behalten konnte, und hatte niemanden, mit dem er sie teilen konnte.

Willst du mehr? Er machte eine Trinkbewegung.

Ja. Sie drückte sich hoch und stellte die Tasse zwischen ihnen ab. Er bewegte sich komisch, beinahe tänzelnd, schob immer erst einen Fuß vor, als wollte er sich vergewissern, dass der Boden nicht nachgab. Sie fragte sich, ob er sie nachäffte. Es wäre nicht das erste Mal. Er stieß mit dem Fuß gegen die Tasse und hätte sie fast umgeworfen. Als er zurück zum Boot ging, konnte Margot hören, wie sein Atem hinten in der Kehle rasselte. Das Wasser hatte die Farbe verloren, und dem Himmel stand das Gleiche bevor. Es wurde kälter, als hätte jemand den Regler heruntergestellt.

Diesmal habe ich ihn stärker gemacht, sagte er und stellte die Tasse zwischen ihnen ab. Ich weiß nicht, wie du ihn trinkst. Aber Brusthaare wachsen dir davon keine. Daran glaube ich nicht mehr. Ich weiß nicht, wie du ihn trinkst. Ich heiße Charlie. Und du?

Sie zögerte. Aus irgendeinem Grund wollte sie ihm ihren Namen nicht verraten. Marcus, sagte sie. Er schien sie nicht zu hören. Unter einem seiner Arme klemmte ein Buch, das er jetzt hervorzog und in die Höhe hielt. Inzwischen war es so düster, dass sie den Titel nicht erkennen konnte.

Ich bin nicht gut, erklärte er. Nicht mal, wenn ich sie lesen könnte.

Was ist das?

Fragen. Rätsel. Als ich in deinem Alter war, konnte ich sie einfach so beantworten. Er schnippte mit den Fingern. Jungs haben ein Talent für solche Dinge: logisch denken, Dingen auf den Grund gehen. Ich hatte nie einen Sohn, aber wenn, dann hätte er ein Talent dafür gehabt, Rätsel zu lösen.

Er ging wieder zum Boot zurück. Mit dem Buch in der einen Hand tastete er mit der anderen nach etwas zum Festhalten. Er war, begriff Margot, blind. Er setzte sich umständlich.

Kannst du so was?

Ich weiß nicht, erwiderte sie.

Ein paar kann ich auswendig. Versuch's mal damit: In einem Wald in der Nähe von Poitiers steht eine Scheune. Sie ist leer, bis auf einen Toten, der von der Decke hängt. Das Seil um seinen Hals ist drei Meter lang und seine Füße sind einen Meter vom Boden entfernt. Bis zur nächsten Wand sind es sechs Meter. Man kann unmöglich an der Wand oder den Dachsparren hochklettern. Es war Selbstmord. Wie hat er das gemacht?

Keine Ahnung.

Er schüttelte den Kopf. Ich auch nicht. Er trat gegen den Bootsrumpf. Siehst du. Sie sind knifflig.

Schon möglich. Kennen Sie noch eins?

Es war genauso schwierig wie das erste. Wieder wusste sie die Antwort nicht, genauso wenig wie er. Er schnitzte weiter an seinem Köder. Er war wirklich spindeldürr, aber seine Hände wirkten stark und bewegten sich sicher über das Holz. Etwas später brachte er ihr ein paar Decken.

An mehr kann ich mich nicht erinnern, sagte er. Vielleicht könntest du mir ja eins vorlesen?

Er legte ihr das Buch hin. Vom Boot fiel ein Quadrat aus Licht auf den Boden. Sie nahm die Decken und setzte sich mitten hinein, schlug das Buch auf und begann zu lesen.

Da sind zwei Schwestern: Eine gebiert die andere und diese wiederum gebiert die erste. Wer sind die beiden?

Sie stützte den Kopf auf ihre zu einem Dreieck verschränkten Arme. Die Decken rochen nach altem Rauch und Zwiebeln. Sie glaubte, die Antwort möglicherweise zu wissen, doch sie wollte sich nicht greifen lassen und rutschte und rasselte stattdessen in ihr herum.

DIE JAGD

Der Mechaniker war dünnbeinig und sah aus, als wäre er falsch gewichtet, wie jemand, der gerade aus dem Weltall zurückgekehrt ist. Ich dachte, er würde sich weigern, mir die Adresse zu geben, doch er schien nichts dagegen zu haben und schrieb sie hinten auf ein Stück Zeitung. Nicht mal der Besuch in den Stallungen, wo wir gelebt hatten, hatte dieses Gefühl in mir ausgelöst – als sei ich so nah dran, dich zu finden, wie noch nie zuvor.

Um uns Mut zu machen, umrundeten der Hund und ich ein paarmal die Siedlung. Die Häuser sahen alle gleich aus. Der Hund entdeckte ein Eichhörnchen und stürmte los. Als ich versuchte, ihn einzuholen, erblickte ich die richtige Hausnummer. Kein Zurück mehr. Der Mann, der mir öffnete, hatte die Hände voller Spielzeug, eine verrutschte Brille und Geheimratsecken. Schwitzend bedeutete er mir hereinzukommen. Ich folgte ihm, ohne erklären zu müssen, weshalb ich hier war. Vielleicht habe ich die Art von Gesicht, bei dem die Leute kein zweites Mal hinsehen. Der Hund raste hinter mir her, und wir wurden von Kindern belagert. Ich wartete nur darauf, dass er eins davon biss und man uns hinauswarf. Der Grüffelo!, rief eines. Der Mann führte mich in die Küche und zog die Tür hinter uns zu. Er bot mir Kaffee an, dann machte er Tee. Zu kurz gezogen, zu viel Milch. Er sah Marcus nicht ähnlich. Die Äderchen an seinen Wangen waren aufgeplatzt, und die Nase saß ihm wie ein Dreieck im Gesicht. Er stieß einen Seufzer aus.

Die Waschmaschine ist schon fast eine Woche kaputt, ich glaube, es ist der Schlauch, sagte er und schaute mich zum ersten Mal richtig an. Die Vorderseite meines Leinenkleids war mit Rotz verschmiert, und irgendetwas klebte an meinem Schuh fest. Sie sind gar nicht wegen der Waschmaschine hier.

Nein, antwortete ich. Tut mir leid.

Muss es nicht. Gestern ist auch keiner gekommen. Habe ich Sie schon gefragt, ob Sie Kaffee möchten?

Ich hob die Tasse und redete los, bevor ich es mir selbst verkniff:

Ich kannte Ihren Sohn. Wir haben uns am Kanal kennengelernt, aber ich habe ihn lange nicht gesehen. Ich habe mich gefragt, ob er wohl wieder hierher zurückgekehrt ist. Ich suche meine Mutter und glaube, dass er vielleicht weiß, wo sie ist.

Der Mann schüttelte schon den Kopf, bevor ich ausgeredet hatte. Seine Hände zitterten leicht, wie Messzeiger vor einem Erdbeben. Sie irren sich. Er öffnete die Küchentür und deutete ins Wohnzimmer. Die Kinder saßen Pobacke an Pobacke auf dem Boden, ihre aufwärts gerichteten Gesichter vom ungesunden Leuchten des Bildschirms erhellt. Nur das Jüngste tobte über den Teppich, den Hund im Schlepptau, der begeistert an der immer lockerer sitzenden Windel schnüffelte. Der Mann zeigte auf das Kind. Er heißt Arthur, nach meinem Großvater. Die anderen sind Mädchen.

Haben Sie keine anderen Kinder? Ältere Kinder? Er hat gehumpelt. Ich merkte, dass ich Marcus nachahmte, und ließ es bleiben. Ich war mir so sicher gewesen. Egal. Ich pfiff nach dem Hund, doch der schien mich gar nicht zu bemerken. Machen Sie sich keine Gedanken, sagte ich. Sie haben recht. Ich habe mich wohl geirrt. Ich gehe.

Ich war schon fast an der Tür. Im Russischen gibt es ein Wort für hinter jemandem herspringen. *Povskakat*. Selbst jetzt sprang ich hinter dir her, ohne zu überlegen. Ich war schon bei der Tür, hatte die Klinke in der Hand und rief nach dem Hund, dessen Namen ich nicht kannte. Hund, rief ich.

Gehumpelt, sagen Sie?, sagte der Mann.

Ich wandte mich um. Die Kinder hatten sich um ihn geschart und standen mit vor dem Bauch verschränkten Händen da.

Ja, sagte ich. Links. Er zog sein Bein nach.

Der Mann hieß Roger und wollte, dass ich blieb, bis seine Frau – Laura – nach Hause kam. Das zumindest schloss ich aus der Art und Weise, wie er die Kinder darauf ansetzte, mir Dinge zu bringen: Gläser mit Wasser, eine Scheibe gebutterten Toast nach der anderen. Ich sah ihm dabei zu, wie er hier und da Wäsche, eine schmutzige Windel und heruntergefallenes Spielzeug aufsammelte. Dabei musterte ich ihn und suchte nach Merkmalen von Marcus. Kannst du dich noch erinnern, wie er aussah? Größer als du, krummer Rücken, dunkle Topffrisur und ängstlicher Blick. Du hast behauptet, ich hätte seine Augen – ein bisschen schwer um die Lider und früh faltig. Eins der Kinder sagte etwas neben meinem Ellbogen.

Was?

Wie heißt dein Hund?, fragte das Mädchen. Ihr Haar war zu vier oder fünf Büscheln gebunden, die ihr vom Kopf abstanden. Das Bild eines verwirrt dreinschauenden Schafes zierte ihr Kleid.

Er hat keinen Namen, erwiderte ich und überlegte verzweifelt, wie man sich mit einem kleinen Kind unterhielt. Wie würdest du ihn denn nennen?

Sie schien mit der Verantwortung überfordert und antwortete nicht. Die anderen platzten mit Vorschlägen heraus, eins lauter als das andere. Roger stand am Fenster und blickte auf die Straße hinaus. Sein Haar war im Nacken etwas zu lang. Ich war noch nie gut im Umgang mit Kindern gewesen, und sie schienen es immer zu merken und ließen nicht von mir ab. Sie hatten, wie sie sagten, eine kurze Liste möglicher Hundenamen erstellt, die sehr lang war und hauptsächlich aus Tieren bestand: Dodo, Mieze, Ferkel. In dem Versuch, sie abzuschütteln, lief ich im Zimmer herum. Überall, wo andere Leute Alkohol aufbewahrten, lagen Spielsachen. An allen Schränken gab es kindersichere Schlösser, aber nichts zu verstecken. Eins der Kinder nahm meine Hand und hielt sie mit eisernem Griff umklammert, während ich unauffällig versuchte, sie abzuschütteln. Otter, sagte das Mädchen. Wie wär's mit Otter?

Musst du aufs Klo?, fragte ich. Sie antwortete nicht, doch wir gingen trotzdem die Treppe hoch, Hand in Hand. Oben angekommen überkam mich plötzlich der beunruhigende Gedanke, dass ich einen Fehler gemacht und alles missverstanden hatte. Wie viele Kinder verschwanden, liefen Jahr für Jahr von zu Hause weg? Überall befanden sich Zeichen der Verwüstung, Puppen ohne Köpfe, Löcher in den Wänden, die fehlende Klinke der Badezimmertür. Das Mädchen führte mich in ihr Zimmer, zog verschiedene Dinge hervor und zeigte sie mir. Bevor ich mich davon abhalten konnte, ging ich in das große Schlafzimmer am Ende des Flurs. Dort gab es Fotos von dem Mann und einer Frau, bei der es sich wohl um Laura handelte. Sie waren jünger, trugen bunte

Sachen. Ich strich über die Kleiderhaken im Schrank. An der gegenüberliegenden Wand hing ein kleines Foto in einem grünen Rahmen. Ich beugte mich näher. Das Kind auf dem Bild hatte den Kopf abgewandt und streckte die Hand in die Kamera. Trotzdem war es offensichtlich. Der Ausschnitt seines Gesichts, die Ränder von Mund und Nase, sogar die Art und Weise, wie er die Schultern krümmte. Es war Marcus. Mit gelocktem und längerem Haar als damals, als wir ihn kannten.

Das ist das Schlafzimmer von Mama und Papa, sagte das Mädchen von der Tür her.

Ich holte Luft. Das weiß ich. Wir gingen zurück durch den Flur. Sie hatte beschlossen – die Kraft der Suggestion –, dass sie doch aufs Klo musste, und wollte mich nicht nach unten gehen lassen, bevor sie fertig war.

Du warst noch nie bei uns, sagte sie.

Ich konnte mich nicht erinnern, dass ich als Kind so logisch gedacht hätte. Ich konnte mich erinnern, dass du mich als eiskalte Lügnerin bezeichnet hast und ich völlig schockiert war. Ich bin gar nicht auf die Idee gekommen, dass das, was ich getan habe, Lügen genannt wurde. Vielleicht war es für dich dasselbe, als du fortgingst. Vielleicht bist du nie auf die Idee gekommen, dass das, was du getan hast, Verlassen genannt wurde.

Nein.

Bleibst du bis morgen?

Wahrscheinlich nicht.

Du könntest uns in die Schule bringen.

Falls ich noch da sein sollte, könnte ich das.

Ich heiße Violet. Wie heißt du? Bist du Margot?

Ich öffnete den Spiegelschrank über dem Waschbecken.

Wer ist Margot?

Doofie. Sie strampelte mit ihren mit Grübchen versehenen Knien und zappelte auf dem Sitz herum. Margot ist Mamas erstes Baby. Sie ist schon groß, und sie ist von uns gegangen, aber sie hätte uns lieb gehabt. Hast du uns auch lieb?

Ich schaute sie an. Sie erwiderte meinen Blick mit ernstem Gesicht, die Ellbogen auf die Beine gestützt. Ich muss mir jetzt den Po abwischen.

Dann mach. Hast du Margot mal getroffen?

Hast du?

Ja, ich glaube schon.

Sie wickelte so viel Papier ab, dass es für drei große Kinder gereicht hätte. Mir kam der Gedanke, dass sie das vielleicht zum ersten Mal machte und ich ihren Eltern ungefragt einen Gefallen tat.

Wir haben sie nie kennengelernt, weil sie von uns gegangen ist.

Sie ist tot?

Sie hüpfte vom Toilettensitz und zerrte ihre verdrehte Unterhose hoch. Was, sagte sie und schaute mich an, heißt tot?

Ich tat, als hätte ich sie nicht gehört. Unten stellte ich mich neben Roger an den Küchentresen, und wir sahen dabei zu, wie die Fischstäbchen, die er den Kindern zum Abendessen gemacht hatte, unter dem Tisch verschwanden, wo der Hund wartete.

Otter, sagte Violet immer wieder. Willst du ein Fischstäbchen, Otter? Otter, Otter, Otter.

Ich kniete mich neben den Hund. Wie gefällt dir das, Otto?, sagte ich, und er schaute mich an und drehte sich weg, als wäre er sich nicht sicher. Rogers Blick war klar, und die Röte in seinen Wangen hatte leicht nachgelassen. Seine Hände zitterten, und ich fragte mich, ob du und er einander verstehen würdet. Wie zwei Leute einander verstehen, die im Pub nichts trinken wollen.

Margot ist Marcus?, sagte ich.

Er schien nicht überrascht, dass ich es wusste. Wahrscheinlich blieb in diesem Haus nichts lange ein Geheimnis. Ich bemerkte, dass Violet mich nicht aus den Auge ließ, während sie ihre Erbsen aß. Sie hielt uns wohl für so etwas wie Verbündete. Ich weiß es nicht, sagte er. Vielleicht. Sie hat gehumpelt. Von Anfang an. Schon als wir sie fanden.

Sie fanden? Was soll das heißen?

Er kniff die Augen zu und hielt sie geschlossen. Ich hörte, wie die Eingangstür aufging. Die Kinder stürmten los wie eine Rugbymannschaft, und Otto rannte bellend hinter ihnen her. Eine Frauenstimme fragte, wem der Hund gehöre. Ich konnte sehen, wie Rogers Blick sich veränderte und etwas gelöster wurde. Wir gingen ins Wohnzimmer. Die Frau stellte die Tasche auf den Boden und musterte mich von oben bis unten. Was ist hier los? Die Kinder hatten sich um sie versammelt und balancierten auf der Sofalehne.

Sie ist wegen Margot gekommen, erklärte er. Sie kannte sie.

Margot, schrie eines der Kinder und die anderen fielen ein. Die Frau hob die Hände. Ihr alle, rief sie, ab ins Bett mit euch.

Ich war fast eine Stunde alleine unten. Ich ging mit Otto in den Garten, legte mich in einen der Liegestühle und lauschte den leisen Geräuschen aus dem Inneren des Hauses. Unsere Leben hätten in viele verschiedene Richtungen gehen können, doch die Wahl, die du jedes Mal getroffen hast, hat sie gezwungenermaßen zu dem werden lassen, was sie nun mal sind. Vielleicht hattest du auch nie eine Wahl, vielleicht gab es gar keinen anderen möglichen Ausgang. Ich konnte mir uns an einem Ort wie diesem ohnehin nicht vorstellen, selbst wenn du vielleicht manchmal mit dem Gedanken gespielt hast. Ein Haus an den Bahngleisen, ein Garten, wo du nach der Schule auf mich wartest. Für einen Augenblick glaubte ich, im Fenster des Schuppens am Ende des Gartens Licht zu sehen, doch dann war es verschwunden, und ich sagte mir, dass es sich bestimmt nur um eine Spiegelung vom Haus gehandelt hatte.

Laura kam heraus und stellte sich neben mich. Als ich zu ihr aufblickte, stellte ich fest, dass sie älter war, als ich angenommen hatte – weit über fünfzig, zu alt für so kleine Kinder.

Ich habe mich immer gefragt, ob wohl irgendwann einmal jemand kommt, sagte sie. Und mir etwas erzählt, das ich nicht hören will. Kennen Sie das Gefühl, immer nur an eins denken zu können?

Am liebsten hätte ich erwidert, dass sie mir nicht glauben würde, wie gut ich das kannte. Stattdessen sagte ich: Ich glaube schon.

Es hörte nie auf. Deshalb haben wir den Kindern von ihr erzählt. Weil wir dauernd an sie dachten.

Als ich ihr begegnete, war sie keine Sie, sagte ich.

Sie schüttelte den Kopf. Hat sie gehumpelt? Das Bein nachgezogen?

Ja.

Und sie war ein bisschen unbeholfen, wortkarg?

Ja.

Sie musterte mich. Sie sind jünger als Margot.

Ich war damals noch ein Kind, dreizehn, wenn ich mich nicht verrechnet habe. Ich lebte mit meiner Mutter auf einem Boot. Marcus, Margot, hat im Winter einen Monat bei uns verbracht.

Sie war es.

Vielleicht, sagte ich.

Es folgte ein Schweigen, länger, als es angenehm war. Der Hund schlich sich davon und ging in der dunklen Hecke auf die Jagd.

Sie haben viele Kinder, sagte ich und wünschte, ich hätte nichts gesagt.

Sie saß auf der äußersten Kante des Liegestuhls. Ganz in meiner Nähe, die Hände im Schoß gefaltet. Als Margot weg war, versuchten wir, eigene zu haben, aber es war schon zu spät oder wir konnten von vornherein keine bekommen. Ohne sie fehlte uns etwas. Das haben wir erst spät gemerkt. Also adoptierten wir. Ich dachte immer – jetzt seltener, aber immer noch oft –, dass Margot eines Tages zurückkehren und sehen würde, wodurch wir sie ersetzt haben.

Sie stand auf und pfiff nach Otto und dirigierte ihn zu einem Erdhaufen in einem der Blumenbeete, den sie mit dem Fuß antippte, bis Otto zu graben anfing. Sie steckte die Hände in die Taschen und sah ihm dabei zu. Ich dachte an Marcus und die Zeit, die wir gemeinsam auf dem Fluss verbracht hatten. Laura hatte wohl ebenfalls an ihn gedacht, denn sie sagte:

Was ist aus ihr geworden?

Ich holte tief Luft und suchte nach einer besseren Antwort, einer wenigstens ausreichenden Antwort, einer Art Trost. Aber mir fiel nichts ein. Ich weiß es nicht, sagte ich.

DER FLUSS

Am Morgen saßen Margot und Charlie auf dem Leinpfad und aßen platte, dicke Pfannkuchen mit so viel Chili, dass der Teig ganz rot war und Margots Augen eine Stunde später noch tränten. Die meiste Zeit redete er und sie hörte zu. Er erzählte, wie er in jüngeren Jahren auf den Kanälen herumgefahren war, hinauf zu den Schleusen von Birmingham, quer über die Mündung des Severn, so weit nach Süden, wie es nur möglich war, so weit nach Norden, wie es nur ging. Die meiste Zeit war er jedoch in diesem Teil des Landes geblieben und dieselben alten Routen auf und ab getuckert.

Sein Augenlicht war langsam geschwunden. Es habe, sagte er, mit einem Nebelschleier am unteren Rand des rechten Auges begonnen. Für eine Weile, eine Woche vielleicht, glaubte er, draußen auf dem Wasser sei etwas, das ihn verfolgte, ein Fleck in der Landschaft, der mit ihm Schritt hielt. Doch dann widerfuhr dem anderen Auge dasselbe. Der Schleier dehnte sich aus und lenkte ihn so sehr ab, dass er einmal statt abzubiegen geradeaus in ein anderes Boot fuhr. Da wusste er, dass ihm nicht mehr viel Zeit blieb. Er brachte die Laterne am Bug an und fuhr durch die Dunkelheit, durch jeden Tag. Das war alles, was er kannte. Er beschloss, so lange weiterzumachen, bis ihn der letzte Rest Sehkraft verließ.

Eines Morgens erwachte er blind und konnte nicht mehr fahren.

Er umfasste mit den Fingern sein Handgelenk, um Margot zu zeigen, wie dünn es war; erzählte wieder von dem Köder, an dem er arbeitete. Er sagte, das Fahren fehle ihm.

Warum?, fragte sie.

Warum was?

Warum bist du so viel herumgefahren?

Sie dachte, er würde vielleicht nicht antworten, und schämte sich, gefragt zu haben.

Ich habe jemanden gesucht, sagte er schließlich. Ich habe viele Jahre lang jemanden gesucht. Mehr sagte er nicht. Er murmelte noch etwas Unverständliches und wandte sich ab.

Bist du erkältet, fragte er, als sie schniefte.

Ja.

Schnäuz es aufs Ufer.

Sie beugte sich über den matschigen Pfad, hielt sich ein Nasenloch zu und folgte seiner Aufforderung.

Welche Farbe hat es?, fragte er.

Grün.

Dann hast du einen Infekt. Komm aufs Boot.

Er ging, ohne abzuwarten, ob sie ihm folgte. Sie fürchtete sich nicht mehr vor ihm. Wegen seiner Blindheit oder der traurigen Tatsache, dass er jahrelang jemanden gesucht und nicht gefunden hatte. Das Boot war sehr ordentlich, alles war an seinem Platz. Von der Wand hingen vier Bratpfannen, es gab Tassen, aus denen Löffel und Gabeln hervorragten. Sie war erleichtert, auf dem Boot zu sein. Der Kanaldieb lebte im Wasser und ging an Land, aber er würde bestimmt nicht auf das Boot kommen. Sie tat, was er ihr sagte, machte auf dem Gasherd Wasser heiß, füllte es in eine Schüssel und hielt den Kopf darüber.

Danach schaute sie ihm beim Kochen zu. Er briet Gewürze in Öl an, die so scharf waren, dass ein Hitzeschimmer das Boot erfüllte und sie beide hustend und nach Luft schnappend an Deck stürzten. Er erklärte, es sei Schweinebauch und zeigte ihr die Fettschwarte. Er nannte sie Junge und Kleiner, und sie begriff, dass er nicht wusste, dass sie ein Mädchen war. Früher hatte Roger – ihr Vater – ihr, statt sie zum Friseur zu schicken, einen Topf auf den Kopf gesetzt und rundherum geschnitten. Noch Wochen später war sie – wann immer sie einen ängstlichen Blick auf ihr Spiegelbild erhaschte – überrascht gewesen. Sie sah fast aus wie der Junge von nebenan, und dazu war gar nicht viel nötig gewesen.

Sie saßen auf dem Deck und tranken Tee.

Ich suche mein Kind, sagte er mitten im Satz zu einem anderen Thema. Sie hielt ganz still. Er schien völlig konzentriert auf das, was er gesagt hatte, und schaukelte ein bisschen, sodass das Boot mitschaukelte, als wäre es mit ihm verbunden. Ich suche sie schon seit zehn Jahren. Vielleicht sogar länger. Jemand hat sie mitgenommen. Sie war klein, hat nie gelogen. Ihre Mutter hat sie mitgenommen.

Er schüttete den Rest seines Tees ins Wasser. Am Himmel gab es Sternbilder. Laura – ihre Mutter – hatte versucht, ihr die Namen beizubringen, aber sie konnte sie sich nicht gut merken und hatte nur Bruchstücke behalten: Großer Bär, Großer Hund, Einsiedlervogel. Sie vermisste ihre Eltern. Sie spürte es in den Knochen ihrer Hand- und Fußgelenke, auf der Rückseite ihrer Zunge. Als er weiterredete, hörte sie ihn fast nicht.

Was?

Ich habe gesagt: Wohin bist du unterwegs?

Der Himmel stürzte wieder auf sie ein. Sie wollte Charlie

nicht erzählen, was man ihr gesagt hatte. Was sie getan hätte, wenn sie bei ihren Eltern geblieben wäre. Trotzdem musste sie ihm als Gegenleistung etwas geben.

Glaubst du, dass man, wenn man weiß, dass etwas geschehen wird, in der Lage ist, es nicht zu tun?

Wie meinst du das?

Der Gedanke schwirrte wirr durch ihren Kopf. Sie wusste nicht, wie sie ihn in Worte fassen sollte. Sie glaubte nicht, dass sie das je tun würde – ihn in Worte fassen. Wenn man etwas in Worte fasste, existierte es dann plötzlich, während es vorher nur halb existent war?

Glaubst du, dass das Leben eine gerade Linie ist?

Eine Linie. Er schien darüber nachzudenken. Nein. Keine Linie.

Hättest du, sagte sie und fragte sich, ob sie es nicht besser gelassen hätte, etwas dagegen unternehmen können, wenn du gewusst hättest, dass deine Tochter dir genommen wird? Wenn jemand dir gesagt hätte, was passieren wird?

Das hätte ich. Ich hätte sie aufgehalten.

Sie konnte seinen Atem in der Luft sehen. Der Knochen ihres schlechten Beins griff die Kälte auf und sang mit ihr.

Ich glaube, sagte er, dass das Leben sich dreht. Wie ein Planet oder ein Mond, der einen Planeten umkreist. Verstehst du?

Ja, sagte sie, obwohl sie sich nicht sicher war.

Das Leben macht das genauso. Manchmal schaut es in eine Richtung, aber nur für eine Sekunde, und dann dreht und dreht es sich, rotiert so schnell in seinem Fundament, dass du es nicht mehr richtig siehst. Nur manchmal erhaschst du einen Blick darauf, und dann sitzt du da und weißt genau, dass es so gewesen wäre, wenn die Dinge anders gelaufen wären, dass es so hätte sein können.

Sie saßen da. Es war nicht still, sondern erfüllt von Flussgeräuschen, dem Schrei eines ihr unbekannten Vogels, den Geräuschen der Menschen auf den umliegenden Booten. Sie sah die Umrisse der Fabriken vor dem dunkler werdenden Himmel, den Rand der Stadt.

Was hättest du denn getan?

Sie hielt den Gedanken sorgfältig in ihrem Kopf fest. Die Worte waren mit Stacheln gespickt, aufwühlend wie heiße Kohlen. Jemand hat gesagt, dass ich meinen Eltern etwas antun würde, wenn ich nicht gehe, sagte sie.

Für einen Moment saß er einfach nur da und schien darüber nachzugrübeln, dann spuckte er aus dem Mundwinkel einen Klumpen Schleim ins Wasser.

Der Fluss folgte demselben Weg wie die Schienen, und das Geräusch des vorbeifahrenden Zuges weckte sie in ihrem Zelt. Es fiel ihr schwerer – weil sie keinen Schlaf fand und weil die Kälte durch die Decken kroch –, nicht an den Grund für ihr Fortgehen zu denken. Sie richtete sich auf und öffnete den Reißverschluss so weit, dass sie den mit Sternen übersäten Himmel sehen konnte, nur durchschnitten von der Lichtverschmutzung, die von irgendeinem Ort in der Nähe ausging, den Pfad, der so schwarz war wie das Wasser.

Sie würde gehen, ohne sich zu verabschieden, zurück in das Haus am Fluss, wo sich das hintere Ende des Gartens steil zum Kanal hinabwand. Was man ihr gesagt hatte, war nicht die Wahrheit, sondern eine Möglichkeit von vielen. Und wenn sie auf das, was auf sie zukam, vorbereitet wäre, könnte sie es bestimmt vermeiden. Wie einen Autounfall.

Ein weiterer Zug fuhr vorbei, so nah, dass sie seinen Atem fühlen konnte. Die weiß erleuchteten Waggons, die nach draußen blickenden Gesichter.

Sie machte den Reißverschluss zu. Zog sich die Decken über den Kopf. Sie hatte immer schon geglaubt, dass manche Menschen mehr wussten als andere, und einer von ihnen hatte ihr gesagt, was sie tun würde. Wenn Margot zurückginge, würde sie ihren Vater töten. Wenn sie zurückginge, würde sie… An die zweite Sache konnte sie noch nicht denken. Sie existierte nicht in einer Sprache, die in die Leerräume hinter ihren Wangen passte. Sie schmeckte nach Staub, nach verdorbenem Joghurt oder verbranntem Toast.

DIE JAGD

Ich saß an Lauras und Rogers Küchentisch und hörte den beiden zu. Die Babysprechanlage rauschte und schaltete sich abwechselnd ein und aus. Ein Gefühl von innerer Reinigung, Erleichterung, lag in der Luft. Sie hatten lange gewartet, diese Worte auszusprechen, sie auf den Tisch zu legen und von oben zu betrachten.

Als Laura Anfang zwanzig war, starb ihre alte Tante und hinterließ ihr kistenweise Satiremagazine, sich auflösende Teebeutel, schmutzige Toiletten, ein Haus. Dieses war feucht, und manche der Türen waren abgeschlossen oder zugequollen. Im Flur standen Schalen voller Schlüssel, die nichts aufzuschließen schienen. Im Garten gab es einen Apfelbaum, dessen Wurzeln den Zaun aus den Fugen hoben, und einen verfallenen kleinen Schuppen. Roger mochte die winzigen Zimmer, die niedrige Zwischendecke im Speicher, das Geräusch des Wassers, wenn es am unteren Ende des Gartens gegen die weißen Mauern schwappte. So hatte, sagte Laura, damals ihr Leben ausgesehen: geliehene Häuser, schnell wechselnde Arbeitsplätze. Sie besaßen nichts. Sie waren, sagte Roger, arm wie Kirchenmäuse.

Ich sah sie vor mir. Wie sie langhaarig, händchenhaltend, die Speisekarten in den Fenstern von Restaurants studieren, ohne je in eines hineinzugehen, wie sie spät den Heimweg antreten und den Straßenlaternen folgen. Damals hatten sie noch keine Kinder, aber manchmal – morgens, wenn sie noch gar nicht richtig wach waren – redeten sie über die Namen, die sie ihnen geben würden.

Sie waren seit drei Monaten hier und die örtlichen Secondhandläden waren voll von allem, was sie aussortiert, eingepackt und weggegeben hatten. Die Scheibe ihres Schlafzimmerfensters war dünn wie junges Eis. In der Nähe jagten Eulen mit platt gedrückten Gesichtern, und auf der Bogenbrücke, unter der die Obdachlosen schliefen, kämpften Katzen.

Das kann alles Mögliche sein, murmelte Laura, als sie eines Nachts von einem Geräusch geweckt wurden. Sie drehte sich um und schlief weiter. Doch Roger fand keine Ruhe mehr. Das Geräusch hielt sich hartnäckig. Er zog Pantoffeln und Lauras alten Morgenmantel an und setzte einen Hut auf, der im Eingang herumlag. Der Weg neben dem Haus führte zur Brücke und von dort an beide Flussufer hinunter. Roger blieb stehen und lauschte. Das waren weder jagende Eulen noch kämpfende Katzen. Das war, dachte er, ein Kind.

Es war so dunkel, dass er den Weg nicht sehen konnte. Nicht sehen konnte, wo das Wasser begann. Er folgte dem Geräusch, setzte vorsichtig einen Fuß vor den anderen. Er hatte Angst zu stolpern, sich den Kopf anzuschlagen, ins Wasser zu fallen und nie gefunden zu werden. Er ging weiter. Auf dem Pfad, halb in den Büschen, stand ein Mülleimer, versperrte den Weg. Das Kind lag darin, in eine Decke gewickelt, es nuckelte an Orangenschalenstreifen und weinte. Es hatte etwas Biblisches, sagte Roger, auf unbeabsichtigte Weise Mythisches. Er nahm sie hoch, drückte sie gegen seine Brust und trug sie zum Haus.

Das Mädchen war zu ihnen gekommen. Sie hörte auf zu weinen, wenn einer von ihnen sie hielt, aß die Fischstäbchen, die sie ihr im Dutzend brieten, schien zuzuhören, wenn sie mit ihr redeten, weinte, wenn sie das Zimmer verließen. Wenn sie nachts schreiend erwachte, ging Roger in ihr Zimmer und blieb neben dem Bett stehen. Seine Gegenwart ließ sie erstarren, wachsam werden. Gemeinsam lauschten sie dem Geräusch des Flusses an den Hauswänden, der Geschirrspülmaschine im Erdgeschoss, den Mäusen, die auf dem Speicher lebten. Sie waren auf diesen Augenblick zugerollt, dachte Roger, ohne es zu merken, hügelabwärts darauf zugerollt.

Die Adoption ging erstaunlich schnell vonstatten. Niemand meldete sich. Niemand sonst wollte sie. In der ersten Woche kam die Frau von der Adoptionsstelle zweimal am Tag vorbei. Sie war groß gewachsen, hieß Claudia, hatte ein Augenbrauen-Piercing und saß so still da, dass sie ihre Anwesenheit oft vergaßen. Es war schwierig, auf etwas anderes zu achten als auf das Mädchen, dessen Blick ihnen durchs Zimmer folgte. Nach Claudias letztem Besuch begleitete Roger sie hinaus. Etwas quälte ihn.

Was glauben Sie, warum sich niemand gemeldet hat?, fragte er.

Claudia war schon fast bei ihrem Auto. Sie machte langsam kehrt. Dafür gibt es jede Menge Gründe.

Was glauben Sie?

Sie deutete zum Wasser. Als ich anfing, verbrachte ich viel Zeit an den Kanälen. Keine leichte Aufgabe. Die Leute dort haben ihre eigenen Gemeinschaften, ihre eigenen Regeln. Sie rufen nicht die Polizei oder das Jugendamt, wenn etwas schiefläuft. Sie haben ihre eigene Obrigkeit. Das ist eine andere Welt. Sie haben sie auf dem Pfad ausgesetzt, weil sie wollten, dass jemand anders sie findet. Es hat sich niemand gemeldet, weil niemand sie sucht.

Jede Woche und jeden Tag probierten sie einen anderen Namen für das Mädchen aus. Sie hatten, klagte Laura, keine Zeit gehabt, sich vorzubereiten. Sie waren nicht gerüstet. Eines Tages rief Roger sie Margot, und der Name blieb hängen wie eine Reißzwecke an der Wand. Margot.

Ich hatte Angst, dass etwas nicht mit ihr stimmt, sagte Laura.

Was denn?, fragte ich.

Es hätte alles sein können. Ich konnte nicht schlafen, sagte sie. Ich musste ständig an diese Leute denken.

Was meinen Sie? An wen?

Ihre Eltern. Ihre biologischen Eltern. Ihre Gene, die in Margot heimlich Verwüstung anrichteten. Eltern vererben ihren Kindern mehr als die Haar- und Augenfarbe. Kinder sind eine Landkarte ihrer Gene.

Aus der Babysprechanlage ertönte ein lautes Plärren, und die beiden erstarrten, doch im nächsten Augenblick herrschte auch schon wieder Ruhe, und sie lehnten sich zurück und redeten weiter.

Margot hatte ein breites Kinn, eine gerade Nase, flache Hände und buschige Augenbrauen, wegen derer sie oft misstrauisch und manchmal überrascht wirkte. Sie war groß für ihr Alter, ihre Knie glichen denen eines Pferdes, ihre Knöchel waren zu dick im Vergleich zu ihren Fingern. Zu krabbeln begann sie erst spät und zu laufen noch später. Der Grund dafür war offensichtlich, als sie es endlich tat. Sie zog ihr linkes Bein nach, so wie ein Neuwagen einen rostigen Wohnanhänger. Die Ärztin hatte eine Uhrkette, die sie vor Margot pendeln ließ und vor der Margot sich fürchtete. Die Ärztin tastete das zögerliche Bein ab, bog es gerade, hielt den Fuß fest. Laura starrte auf das Röntgenbild, die weißen Linien, die dunklen Radierungen. Die Ärztin nahm ihren Stift in den Mund und deutete auf die Anomalie: Der Knochen von Margots linkem Bein bog sich nach hinten weg wie unter dem Einfluss von starkem Licht oder Druck. Als Margot sieben war, wurde die Schiene abgenommen. In den langen Wintern brannten die Knochen in ihrem Bein, im Sommer meinte sie zu spüren, wie sich das Wasser in den Gelenken sammelte; im Herbst und im Frühling erinnerte sie sich an diese Empfindungen und ging nie wieder richtig gerade.

Sie war vorsichtig, sogar misstrauisch – sagte Laura –, als wäre alles, was sie ihr beibringen wollten, ein Trick. Sie glaubte nicht, dass es Worte gab wie begriffsstutzig, Ketchup, Tirade, Harlekin. Sie glaubte nicht, dass etwas, das man in den Boden sät, später wächst. Aber sie konnte gut mit ihren Händen umgehen, mochte die langsamen, vorsichtigen Spaziergänge durch die Stadt und zum Leinpfad hinab. Mit jedem Tag vergaßen sie mehr, dass nicht sie sie gezeugt hatten.

Manchmal entdeckte Roger sie in ihrem Zimmer im Bett, von wo aus sie wie gebannt auf die Zimmerdecke schaute, an die Laura wahllos Leuchtsterne als unzutreffende Konstellationen geklebt hatte. Was gibt es da zu sehen, Margot?, fragte er dann, und sie verlagerte ihre Konzentration auf ihn und sagte: Nichts. Manchmal machte sie ihn kopfscheu. Sie war nicht wie die anderen Kinder, die Laura manchmal dabei beobachtete, wie sie über den Spielplatz rannten, zum Sprungseil griffen und es wieder wegwarfen oder mit dem Rad im Kreis fuhren.

Was hast du heute in der Schule gemacht?, fragten sie Margot, und es dauerte den ganzen Heimweg, bis sie schließlich, die Lippen zu einem festen Schmollmund zusammengepresst, mit einer Antwort herausrückte. Wir haben gemalt, sagte sie. Wir sind gerannt.

Wohin seid ihr gerannt?

Sie runzelte die Stirn, traute ihren eigenen Worten kaum. Zur Mauer. Und wieder zurück.

Soweit ihre Eltern es beurteilen konnten, hatte sie keine Freunde, bis auf den Nachbarsjungen mit dem dünnen Haar und dem Stottern. Margot holte ihn oft ab, und die beiden machten sich auf die Suche nach blassen, weichen Würmern oder wuselnden Asselnestern, oder sie bauten einen Damm und sahen dem Wasser dabei zu, wie es sich staute. Er machte ihr Geschenke: Blätter mit seltsamen Äderungen, von Würmern durchbohrte Äpfel, Münzen, die so braun waren, dass man den Kopf der Queen nicht mehr erkennen konnte.

Eines Tages hievte er sich auf den Zaun zwischen den beiden Gärten und warf ihr einen Zettel zu. Sie betrachtete ihn, nahm ihn mit hinein und gab ihn Laura.

Was ist das?

Den hat Simon mir gegeben.

Laura strich das Papier auf dem Küchentresen glatt und las vor: *Willst du mit mir gehen?* Laura musterte sie schweigend. Margot nahm den Zettel und vergrub ihn im Garten, als ginge sie davon aus, dass er wachsen würde, und zwar nach unten, wie ein auf dem Kopf stehender Baum. Wenn Simon klopfte, wollte sie ihn nicht mehr sehen oder mit ihm reden. Laura beobachtete, wie sie jede Nachricht, die über den Zaun geflogen kam, vergrub, ohne sie je zu lesen.

Vielleicht war das der Anfang. Die Wörter auf dem Papier, die in- und auseinanderflossen. Sie wollte nichts lesen, erklärte ihnen, die Wörter seien krabbelnde Ameisen, die nie stillhielten. Eine junge Lehrerin gab ihr Zusatzunterricht und berichtete überschwänglich von ihren Fortschritten. Sie kann jetzt das ganze Buch lesen. Doch als Roger sie bat, es ihm vorzulesen, schloss sie die Augen und zitierte es aus dem Gedächtnis.

Warum willst du nicht lesen?

Sie presste den Mund zusammen, weigerte sich, etwas zu sagen.

Was hast du gegen Wörter?

Sie bewegen sich.

Was soll das heißen?

Sie sind nichts für mich, sagte sie, wie sie es manchmal tat, mit eisigem Blick und ein bisschen furchteinflößend, wie eine Erwachsene, verschollen im Körper eines Kindes.

Als Margot zehn war, zog Simons Familie weg, und das Nachbarhaus stand mehrere Monate leer, bis jemand Neues auftauchte. Die Frau hieß Fiona. Es gab keinen Umzugswagen, nur – eines Tages – eine Frau mit rotem Regenmantel und einem Koffer. Margots eigenartige Faszination für sie war ihnen wohl aufgefallen, wie sie bei jedem Geräusch von draußen zur Tür rannte oder am oberen Fenster saß und nach Bewegungen im darunterliegenden Garten Ausschau hielt. Sie kroch unter die Hecke, die die beiden Grundstücke miteinander verband, und wartete darauf – die Haare und den Mund voller Erde –, dass die Tür aufging. Sie drückte das Ohr gegen die Wände, die ihres vom Nachbarhaus trennten. Keine Spur von der Frau. Margot bedrängte Roger und Laura vor dem Spülbecken oder auf dem Weg zu den Mülltonnen oder wenn sie aus dem Badezimmer kamen. Wer ist sie?, fragte sie. Wer ist sie?

Wir wissen es nicht, antworteten die beiden. Warum gehst du nicht hinüber und sagst hallo?

Sie gaben ihr ein Bananenbrot und übten ein, was sie sagen könnte. *Hallo, ich wohne nebenan. Ich heiße Margot.* Sie schaffte es bis ans Tor, ehe sie erstarrte, zitternd dastand, nach Hause rannte und wieder ihren Beobachtungsposten am Fenster einnahm.

Also überbrachte Roger das Bananenbrot. Fiona war gerade dabei, die Treppe gelb zu streichen, und hatte Farbkleckse im Haar. Sie machte ihm Sandwiches mit Würstchen und süßen Kaffee. Sie bestand darauf, ihm die Karten zu legen, und lachte dann lauthals über seinen Gesichtsausdruck. Er mochte sie. Sie war geradeheraus und leicht zum Lachen zu bringen. Sie hatte kaum Möbel, und als sie die Würstchen in den Ofen tun wollte, musste sie erst die Schuhe herausnehmen, die sie darin aufbewahrte. Er hörte sich – zu seiner eigenen Überraschung – eine Einladung zum Abendessen aussprechen. Er und Laura hatten nur wenige Freunde. An der Tür erzählte er Fiona, dass Margot, seine Tochter, sie bereits jetzt sehr mochte. Sie wirkte erfreut und nahm seine Hand.

Am nächsten Tag kam sie zum Abendessen. Sie war baumlang, spindeldürr und hatte rote Lippen. Margot nahm nicht einmal ihr Besteck in die Hand. Fiona aß drei Salatkartoffeln und das Innere einer Scheibe Brot, trank ein Glas Wasser und ging nach Hause. Margot kniete auf dem Stuhl, sie hatte die intakte Brotkruste in der Hand und sah ihre Eltern durch das Loch in der Mitte an. Von da an kam Fiona oft zum Abendessen. Margot fürchtete sich ein bisschen vor ihr. Sie war urgewaltig, alchemistisch. Margot folgte ihr, sah zu, wie sie abwusch, einen Apfel aß, ins Badezimmer ging. Roger und Laura beobachteten ihre angestrengte Observation interessiert und belustigt. Sie hatten sie nie so fasziniert von einem Menschen erlebt. Vor dem Postboten und dem Mann, der die Spülmaschine repariert hatte, hatte sie Angst, und in der Schule blieb sie den Lehrern zufolge für sich, meldete sich im Unterricht kaum zu Wort.

Woran, glaubst du, liegt es?, fragte Laura eines Abends, als Margot schlief und sie im Garten saßen. Warum, glaubst du, ist Margot so fasziniert von ihr? Roger legte den Kopf in den Nacken und blickte in den Himmel.

Ich könnte mich irren, aber weißt du noch, wie es ihr mit Mrs Twigg ging? Mrs Twigg war Margots Lieblingslehrerin an der Grundschule gewesen, eine imposante Frau Ende fünfzig mit einer leisen, strengen Stimme. An den Elternabenden waren Roger und Laura stets eingeschüchtert von ihr gewesen, doch Margot hatte ohne Unterlass von ihr gesprochen, bis Mrs Twigg irgendwann in Rente ging und nach Frankreich zog. Margot war von ihr genauso angezogen gewesen wie jetzt von Fiona, sie spürte bei beiden eine Sogwirkung und war offensichtlich fasziniert von etwas, das Roger und Laura nicht genau bestimmen konnten, das Roger jedoch auf ihr Alter zurückführte.

Sie fühlt sich zu älteren Menschen hingezogen? Laura war skeptisch. Sie saßen schweigend da. Laura musste an die Bilder denken, die Margot als kleines Kind aus der Schule mit nach Hause gebracht hatte. Sie unterschieden sich von denen der anderen Kinder, waren düster und in Braun und Schwarz gehalten. Trotzdem hängte Laura sie an den Kühlschrank. Eines zeigte Roger, sie und Margot und eine weitere Gestalt, die über ihnen dreien aufragte, mit langen, baumelnden Armen und einem breiten, freundlichen Mund. Als Laura fragte, wer das sei, erklärte Margot, es handele sich um Mrs Twigg. Und daher, dachte Laura, ging es weniger um Alter als Autorität, ein Gefühl wohlwollender Kontrolle.

Einmal – Margot war damals elf oder zwölf – setzte Laura sich mit ihr hin und erklärte ihr, dass Fiona früher ein Mann war.

Manchmal, sagte Laura, wollen wir nicht, was wir haben. Iss deinen Haferbrei.

Als sie Fiona das nächste Mal im Garten Unkraut hacken sah, hielt Margot den Mund an ihr mit schweren Ringen behängtes Ohrläppchen.

Ein Geheimnis?, fragte Margot.

Fiona nickte, hob die Hand und legte sie auf die Brust. Keiner Seele.

Margot berichtete ihr, was Laura ihr erzählt hatte, dass Fiona eine Frau im Körper eines Mannes sei.

Das ist die Wahrheit, erwiderte Fiona, wie ein Fisch, der im Bauch eines Reihers weiterlebt.

Diese Vorstellung fesselte Margot. Wochenlang dachte sie an diesen Fisch, der durch die Federn wieder hinausdrängte, auf der Suche nach Salzwasser. Morgens saß Fiona immer im Garten, und Margot brachte ihr Tee. Würdest du?, sagte sie, und Fiona zog den Eyeliner aus der Tasche, beugte sich herab und malte einen dünnen Schnurrbart über Margots Oberlippe.

Roger und Laura trafen sich oft mit Fiona, meist mit Margot und manchmal ohne sie. Sie gingen chinesisch essen oder in der Stadt spazieren. Sie verstanden sich gut, auch wenn Fiona an manchen Wochenenden nicht viel sagte oder völlig abgemagert daherkam und an anderen gar nicht erst auftauchte. Sie hatte die Tarotkarten dabei und trug einen Hut mit Leopardenmuster, den sie sich tief in die Stirn zog. Oft schickte sie Postkarten – stets an Margot adressiert –, von wo auch immer sie gerade war. Sie schrieb: *Im Moment ist das Wetter schlecht hier, aber ich weiß, dass es besser werden wird.*

Margot, so viel stand fest, empfand eine heftige, unerschütterliche Liebe für sie. Sie folgte ihr durchs Haus, saß ruhig da, wenn Fiona redete, heulte vor Lachen – so ungeniert wie sie es bei sonst keinem tat –, wenn sie einen Witz machte. Wenn Fiona Kartentricks zeigte oder Margot erklärte, sie wisse, wann es regnen werde oder an welchem Tag die Eier schlecht würden, glaubte Margot ihr alles aufs Wort. Sie hörte nicht auf Roger, der ihr zu erklären versuchte, dass niemand vorher wissen kann, was passieren wird.

Fiona schon, sagte Margot. Fiona weiß es.

Sie glaubte, dachte Roger, mit einer Bestimmtheit und einem Starrsinn daran, die für ein Kind ihres Alters ungewöhnlich waren. Einmal hatte sie ihm ganz friedlich gegenübergesessen und zögerlich etwas von Schicksal geredet. Weißt du, was das heißt, Margot? Ja, sagte sie, es heißt, dass wir keine Wahl haben. Er war wütend auf Fiona gewesen, doch als er sie darauf ansprach, verteidigte sie sich und erklärte ihm, dass sie Margot nichts in den Kopf gesetzt habe, sondern diese ganz von selbst darauf gekommen sei. Seine Tochter war wie jemand aus einer anderen Zeit, oder – ein weniger netter Gedanke – wie jemand aus einer Sekte oder einer Familie religiöser Fanatiker. Er sah, wie sie die Kiefer zusammenpresste, als er versuchte, sanft mit ihr zu diskutieren. Sie war unnachgiebig. Ich glaube, sagte sie, ans Schicksal.

Als Margot dreizehn war, sahen sie Fiona eine Woche lang gar nicht, und als Roger zu ihrem Haus hinüberging, fand er es leer vor, die Tür war unverschlossen, Wasser und Gas waren abgestellt. Am nächsten Tag stand ein Schild mit der Aufschrift ZU VERKAUFEN auf dem ausgetretenen Rasen. Ein paar Wochen später kamen Umzugswägen, eine neue Familie zog ein. Margot sah vom Fenster aus zu.

Ein Jahr verging, ehe Fiona wieder auftauchte. Die Häuser am Ufer waren überflutet, und die Bewohner schafften ihre ganzen Sachen aus den Häusern den Hügel hinauf. Die Straße war voller Schatten, die Sessel oder Plattenspieler über den Köpfen trugen. Fiona klingelte nicht, sie stand hinter dem Haus und blickte durchs Fenster. Sie war dünn, und der alte Regenmantel war zerrissen und schmutzig. Irgendetwas war vorgefallen, aber sie schwieg sich darüber aus. Roger ging mit Margot nach oben, um das Gästebett zu beziehen. Er wollte etwas sagen, ihr eine Erklärung liefern oder Trost spenden, aber sie wirkte merkwürdig ruhig, während sie das Leintuch an den Ecken einschlug. Nicht zum ersten Mal fragte er sich, woher sie wohl kam und was sie alles mit sich brachte.

Nachts hörten sie Fiona umherstreifen und leise Selbstgespräche führen. Sie machten sich Sorgen. Sie kamen nicht auf die Idee, sie wegzuschicken, auch wenn sie es später bereuen sollten. Jeden Morgen brachte Margot eine Tasse Tee noch oben, stellte sie vor der Tür ab und trug sie nachmittags wieder herunter – kalt und unberührt. Es dauerte drei oder vier Monate, bis Fiona den Tee trank, und noch länger, bis sie ihnen bei den Mahlzeiten Gesellschaft leistete. Langsam nahm sie zu, schlief nachts durch und redete mit ihnen anstatt mit sich selbst.

 Nach Fionas Rückkehr waren sie und Margot – mehr

denn je – Komplizinnen, listige Schlitzohren, die dicksten Freunde. Von Fiona akzeptierte Margot Wahrheiten, die sie von keinem anderen akzeptiert hätte. Sie glaubte ihr, wenn sie von Gezeiten, dem Grundwasserspiegel und davon sprach, wie der Boden sich bewegte. Hörte ihr zu, wenn sie Ausdrücke wie exotisch oder bewegliche Habe erklärte. Wenn sie schlecht geträumt hatte, ging sie in Fionas Zimmer.

Roger ertappte die beiden oft – kurz vor der Dämmerung – dabei, wie sie unter der Decke miteinander tuschelten. Diese frühmorgendlichen Gespräche bereiteten ihm etwas Unbehagen, weil sie ihn an die entschlossene Achtjährige erinnerten, die ihn über den Tisch hinweg ansah und über das Schicksal, ein Leben ohne freien Willen sprach. Aber Fiona wirkte irgendwie milder, gelassener, ruhiger. Sie schlief mehr und war weniger streitlustig, und Margot – so viel stand fest – liebte sie.

Sie erzählten Fiona nie, woher Margot stammte. Und Margot erzählten sie es genauso wenig. Es würde, so beschlossen sie bei einem nächtlichen Spaziergang, Margot auf eine Weise verletzen, die sie nicht ertragen könnten. Sie mochte zwar von woanders, von jemand anderem, abstammen, doch jetzt gehörte sie zu ihnen.

DER FLUSS

Krähen versammelten sich zwischen den Bäumen und stoben wieder auseinander wie die Teile eines auseinandergebrochenen Puzzles. Es fiel Margot leichter – solange sie nicht davonlief –, sich ein Leben dort auszumalen, einen völlig neuen Körper, in den sie schlüpfen konnte. Sie war sein Kind oder – nein – das Kind seiner Schwester. Ihre Mutter war tot, sie würde bei ihm bleiben, bis sie alt genug war, allein zu leben. Und selbst dann würde sie ihn besuchen kommen, ihm helfen. Die Tage wären wie jetzt: langsam, leicht. Er würde ihr das Kochen beibringen, wie man Köder schnitzt und damit Fische fängt. Eines Tages würden sie vielleicht sogar das Boot bewegen. Er würde ihr beibringen, wie man es fuhr. Und wenn sie es irgendwann satthatten, im Schatten der Fabrik, der Stadt zu leben, würden sie einfach davonschippern. Wie gibt man alles auf, was man kennt? Indem man etwas findet, durch das man es ersetzen kann. Er nannte sie Sohn oder Junge, und sie dachte: Vielleicht. Warum nicht?

Er erzählte ihr, dass seine Tochter auf dem Boot zur Welt gekommen war, dass er sie in seinen Armen gefangen und an sein Gesicht gedrückt hatte, dieses feuchte klebrige Bündel, das angeschwemmtem Strandgut glich. Ein Kind. Sein erstes. Als hätte er geträumt. Wie ihr Blick aus dem ernsten, gerunzelten Gesicht ihn irgendwann immer öfter direkt traf. Ihr Haar wuchs schnell, es hatte die Farbe von trockenem Gras; sie wurde groß, schwer. Ihre geballten Fäuste, die kleine Kuppel ihres Kopfes. Wie er eines Tages aufwachte und sie weg war. Alle beide, das Kind und seine Mutter. Als hätte es sie nie gegeben, wären da nicht die zurückgelassenen Dinge: kleine Socken, das Bündel Decken in der Schublade, in der sie geschlafen hatte. All diese zurückgelassenen Dinge: die Wörter, die sie nie zu sagen gelernt hatte, die Gespräche, die sie nie geführt hatten.

Aus zwei Tagen wurden drei. Zum Frühstück gab es Pfannkuchen oder Eier. Er arbeitete an dem Köder, der, wie er – immer und immer wieder – erklärte, dazu dienen sollte, etwas Größeres zu fangen. Sie brütete über den Büchern, die er ihr gab, oder saß einfach nur da und sah ihm beim Angeln zu. Über allem lag eine ruhige Gelassenheit.

Die Nächte waren anders. Die Nächte waren ein Gewirr aus Wie-es-hätte-sein-können, aus grässlichen Möglichkeiten. Weil sie sich noch zu sehr fürchtete, um auf dem Boot zu schlafen, hatte sie ihr Zelt auf dem Leinpfad aufgeschlagen und baute es jeden Morgen ab, um den Weg frei zu machen. Der Boden unter ihrem Rücken war steinig. Drei Nächte hintereinander erwachte sie vor Einbruch der Morgendämmerung. Ein schnüffelndes Geräusch hinter dem Zelt, etwas bewegte sich über den Pfad oder die Uferböschung. Sie hielt so still, dass sie erst merkte, dass sie sich in die Wangen gebissen hatte, als wieder Ruhe einkehrte; was auch immer da gewesen war, war verschwunden.

Ich habe es auch gehört, sagte er, als sie ihm zögerlich von den Geräuschen berichtete. Erst dachte ich, dass es ein Fuchs oder Dachs ist. Sie wühlen im Müll. Aber ich weiß nicht. Vielleicht auch nicht. Die Leute sagen, dass im Wasser etwas ist, das früher nicht da war. Er zog den Köder aus der Tasche und hielt ihn in die Höhe. Ich glaube, es hat Menschenhände und einen Fischmund.

Der Kanaldieb, dachte sie. Das Ding, das im Wasser lebte und an Land ging. Es war ihr flussaufwärts gefolgt. Sie schloss die Augen, und in dem lichtbehafteten Dunkel sah sie ein schuppiges Wesen, das sich durch das trübe Wasser am Grund des Kanals bewegte. Seine Hände waren nicht die eines Menschen, aber im aufrechten Stand wäre es genauso groß, und es war schlau und stahl sich, was es wollte. Hinter ihren Augenlidern sah sie, dass der Kanaldieb Fionas Gesicht hatte.

In der vierten Nacht wurde sie wieder geweckt. Sie setzte sich auf. Im Zelt war es nass, ein dünner Wasserfilm bedeckte die Wände und befeuchtete im Darüberstreichen ihre Arme. Vor dem Zelt war eine Regung zu vernehmen, verschwindend klein. Sie zog sich die Decke über die Ohren, um alles auszublenden. Sie wollte es nicht wissen. Die Wände bewegten sich, wackelten. Wind. Wahrscheinlich. Doch dann ertönte ein Donnern. Das Geräusch von etwas, das sich über das Holzdach des Bootes bewegte. Sie griff sich den nächstbesten Gegenstand – den Beutel mit den übrig gebliebenen Zeltheringen –, zog den Reißverschluss auf und rutschte auf den Knien hinaus in den Matsch. Ein Jaulen. Der Gedanke an Charlie – blind und allein – auf dem Boot verlieh ihr einen bisher ungekannten Mut. Auf das Holzdeck und durch die Doppeltür, die drei Stufen hinab und der Länge nach auf den Boden. Der Beutel mit den Heringen schlitterte über die Holzdielen. Schreie, etwas ging in die Brüche. Von den Straßenlampen fiel etwas Licht herein, aber nicht genug, als dass sie wirklich etwas erkennen könnte. Sie sah nur Bewegungen aufblitzen. Sie spürte, dass ihr Mund sich in die Breite zog, begriff, dass sie ebenfalls schrie. Da war er. Der Kanaldieb. Etwas Fleischiges stürzte sich auf sie, Finger verfingen sich schmerzhaft in ihrem Haar.

Hau ab, schrie jemand. Sie wurde zur Seite geworfen, schlug hart auf. Das Fenster erleuchtete ein Gesicht, in die Luft gereckte Arme lang wie Stromleitungen, der angespannte Mund, blinde, fliehende Augen. Sie hob die Hände, rollte herum, wich knapp seinen vorbeidonnernden Füßen aus. Sie spähte an ihm vorbei in die Dunkelheit, hielt Ausschau nach dem, was da sein musste, dem, was sie gehört hatte. Nichts. Der Kanaldieb war nicht hier.

Hau ab, schrie er. Verschwinde. Er stieß sich von den Wänden ab, schlug um sich, wann immer sie in seine Reichweite kam.

Alles ist gut, sagte sie, und er folgte ihrer Stimme, warf sie zu Boden, setzte ihr mit ausgestreckten Armen nach, grub die Daumen in ihren Hals. Sie öffnete den Mund, um ihm zu sagen, dass sie nicht war, für wen er sie hielt, sie war nicht der Kanaldieb. Sie öffnete den Mund, um ihm zu sagen, dass sie keine Luft bekam, bekam aber nicht einmal dafür genug Luft. Sie hieb auf den Boden, suchte nach etwas zum Festhalten, fand aber nichts. Vor ihren Augen wurde es dunkel, wie von Schmutz. Ihre tastenden Finger berührten etwas. Sie schloss die Hand darum, riss es ohne nachzudenken in die Höhe, ließ es, so fest sie konnte, dorthin herabsausen, wo sie ihn vermutete.

Sie konnte ihren Puls hören. Heißer, schmerzender Atem füllte ihren Mund und ihre Brust. Ihre Hände waren ebenfalls heiß, und nass. Sie lag bewegungslos da. Es war ruhig.

Es roch nach den Kartoffeln und Zwiebeln, die Charlie am Abend gekocht hatte. Das durchs Fenster hereinfallende Licht hob Teile des Boots hervor. Was war passiert? Sie hatte geschlafen. Sie hatte ein Geräusch gehört. Die folgende Leere machte ihr Angst. Auf ihren Beinen lag etwas Schweres. Sie fand den Griff einer Schranktür und zog sich daran hoch. Als sie die Hand zurück auf den Boden legte, berührte sie etwas Spitzes, Metallisches. Der Beutel mit den Zeltheringen, aufgeplatzt. Sie führte die flache Hand zum Mund, sie war warm und salzig. Das Gewicht auf ihren Beinen kam von Charlie. Sie zog sie heraus, und er sackte weg. Seine Augen waren wie immer offen, das verstaubte Weiß alter Filmrollen. Panik stieg in ihr auf, heftig, unerträglich. Sie berührte sein Gesicht, seine nackten Handgelenke. Er wurde bereits kalt. Sie presste die Fäuste gegen seine magere Brust. Keine Reaktion. Ihre Arme waren zu schwer für ihren Körper. Sie drückte ihren Mund auf seinen und versuchte, die sperrige Luft hineinzuzwingen, wie sie es im Fernsehen gesehen hatte. Das Blut, das aus seiner Nase platzte, ließ sie glauben, er sei noch am Leben. Die Hände zurück auf seine Brust, und drücken, drücken. Sie begriff nicht. Das Geräusch von Autos auf den Straßen in der Nähe, die Sirene der Fabrik, Stimmen auf anderen Booten. Obwohl sie versuchte, ihn nicht anzusehen, drangen flüchtige Eindrücke zu ihr durch: seine sich lila verfärbende Haut, die Socke, die ihm bis fast über die Ferse gerutscht war.

Irgendwann zwang sie sich aufzustehen, zog die Vorhänge zu, schloss die Tür ab, durchsuchte die Schränke und aß eine Dose Bohnen, die sie dort fand. Sie holte eine Decke aus dem Schlafzimmer und breitete sie über seinen Körper. Die Annahme, dass es dadurch leichter würde, erwies sich als falsch. Es wurde nur leichter, daran zu glauben, dass er noch lebte.

Irgendwann musste sie eingeschlafen sein, denn es war dämmriger geworden, ohne dass sie den Übergang bemerkt hatte. Das Boot stieß sanft gegen das Ufer, als wäre gerade ein anderes vorbeigefahren. Charlie lag unter der Decke. Er war – das begriff sie jetzt zum ersten Mal wirklich – tot. Im Stehen konnte sie das Ende des Zeltherings neben ihm auf dem Boden erkennen und erinnerte sich deutlich an das, was vorgefallen war: wie sie die Hände zu beiden Seiten neben sich ausgestreckt hatte, das Metall gespürt, damit ausgeholt und es gegen seinen Kopf geschlagen hatte. Sie schlug sich ins Gesicht. Wieder verging die Zeit, ohne dass sie es merkte. Als sie aufblickte, war es draußen so still, als wären sie abgetrieben, aus der Stadt hinaus. Sie stand auf und öffnete die Tür, trat hindurch und zog sie fest hinter sich zu. Es roch nach verbranntem Gummi, ein paar Straßen weiter waren die Lampen erloschen, der Weg und das Wasser verschmolzen mit der Dunkelheit. Sie stand da und wartete, dass jemand auf sie zukam, doch da war kein Geräusch und keine Bewegung.

Da war der Wunsch, sich zu schützen. Als sie später daran zurückdachte, war sie von sich selbst überrascht. Sie bückte sich und tastete den Pfad blind nach Steinen ab, faltete ihren Pullover und legte sie in die entstandene Kuhle. Zurück auf dem Boot bewegte sie sich langsam um seinen Körper und stopfte sie – möglichst ohne nackte Haut zu berühren – in die Taschen seines vergilbten Morgenmantels. Er war schwerer, als er aussah, und sie wünschte, sie hätte die Steine erst hinterher hineingesteckt. Doch jetzt war es zu spät. Sie packte ihn unter den klaffenden Öffnungen seiner Achseln, den Geruch seiner Haare in der Nase. Als sie ihn auf der ersten Stufe hatte, strauchelte sie. Seine Haut fühlte sich teigig an. Sie stieß die Tür auf und zerrte ihn auf das kleine Deck, blieb keuchend in der Kälte stehen. Stemmte ihn auf die Reling, hielt kurz inne und ließ ihn vornüberfallen.

DREI

Das Wetter ist schlecht hier

DAS COTTAGE

Du sagst, du wirst noch verrückt vor Langeweile, ich kann dich nicht einfach so einsperren, du musst hier raus.

Ich schalte den Wasserkocher ein und deute zur Tür. Du bist nicht eingesperrt. Geh doch.

So habe ich das nicht gemeint. Lass uns irgendwohin fahren. Machen wir einen Mutter-Tochter-Ausflug. Eine kleine Spritztour.

Ich bin mir nicht sicher, ob du es ernst meinst, doch dann stehst du auf und ich sehe, dass du eine alte Handtasche gefunden und gepackt hast, die ich vor Jahren gekauft und nie benutzt habe. Du trägst einen Rock, der Hüften und Po eng umschließt. Ich war seit fast einem Monat nicht im Büro, seit dem Tag, bevor ich in die Pathologie fuhr und mich anschließend auf die Suche nach dir machte. Es wird Zeit, dass ich wieder hingehe. Ein Büro-Schnuppertag für geistesgestörte Mütter.

Einverstanden, sage ich, und deine Laune bessert sich sichtlich.

Wohin fahren wir?, fragst du und dann noch einmal, als wir im Bus sitzen. Du nimmst den Fensterplatz und zeigst im Vorbeifahren auf Leute oder geparkte Autos. Draußen zu sein scheint dir nicht gutzutun, deine Sätze sind gespickt mit Fehlern und Missverständnissen, die ich ruhig korrigiere. Ich werde zu deinem Mund. Die Fahrt dauert fast eine Stunde, und du plapperst unentwegt, mal hältst du meine Hand, mal stößt du mich fauchend weg. Deine Art zu reden ist einigermaßen erfinderisch, du bemühst dich laufend, Fehler zu verstecken oder zu übertünchen. In deiner Handtasche steckt eines der Notizbücher, die wir beide neuerdings führen, und ich sehe dir dabei zu, wie du gelegentlich ein Bild von einem der Worte malst, die dir Schwierigkeiten bereiten. Du willst meine Hilfe nicht. Du mokierst dich über mich, wenn ich eine Pause fülle oder eine Zeichnung interpretiere. Sei still, sagst du, sei still. Wir sind keine Freundinnen, du bist meine Mutter. Ich darf kein Mitleid mit dir haben.

Wir steigen aus und gehen zum Büro. Es sind Sommerferien, die Straßen verstopft von Menschen. Du läufst vor mir davon in Käse- und Buchhandlungen. Du deutest auf die Leute, die wir passieren, und machst spöttische Bemerkungen. Schau dir seinen Hut an, was für ein Hut. Ist das ein Rock oder ein Gürtel, was meinst du? Für den Moment sind wir Verschworene, wie damals auf dem Fluss. Deine Aufmerksamkeit ist wie der Strahl eines Leuchtturms. Sie trifft mich wie ein Schlag vor den Kopf. Ich frage mich, wie es für jemanden wie Marcus gewesen sein muss, uns zu begegnen. Wir waren die Könige jenes Orts. Wir taten, was wir wollten. Du warst eine kleine Gottheit, eine stille Göttin. Kein Wunder, dass wir herbeiführen konnten, was wir herbeiführten. Kein Wunder, dass wir nachts den Bonak sahen.

Ich denke an die Tage, als Marcus bei uns auf dem Boot übernachtet hat, zusammengerollt unter der Decke, so nah, dass ich seinen heißen Atem auf meinem Gesicht gespürt, seine wandernden Augäpfel unter den Lidern gesehen habe.

Du schläfst wie tot, er dagegen hat Albträume, strampelt über die Matratze, stößt gegen die Wände, redet unsinniges Zeug, dem ich lausche, während ich wach liege. Er verbringt genügend Nächte bei uns – glaube ich jetzt zumindest –, dass sich so etwas wie eine Morgenroutine entwickelt. Du auf der Treppe vor dem Boot, mit einer Zigarette und einer Tasse Kaffee – einem Hurenfrühstück, wie du es nennst. Er langsam seinem jeweiligen Albtraum entkommend, wie ein Seemann aus einem Sturm. Was hast du geträumt?, frage ich ihn, doch er kann sich nie erinnern. Du drückst deine Zigarette aus und reckst die blassen Arme über den Kopf. Ich beobachte, wie sein Blick zu dir wandert.

Von außen sieht das Gebäude beeindruckend aus, weißer Stein, ein hohes Tor, breite Fenster. Du bleibst auf dem Kopfsteinpflaster stehen und deutest mit dem Finger.

Hier arbeitest du?

Ja. Ich bin einen Moment lang stolz, bis ich dein Feixen bemerke und begreife, dass du dich über mich lustig machst.

Wir erreichen mein Stockwerk. Ich habe Angst, dass du schreist, dich aufregst, wegrennst.

Du musst leise sein, sage ich.

Du siehst mich an und zeichnest mit den Fingern eine Linie vor deinen Mund. Wir betreten das Büro und gehen zu meinem Schreibtisch, der noch genauso aussieht, wie ich ihn verlassen habe. Die gelben Karteikarten liegen ausgebreitet da, die Stifte stecken in ihrem Halter, der Postkorb quillt über. Ich habe weder Fotos noch Postkarten. Du ziehst die Schubladen auf und schaust hinein. Ich sehe, dass du die Lippen bewegst, doch es kommt kein Wort heraus. Über die Trennwände hinweg erblicke ich Jennifer, meine Chefin, die mir zuwinkt. Als wir bei ihr ankommen, breitet sie die Arme aus, als wollte sie mich umarmen, doch es kommt nicht so weit. Lexikografen umarmen sich selten.

Und wer ist das?, fragt sie und streckt dir die Hand entgegen. Für einen furchtbaren Moment ziehe ich es in Betracht zu lügen. Das ist meine Freundin, das ist meine übergeschnappte Tante, das ist eine Frau, um die ich mich kümmere. Alles, nur nicht dieses intime Wort. Aber du grätschst schon dazwischen, hängst dich bei mir ein, ziehst mich so nah zu dir heran, dass unsere Schuhe aneinanderstoßen, und schüttelst dann Jennifers Hand.

Ich bin ihre Mutter. Sarah.

Ich entschuldige mich bei Jennifer, dass ich so lange weg war.

Lass dir so viel Zeit, wie du brauchst.

Das verständnisvolle Mitleid anderer bringt mich in Verlegenheit. Ich bedanke mich, frage, was ich verpasst habe. Als ich mich umdrehe, bist du weg. Ich marschiere zurück durchs Büro. Der Teppich ist von emsigen Füßen abgewetzt. Von den Deckenplatten sind ein paar verrutscht, so wie in meinem Traum. Ich rufe nicht nach dir. Ich schaue um Ecken und unter Tische, in die Toilette. Du bist nirgends. Ich laufe auf und ab. Ich habe dich wieder verloren. Wolltest du darum hinaus? Du verschwindest so mühelos. In meinem Magen macht sich bereits eine schwere Trauer breit. Du hast mir so wenig erzählt, so wenig erklärt. Ich werde nie begreifen, was passiert ist. Mit einem stechenden Schmerz wird mir bewusst, dass du mir fehlen würdest, wenn du weg wärst, dass es dieses Mal schlimmer wäre.

Ich höre dich, bevor ich dich sehe. Du weinst, bist erschöpft auf meinem Schreibtisch zusammengebrochen. Ein Praktikant steht daneben und wirkt verkrampft. Ich winke ihn weg.

Was hast du?, frage ich.

Ich bin wütend auf dich. Ich packe dich am Oberarm und will dich hochziehen, doch du klammerst dich fest und trittst nach mir. Du nimmst die Karteikarten und zerpflückst sie. Über den Trennwänden tauchen Köpfe auf, Stühle werden zurückgeschoben. Zwischen deinen sich schließenden Fingern erkenne ich ein paar Sätze von dem Eintrag, an dem ich zuletzt gearbeitet habe. *Sich eine Verletzung zuziehen / kaputtgehen / schwallartige Entleerung des Mageninhalts.* Du reißt sie in Stücke und stopfst sie dir, als ich mich dir nähere, in den Mund, schluckst und hustest anschließend gelbe Papierstreifen heraus. Der Praktikant steht mit offenem Mund da, wie ein Fisch. Jennifer kommt in Zeitlupe auf uns zu, fängt an zu rennen. Als du dir das letzte Stück in den Mund gestopft hast, wirkst du plötzlich ganz ruhig. Tränen ziehen Schlieren durch den Stadtschmutz auf deinen Wangen. Ich beobachte, wie du dir meinen Locher in die Tasche steckst, dich umdrehst und mir eine Hand hinhältst, die ich nehme, weil ich nicht weiß, was ich sonst tun soll.

Alles in Ordnung, sage ich an den Praktikanten und Jennifer und alle anderen gewandt. Alles ist vollkommen in Ordnung.

Wir gehen zur Treppe und hinunter. Ich zittere, aber du bist heiter, strahlst beinahe, wischst dir Spucke aus dem Mundwinkel und klopfst mir auf die Schulter.

Was war das?, frage ich dich. Was war das?

Ich konnte mich nicht mehr an das Wort erinnern. Aber jetzt weiß ich es wieder.

Ich bleibe stehen, und du gehst voraus, zielstrebig, mit schwingenden Armen. Deine Logik hat etwas Kindliches. Dass du dir das geschriebene Wort zwischen die Zähne steckst und es mit der Zunge bearbeitest, um es dir wieder anzueignen. So wie wir auf dem Fluss: als wir das Herz eines Tieres verspeisen, um an seine Kraft zu kommen.

Aus heiterem Himmel fällt mir ein, wie mich einmal am Bahnhof ein Mann in einem hellvioletten T-Shirt ansprach, der wollte, dass ich meine Daten auf einem Zettel eintrage. Er hatte mir eine große Orange in die Hand gedrückt und erklärt, dass eine Person mit Alzheimer so viel ihres Gehirns verliert. Das gab mir zu denken. Ein orangengroßes Stück, einfach aus dir herausgeholt.

Plötzlich sind wir beide ausgehungert. Wir wirbeln durch den Supermarkt und füllen wahllos einen Einkaufswagen. Ich sehe dir zu, wie du ein ganzes Hühnchen hineinhievst, sage aber nichts. Deine Sprache zerfällt, ohne dass du den geringsten Versuch unternimmst, sie neu zu ordnen. Du pferchst Sätze zusammen, zeigst auf Brot und nennst es Eier, bist wie berauscht, lässt spannungsgeladene Geräuschexplosionen entweichen. Du sprichst von dir in der dritten Person und scheinst den Buchstaben M verloren zu haben.

Du hast mich erschreckt, erkläre ich dir im Gang mit den Gefriertruhen. Du hast mich vorhin ganz schön in Verlegenheit gebracht.

Du siehst mich unverwandt an. Du hast die Arme voller gefrorener Würstchen im Schlafrock und Eiscreme. Deine Augen haben dieselbe Farbe wie meine, dieses gnadenlose Keine-Kompromisse-Grau.

Aber ich liebe dich doch, sagst du.

Ich weiß nicht, was ich darauf erwidern soll.

DIE JAGD

September. Rogers Geburtstag. Es war das Jahr 1997. Margot war sechzehn und hatte zu Beginn des Jahres beobachtet, wie die Sonne sich leibhaftig vor den Mond schob und ihn verdunkelte.

Fiona trug eine Schürze und kochte Lammeintopf mit Bananen und Schokolade, sie stampfte fluchend durch die Küche, klapperte mit Pfannen, schwitzte unter den Achseln ihres Seidenkleids, gab auf und rief einen Lieferdienst.

Margot dekorierte, mit stoischen Bewegungen drapierte sie Fionas Perlenketten über die Vorhangstangen und zündete auf dem Kaminsims Kerzen an. Sie trank ein halbes Glas Wein. Roger konnte sich noch an die Farbe auf ihrem Gesicht erinnern, an die Kastanien, die sie für ihn gesammelt und bemalt hatte, eingepackt und dorthin gelegt, wo er sie finden würde. Er würde sich für immer erinnern, wie sie ausgesehen hatte, als habe sie die Fähigkeit zu altern verloren und wäre einfach so geblieben, wie sie in jener Nacht war: ihr Haar, das wie eine Haube um ihr Gesicht lag, die markante Linie ihrer Nase, ihre dichten, konzentriert gerunzelten Augenbrauen.

Wenn Laura an jenen Abend dachte, erinnerte sie sich vor allem an Fiona: Sie war ruhiger als sonst gewesen und immer wieder im Badezimmer verschwunden, hatte sich mehrmals umgezogen, am Fenster gestanden und nachdenklich in den Garten geblickt. Einmal war sie sogar durch die Hintertür hinausgegangen, bis ans Ende, und vor dem kleinen grünen Schuppen stehen geblieben. Laura erinnerte sich an sie mit dem nachträglichen Wissen darüber, was sie tun würde; sie erinnerte sich, wie Fiona sich den letzten Schluck Wein einschenkte, ohne ihn jemand anderem anzubieten, stolpernd die Teller einsammelte und neben die Spüle stellte. Sie hatte für alle Chinesisch geordert und war von den Frühlingsrollen enttäuscht gewesen. Sie sind nicht kross, sagte sie und wiederholte es dann noch einmal. Sie sind nicht so, wie sie sein sollten.

Ist doch egal, lachte Roger, leicht angetrunken. Die Frühlingsrollen sind doch egal.

Für einen kurzen Augenblick bedachte sie ihn mit einem Blick, den Kiefer vorgereckt, dass Roger überrascht zurückwich und die anderen verstummten. Stimmt, sagte sie, schüttelte die Arme und grinste breit, die Frühlingsrollen sind doch egal. Du hast recht, alter Mann. Völlig recht.

Am Sonntag waren sie so verkatert, dass sie lange im Bett blieben. Irgendwann stand Laura auf und kochte Tee. Sie brachte vier Tassen auf einem Tablett nach oben, stellte eine vor Fionas Tür ab und ging dann in Margots Zimmer, um nach ihr zu sehen. Das Bett war gemacht, und als Laura nachschaute, stellte sie fest, dass Sachen fehlten: ein Pullover, Margots Wanderstiefel. Die Panik stellte sich noch nicht gleich ein, doch es sollte nicht mehr lange dauern. Margot war fort. Nicht – wie Laura es oft in langen, wirren Albträumen erlebt hatte – entführt, sondern fort. Aus eigenem Antrieb.

Als sie den Abend später immer wieder Revue passieren

ließen, stellten sie sich zwangsläufig die Frage, was wohl passiert wäre, wenn sie etwas anders gemacht hätten. Wenn sie nicht so viel getrunken hätten, wenn Laura am nächsten Tag hätte arbeiten müssen, früh aufgestanden wäre und in der kalten Küche darauf gewartet hätte, dass das Wasser kochte. Wenn Roger nach unten gegangen wäre, um nachzusehen, ob die Türen abgeschlossen waren, wie er es normalerweise tat.

Vergebung, sagte Laura, gehöre nicht zu dem, was sie geben könne. Um zu vergeben, müsse man so müde sein, dass man zu sonst nichts mehr in der Lage sei.

Roger war durch die Stadt gelaufen und hatte nach ihr gesucht, er war mit von der Kälte ganz blauen Fingern heimgekommen, die Lippen zwei lilafarbene Striche. Laura durchforstete Margots Zimmer nach einem Zeichen, einer Nachricht oder einem geheimen Code, etwas, das ihr sagte, dass Margot nicht hatte fortgehen wollen, dass sie bald zurückkommen würde. Fiona saß am Tisch und trank Kaffee ohne Milch. Sie hatte ihre Stiefel und ihren Mantel an, aber sie machte weder Anstalten zu helfen, noch hatte sie am Telefon mit der Polizei gesprochen. Sie trug immer noch den Lippenstift vom Vorabend.

Hast du sie gesehen?, fragte Roger. Hast du gehört, wie sie gegangen ist?

Ich habe etwas gewusst, sagte Fiona nach einer kurzen Pause. Ich habe etwas gewusst. Es war genau so, sagte sie, wie wenn man zu schnell aufsteht und einem schwindelig wird.

Sie hatte etwas gewusst, und sie hatte es Margot gesagt.

Was?, fragte Laura. Was hast du ihr gesagt?

Fiona schloss die Augen. Roger sah, dass sie weinte, er

hatte solche Angst, dass er fast nicht sprechen konnte. Ich habe ihr gesagt, dass sie wegmuss, sagte Fiona. Ich habe ihr gesagt, dass sie fortgehen soll.

Sie befestigten Fotos an Straßenlaternen, Schaufenstern, Windschutzscheiben. Sie wandten sich an die Lokalnachrichten. Roger lief und lief, auf der Suche nach irgendetwas, das einzig und allein er sehen könnte. Laura fuhr die Straßen ab, blieb an Tankstellen stehen, zeigte Margots Foto herum, wartete darauf, dass neben dem vorbeirauschenden Verkehr eine Gestalt auftauchte, die mit nach oben gestrecktem Daumen auf eine Mitfahrgelegenheit wartete. Wieder zu Hause durchsuchte sie Fionas Zimmer. Sie war ordentlich: gemachtes Bett, ein kleines Regal mit Büchern an der Wand, die Toilettenartikel in Reih und Glied. Laura griff unter die Matratze und stellte sie auf, warf die Bücher auf den Boden und schüttelte sie aus, durchwühlte die Kleider im Schrank. Sie hatten den ganzen Vormittag versucht, aus Fiona herauszubekommen, was sie Margot gesagt hatte. Doch sie hatte sich geweigert, und jetzt war auch in ihrem Schlafzimmer nichts zu finden. Da war einfach nichts von Bedeutung. Laura packte alles in Taschen und stellte sie an den Bordstein. Am nächsten Morgen war Fiona fort.

Sie besuchten Gruppensitzungen für Menschen, die von ihren Kindern verlassen worden waren. Ein paarmal besuchte Roger auch Sitzungen für Menschen, deren Kinder gestorben waren, doch das war nicht dasselbe, und das war ihm auch klar. Dort war er ein Hochstapler. Sein Kind hatte nicht bei ihnen bleiben wollen. Sein Kind hatte ihnen nicht einmal richtig gehört.

Laura arbeitete, statt nachzudenken: Sie leitete außerschulische Gruppen, legte alle Prüfungen ab, um in Vollzeit unterrichten zu dürfen, und saß nach der Arbeit im Café und korrigierte Schularbeiten.

Roger trank. Anfangs vor allem Bier. Er trank nicht im Pub oder in Gesellschaft, er trank im Badezimmer oder steckte sich Dosen in die Taschen, wenn er draußen spazieren ging. Später hielt er sich an alles, woran man sich halten kann. Die Tage waren keine Tage, sondern Leerstellen zwischen dem Schlafen. Er musste daran denken, wie Margot früher, als sie noch klein war, gesagt hatte, dass es keine Wahl gab, dass alles vorherbestimmt war. Und er stellte sich vor – und das war vielleicht das Schlimmste daran –, dass sie gegangen war und gedacht hatte, dass sie keine andere Wahl hatte, dass es immer ihre Bestimmung gewesen war, sie zu verlassen. Er ertrug die Vorstellung nicht. Lieber trank er, bis seine Tage gedankenleer waren, anstatt auch nur einen Moment lang so etwas zu denken.

Irgendwann tauchte Fiona wieder auf. Die dazwischenliegenden Jahre waren lang und anfangs überschattet von Rogers Trinkerei und dem Versuch, Kinder zu bekommen, die sich nicht einstellen wollten. Es gab eine Fehlgeburt und einen Autounfall, bei dem Roger betrunken war. Es gab sechs Monate, in denen Laura woanders wohnte. Außerdem gab es Frieden und die Rückkehr von gerade genug Glück, um zu wissen, dass sie einander nicht aufgeben sollten. Als Fiona nach etwa sieben Jahren wieder da war, hatten sie bereits zwei von den später vier Kindern adoptiert. Roger hatte immer wieder trockene Phasen gehabt, doch zu jenem Zeitpunkt trank er. Abends oder frühmorgens vergrub er die Dosen oder Flaschen in den Blumenbeeten und nüchterte mit dem Gesicht im kühlen Gras aus. Es war schon früher vorgekommen, dass er Dinge sah, wenn er trank – er hatte gesehen, wie Margot dem aufgewühlten Boden entstieg, und Stimmen gehört, von denen er wusste, dass sie nicht da waren. In jener Nacht sah er durchs Fenster des Schuppens Licht und hielt nach einer Waffe Ausschau. Er hatte nur die Flasche, aus der er trank, hob sie an, riss die Tür auf. Sie hatten den Schuppen nie groß genutzt, und er stand seit Jahren voll mit kaputten Gartenstühlen, einem alten Rasenmäher und Schachteln mit Weihnachtsschmuck. All diese Dinge waren jetzt zu ordentlichen Stapeln aufgetürmt, und jemand hatte einen der Liegestühle aus dem Garten nach drinnen gezerrt und eine Decke darüber ausgebreitet. In der Mitte des Schuppens kauerte Fiona. Roger klammerte sich an den Türrahmen und holte noch weiter mit der Flasche aus. Fiona sah – so sagte er – schlimmer aus als je zuvor. Manchmal blickte sie ihm in die Augen, aber meistens über seine Schulter hinweg oder zur Decke. Sie war zu dünn, und als sie sich fahrig durchs Haar strich, ging es ihr büschelweise aus. Einen Moment lang – das gab er zu – war er versucht, die Flasche auf sie herabsausen zu lassen. Aber dann hätte sie ihnen nie gesagt, wohin Margot gegangen war.

Fast einen Monat behielt er das Geheimnis für sich, schmuggelte trockenes Toastbrot und schüsselweise Nudeln nach draußen, beobachtete, wie sie das Essen verschlang, ohne Luft zu holen. Lange Zeit sagte sie gar nichts, sah ihn nur an, aß, was er ihr gab, schlief auf dem Liegestuhl. Manchmal stellte er ihr Fragen, Forderungen, schrie. Manchmal flehte er sie an. Doch sie gab nichts preis. Immer wieder dachte er an die Postkarten, die sie geschickt hatte, wenn sie verreist war. *Das Wetter ist schlecht hier.* Das Wispern, mit dem sie auf der Fußmatte landeten, die Art, wie er sie las, während er den ersten Kaffee des Tages trank.

Als er Laura schließlich einweihte, dachte er, sie würde sie alle beide hinauswerfen und die Schlösser austauschen. Allerdings war ihnen beiden bewusst, dass es nur einen Menschen gab, der ihnen womöglich sagen konnte, wohin Margot gegangen war, und dieser Mensch lebte im Schuppen am Ende ihres Gartens.

DER FLUSS

Niedrige Steinbrücken über das Wasser, aneinandergedrängte Häuser, bröckelnde Ufer. Margot duckte sich in den Schatten eines Gebüschs und beobachtete, wie eine Schar übergewichtiger Polizisten auf dem Pfad mit Fußgängern sprach. Auf den Bügelfalten ihrer Hose befanden sich Schmutzspritzer. Sie stellte sich vor, wie sie auf dem Boot standen und ihre blassen Gesichter gegen die Scheiben drückten. Sie wartete darauf, dass sie auf sie zukamen, sie unter den Armen packten und ihr erklärten, sie hätten eine Leiche gefunden und wüssten, dass sie die Schuldige sei. Sie hatte das Rätselbuch mitgenommen, sie würden es in ihrer Tasche finden, und alle Zweifel wären ausgeräumt. Sie öffnete die Schnürsenkel ihres linken Schuhs und band sie neu. Einer der Polizisten kickte Kieselsteine in den Fluss und beobachtete, wie sie untergingen. Sie schloss die Augen. Sie dachte daran, wie Charlie sie Junge oder Sohn genannt hatte, mit welcher Bestimmtheit er beschlossen hatte, dass sie kein Mädchen war. Sie dachte an die Leute auf den anderen Booten, die gesehen haben mussten, wie sie unter Deck ging oder mit Charlie auf dem Dach saß. Sie dachte daran, wie sie seine Leiche – schwer von Wasser und Wasserpflanzen – aus dem Fluss ziehen würden, die Seile, die sie um ihn schlingen würden, den Flaschenzug. Als sie die Augen wieder aufschlug, waren die Polizisten nicht mehr auf dem Leinpfad, sondern in ihren Autos auf der Straße, und die Fußgänger waren verschwunden. Sie richtete sich auf und setzte ihren Weg fort.

Eine Erinnerung. Als Fiona nebenan gewohnt hatte, war Margot immer zum Frühstücken hinübergegangen und hatte ihr – nachdem sie Toastbrot mit Bananenscheiben und Erdnussbutter gegessen hatten – beim Rasieren zugeschaut. Die glatt über die Haut gleitende Klinge, das kratzende Geräusch, die dunklen Haare im Waschbecken, Fionas Gesicht, das sie aus dem Spiegel heraus anblickte. Von Mal zu Mal dunkler, hatte sie gesagt. Und dichter.

Sie kam an eine Werft, in der alte Schlepper an Land auf einen frischen Anstrich warteten und Leihboote überwinterten. Es gab auch einen kleinen Laden, vor dem sie stehen blieb. Sie hatte solchen Hunger, also ging sie hinein. Drinnen gab es große Gebinde mit Bootsöl, Säcke mit schmutzigen Kartoffeln, gefaltete Flusskarten aus Papier.

Am Schwarzen Brett bemerkte sie das Bild einer vermissten Katze, und sie trat näher, um es zu betrachten. Es war umgeben von sieben oder acht ähnlichen Zetteln, auf denen es meistens um Hunde oder Katzen ging, die von Booten oder aus flussseitigen Wohnungen verschwunden waren. Nur auf einem ging es um eine Ziege, die auf einem Feld in der Nähe gelebt hatte. Margot nahm einen Korb und kaufte sparsam ein, wobei sie die Hälfte der Sachen, die sie aus dem Regal zog, wieder zurückstellte.

Neben Brot, Marmelade und Wasser besorgte sie eine Rolle Frischhaltefolie, eine Packung Rasierer und eine Schere. Auf dem Weg nach draußen fiel ihr Blick noch einmal auf die Anzeigen für die vermissten Tiere. Wo waren sie? Sie waren, dachte sie, in der Nacht verschwunden. Wie sie. Wie Charlie. Auf dem Pfad verschlang sie gierig und panisch vor Angst vier Scheiben Brot, dann lief sie einfach weiter.

Als sie an diesem Abend einschlief, tauchte der Mann, den sie getötet hatte, in ihren Träumen auf, und es gelang ihr nicht, ihn zu vertreiben. Er war auch den ganzen nächsten Tag da, hinter ihren Augenlidern, sein Gesicht blitzte auf und erstarb wie das Nachglimmen einer erloschenen Glühbirne. In ihrer Vorstellung war er weder blind noch tot. Außerdem war er jünger, die Falten waren aus seinem Gesicht verschwunden, und er hatte eine Hand erhoben und zeigte damit auf sie.

Sie hatte eine Entscheidung getroffen, wie sie vorgehen würde, und es führte kein Weg zurück. Für einen Jungen war es einfacher. Das wusste sie, auch ohne dass jemand es ihr gesagt hatte. In Ermangelung eines Spiegels beugte sie sich über das Wasser und nutzte die Reflexion. Über ihrer Lippe und an ihrem Kinn wuchsen blonde Härchen. Sie mussten weichen und hinterließen ihr Gesicht glatt und rot. Ihr Haar war lang, so wie ihr Vater es gemocht hatte, und hing strähnig bis über die Schultern. Sie befreite sich von dem Ballast, und das, was danach noch übrig war, stand kurz und struppig ab. Blieb nur noch das Problem, dass trotz des weiten Hemds nicht zu übersehen war, was sich darunter befand. Weder groß noch rund, aber trotzdem vorhanden. Unweigerlich. In einem Anflug von Panik zog sie das Hemd aus. Die Luft war so kalt, dass sie ihr den Bauch zusammenzog, ihr den Atem nahm. Sie wickelte sich die Frischhaltefolie um die Brust, und dann ein zweites, ein drittes Mal.

Sie setzte ihren Weg fort. Ein Schiffstau reichte straff gespannt bis ins Wasser und hielt ein halb untergegangenes Boot fest. Wenn sie sich stark genug konzentrierte, konnte sie sich wegdenken. Sie war vier und drehte sich im Garten im Kreis, mit ausgestreckten Armen, während die Welt scheibchenweise vorbeizog. Sie war zehn und vergrub die Nachrichten des Nachbarsjungen in der Erde. Sie war vierzehn und pickte die Chilischoten, die Fiona hineinwarf, wieder aus der Backmischung. Sie war sechzehn und nicht mehr die, die sie gewesen war. Sie war sechzehn und brauchte einen neuen Namen.

DIE JAGD

Am Morgen zogen sich alle vor der Tür in Reih und Glied die Schuhe an. Roger erklärte, sie würden in den Park gehen und ich könne mir aus dem Kühlschrank nehmen, was ich wolle. Laura bat mich, das Geschirr abzuwaschen. Als sie weg waren, war es unglaublich still. Ich schaute aus dem Fenster. Der Garten war lang und schmal, und ganz hinten stand der Schuppen. Ich schnitt dünne Scheiben von einem Stück Käse ab und verfütterte sie an Otto. Ich glaubte, dich leise hinter mir reden zu hören. *Wir müssen es fangen. Wir werden es fangen.*

Was werden wir fangen?, fragte ich, bekam jedoch keine Antwort. Ich suchte und fand das Telefon. Es war eines dieser altmodischen, mit einer Wählscheibe anstelle von Tasten. Ich wählte die Nummer des Büros.

Gretel? Die Leiterin der Wörterbuchabteilung. Sie hieß Jennifer und verströmte immer eine gewisse Panik.

Tut mir leid, dass ich nicht angerufen habe, sagte ich. Es gab einen Notfall und ich muss mir für ein paar Tage freinehmen.

Am anderen Ende der Leitung herrschte Schweigen.

Geht das? Ich hörte sie atmen. Jennifer? Es sind nur ein paar Tage.

Jemand hat eine Nachricht für dich hinterlassen, sagte

sie. Ich habe dir eine E-Mail geschickt. Jemand hat mitten in der Nacht angerufen, als keiner hier war, und eine Sprachnachricht hinterlassen.

Wer?

Das weiß ich nicht. Ich habe zurückgerufen, aber die Nummer gehört zu einer Telefonzelle. Ich dachte, dass du dich deswegen meldest.

Kannst du sie mir vorspielen?

Sicher. Es war bestimmt ein Witz. Ein Telefonstreich. Irgendwas in der Art. Warte kurz.

Ein Scheppern ertönte, als sie den Hörer an den Lautsprecher hielt, gefolgt von einer Computerstimme, die die Anzahl der Nachrichten verkündete, den Pieptönen, bis Jennifer bei der richtigen angelangt war und dem Knacken, als sie sie abspielte.

Zunächst waren vor allem leise Hintergrundgeräusche von außerhalb der Telefonzelle zu hören: ein vorbeifahrendes Auto oder ein Lkw, Schritte auf dem Gehweg, das Prasseln von Regen oder Reifen auf Schotter. Dann eine Stille, die so lange anhielt, dass ich schon dachte, Jennifer hätte einen Fehler gemacht und den Apparat ausgeschaltet oder den Hörer weggelegt. Ich öffnete den Mund, um ihren Namen zu sagen, da hörte ich deine Stimme in meinem Ohr.

Gretel, sagtest du. Gretel. Ich weiß nicht, wo ich bin.

Otto grub Löcher im Garten, doch als er mich sah, riss er sich los und kam in großen Sätzen angerast. Unter dem versengten Gras war der Boden hart. Überall in der Nachbarschaft hingen Poster, die einen sparsamen Umgang mit Wasser forderten, doch man hörte aus mehreren Richtungen Rasensprenger laufen. Ich hatte meine Tasche gepackt, den Schlüssel gesucht und war zum Auto gerannt, ehe mir einfiel, dass ich immer noch nicht wusste, wo du warst. Offenbar wusstest du es selbst nicht. Ich ging zum Schuppen und trommelte mit den Fäusten gegen die Tür, schrie so lange, bis sie aufgerissen wurde, aber selbst dann schrie ich kurz weiter, mit erhobenen Armen, zurückgeworfenem Kopf. Als ich die Augen öffnete und sie sah, begriff ich, dass sie sich vor mir fürchtete. Gut, dachte ich, ich bin froh. Ich bin froh, dass du dich vor mir fürchtest.

Fiona ließ mich nur bis zur Türschwelle, sie brachte mir ein trübes Glas Wasser, und ich tat so, als würde ich trinken. Ihre Handgelenke waren winzig. Es gab ein Einzelbett mit Decken und einen Gasherd mit einer Pfanne. In der Ecke lag ein Haufen ausgewaschener Bohnendosen. Mehr nicht. Sie sah aus, als wäre sie durch eine Mine gekrochen, hätte sich nach draußen gewühlt, hungrig nach Licht. Nicht groß, sondern vornübergebeugt. Sie sah aus wie eine der alten Frauen, die in dem Wettbüro in der Nähe meiner Arbeit Pferdewetten platzierten. Ich hätte ihr die Augen selbst dann nicht aus dem Kopf kratzen können, wenn ich aus meinen Fingern Klauen gemacht hätte. Dichte, dunkle Haare wuchsen über ihrem Mund, zwischen ihren Augen und an ihrem Kinn. Man roch, dass sie hier lebte und kaum hinausging. Es war nicht schmutzig, nur zu intensiv. Ich fragte mich, ob sie sich nachts mit dem Gartenschlauch duschte – wie wir es am Fluss getan hatten –, während die Kinder sie durchs Fenster beobachteten und das kalte Wasser auf ihr nach oben gewandtes Gesicht fiel. Oder ob sie sich, wenn alle schliefen, barfuß und schlammige Fußabdrücke hinterlassend ins Haus schlich, sich am Spülbecken wusch und den Kühlschrank nach abgelaufenen Lebensmitteln durchsuchte. Sie sah nicht hungrig aus, nur so, als ob sie sich nahm, was immer sie kriegen konnte. Ich kannte das Gefühl.

Bei ihrem Anblick wurde mir auf einmal bewusst, warum Marcus so besessen von dir war. Wie er dir gefolgt ist und dich gespannt beobachtet hat, um zu sehen, was du tust, mit welcher Aufmerksamkeit er dir zugehört hat. Roger und Laura hatten recht gehabt, was seine Lehrerin betraf. Marcus fühlte sich zu starken älteren Frauen hingezogen. Marcus liebte Fiona und später dich. Er konnte gar nicht anders.

Ich kannte Marcus, sagte ich.

Ich kenne keinen Marcus.

Ihre Haut löste sich ab. Ich musste an den Anruf denken und an das, was die Frau bei den Stallungen von deinem Auftauchen und Verschwinden erzählt hatte. Mir ging die Zeit aus; ich wollte Fiona an den Schultern packen und so lange schütteln, bis alles, was sie wusste, herausfiel.

Als Sie sie kannten, hieß sie Margot, und Sie haben sie fortgeschickt, sagte ich. Kurze Zeit später tauchte sie am Fluss auf, wo ich mit meiner Mutter lebte.

Ich drang tiefer in den Schuppen vor. Sie schob das Bett zwischen uns, biss die Zähne zusammen. Langsam begriff ich, dass Margots Name auf diese Leute dieselbe Wirkung hatte wie dein Name auf mich: dieser Geist, der an meinem Tisch saß und das ganze Essen verschlang. Ihr Haar war so dünn, dass die Kopfhaut durchschien.

Ich will nur wissen, was passiert ist. Ich merkte, dass ich die Hände erhoben hatte, und senkte sie langsam.

Warum?

Weil es mir helfen könnte, Marcus, Margot zu finden. Ich muss sie finden.

Warum?

Ich sah sie an. Ihr Gesicht hatte etwas von einer Backsteinmauer, glatt gespachtelt, lückenlos. Sie hatte lange an ihren Geheimnissen festgehalten.

Weil ich glaube, dass meine Mutter in Schwierigkeiten steckt. Ich habe sie seit sechzehn Jahren nicht gesehen, aber jetzt muss ich sie finden, und Marcus weiß vielleicht, wo sie sich aufhält. Erzählen Sie mir einfach, was Sie in jener Nacht gesagt haben.

Sie erzählen es ihnen auch nicht weiter? Ihre Stimme klang zerbrechlich, eingerostet. Sie drehte beide Zeigefinger, sodass sie auf mich gerichtet waren, und ich verstand, dass das eine Drohung war.

Sie erzählen es ihnen auch nicht weiter?, fragte sie noch einmal.

Ich erzähle es ihnen nicht weiter.

Sie blickte mich an. Was bekomme ich dafür?

Was?

Ich habe es nie jemandem gesagt. Ich habe mein Geheimnis bewahrt. Warum sollte ich es Ihnen sagen? Ich brauche eine Gegenleistung.

Ich zog alles Geld heraus, das ich bei mir hatte – ein paar zusammengefaltete Zwanziger – und hielt es ihr hin.

Sie schüttelte den Kopf. Was soll ich damit?

Ich weiß nicht, was ich Ihnen sonst geben soll.

Dasselbe, was ich Ihnen gebe. Ich will wissen, was passiert ist. Sie zitterte leicht.

Was passiert ist?

Als Sie sie getroffen haben, als sie bei Ihnen gewohnt hat, was ist da mit ihr passiert?

Ich kann mich an fast nichts erinnern. Ich habe mich dazu gebracht, fast alles zu vergessen. Tut mir leid.

Sie schwieg. Ich holte tief Luft und erzählte ihr vom Fluss und dem Boot, auf dem ich mit dir lebte. Von Marcus, der eines Tages mit seinem Zelt auftauchte und einen Monat bei uns blieb. Während ich redete, wurde mir bewusst, dass ich mich an mehr erinnerte, als ich vermutet hatte; dass die Erinnerungen unbemerkt zurückgesickert waren. Ich erzählte ihr, dass wir Scrabble gespielt und in der Enzyklopädie gelesen, Windspiele und Fallen gebaut hatten. Dass ich auf kindliche Art in Marcus verliebt gewesen war, hingebungsvoll, unbekümmert. Ich erzählte ihr von dir, von deinem Unterricht mit der Enzyklopädie, deinem Temperament und deiner langen, frostigen Zuneigung. Wir hatten vor etwas Angst, sagte ich, aber ich weiß nicht mehr, wovor.

Als ich endete, fühlte ich mich ausgewrungen, beinahe beschämt. Schau, wie deine Gestalt alles von Bedeutung durchtrennt, wie sie Marcus in den Hintergrund drängt und sogar, fast, mich. Trotzdem schüttelte Fiona unzufrieden den Kopf.

Was?

Das reicht nicht, sagte sie.

DER FLUSS

Neue Wahrheiten. Ihr Name war Ben oder Jake oder Matthew. Ihr Name war Leonard, und sie war ein Junge. Ihr Name war Pierce oder Johnny oder Moses. Ihr Name war Joe oder David oder Peter. Sie war nicht von zu Hause weggelaufen. Sie war keinem Mann namens Charlie begegnet, hatte ihn nicht getötet. Ihr Name war Aaron oder Brad oder Martin oder Richard. Ihr Name war Alastair oder Jack oder Harry.

Der Fluss fräste sich durchs Land. Es half nichts. Sie ging und ging, bis sie schlief. Sie bemerkte die Blicke der Leute auf den vorbeifahrenden oder vertäuten Booten und begriff, dass sie nicht wie ein Junge aussah. Sie sah aus wie etwas dazwischen, unbestimmt, halb fertig. Sie sah aus wie ein Mädchen, das einen Mann getötet hatte und dies für immer mit sich herumtragen würde – in den Taschen ihrer Jacke, in den Winkeln ihres Mundes. Sie senkte das Kinn bis auf die Brust und trottete weiter. Stellenweise war der Pfad so verwildert, dass sie sich durchkämpfen musste. Brombeersträucher zerschnitten ihr die Arme, und das Blut hob sich beerenrot von den braunen Büschen ab.

Sie kam durch eine Stadt. Dort gab es Jungs, die kreischend und schreiend Fahrrad fuhren. Joggende Männer mit langen, muskulösen Beinen in knallgrünen Shorts. Fußgänger, die Hundescheiße in die Hecke kickten und in ihren Taschen nach Kaugummi, dem Handy oder ihren Schlüsseln kramten. Alte Männer mit Kappen auf dem Kopf, die an warmen Tagen mit dem Boot ausfuhren, Kaffee tranken und zum Gruß nickten. Sie wollte einen Körper und eine Art, sich zu bewegen, finden, die zu ihr passten. Aber von dem, was sie sah, fühlte sich nichts gut an.

Sie wünschte ihn sich herbei. Wünschte ihn sich tief aus ihrem Inneren herbei. Einen Jungen mit ihrem Gesicht und ihren Händen, einen Jungen, der Margot hinter sich versteckte. Einen Jungen, der niemanden getötet hatte. Einen Jungen, der keine Eltern besaß.

Sie imitierte, wie sie, diese Männer, gingen, mit schwingenden Armen, wie sie die Füße fest auf den Boden aufsetzten. Sie beobachtete sie gründlich, ahmte nach, wie sie den Mund verzogen oder lachten oder sprachen. Sie versuchte, ihren Körper zu beschwören, es ihnen gleichzutun, versuchte, ihn zu verbiegen, ihn von außen zu betrachten. Sie dachte an die unausgesprochene Drohung der Angler, daran, wie Roger gelächelt und der Junge von nebenan die Stirn gerunzelt hatte.

Als Letztes dachte sie an den Mann auf dem Boot, an Charlie. Sie erinnerte sich, wie er sich – leicht taumelnd, aber sonst sicher – durch die Küche bewegt und die Hände nach Messern oder Knoblauchzehen ausgestreckt hatte. Dachte an seine Art zu reden, an die Rätsel, die ihn ausgemacht hatten. Sie schloss die Augen, bewegte die Beine, stellte sich vor, wie Charlie gewesen sein musste, als er jünger und noch nicht blind war und voller Vertrauen vom Boot ans Ufer sprang. Es wäre, dachte sie, eine Art Denkmal, so etwas wie eine Entschuldigung. Sie bückte sich und drückte die Hände in die feuchte Erde. Sie fühlte, wie Margot verschwand. Überwältigt blieb sie abrupt auf dem Pfad stehen und beugte sich tief hinunter. Plötzlich verspürte sie eine große Trauer über das, was fort war, das, was noch da war, das, was nie wieder zur Sprache kommen würde.

Sein Name war Marcus. Er konnte sich nicht an seine Eltern erinnern. Er lief am Kanal lang. Er war niemandem begegnet und hatte mit niemandem geredet. Er rannte und angelte und hörte sich gerne Rätsel an. Er ging, wie ein Junge gehen würde, blieb stehen und hörte zu wie ein Junge, redete wie ein Junge.

Falls es je so etwas wie Vorbestimmung gegeben hatte, so existierte sie jetzt nicht mehr. Die Frischhaltefolie war eng um seine Brust gewickelt, und in den Falten sammelte sich sein Schweiß. Wenn er sich übers Gesicht strich, meinte er, bereits die ersten Stoppeln zu fühlen, ein leichtes Kratzen. Er nahm einen Stein und versuchte, ihn übers Wasser flitschen zu lassen, so wie das ein Junge seiner Meinung nach tun würde. Ein Junge würde sich keine Gedanken darüber machen, was er im Wasser nicht sehen konnte. Ein Junge würde sich keine Gedanken darüber machen, was auf dem Boot geschehen war. Ein Junge würde schlafen, ohne von Charlies regungslosem, wachsamem Gesicht zu träumen, das vom Boden zu ihm aufblickte. Die Kälte schien ihm jetzt weniger auszumachen. Der Hunger war zu einer entfernten Bedrohung tief in seinem Bauch geworden. Ein Junge würde essen, wenn er zu essen bekam, zurückhaltend und streng eingeteilt. Ein Junge würde sich nicht dabei ertappen, wie er weinte, die Hände um die Lücke gelegt, wo die Zeltheringe gewesen waren.

DIE JAGD

Ich rief noch einmal im Büro an, doch es gab keine neuen Nachrichten. Ich lieh mir Rogers und Lauras Scanner und druckte fünfzig Flugblätter, die dein Gesicht unter der Überschrift VERMISST zeigten. Ich legte sie in Zeitungsläden, Wein- und Spirituosengeschäften und an Tankstellen aus. Nur nicht bei der Polizei. Was hätte ich ihnen auch sagen sollen? Du warst vor sechzehn Jahren verschwunden. Ich hielt in einer Wohnstraße mit viel Grün und klemmte ein paar Zettel hinter Scheibenwischer. Dabei wurde ich mir bewusst, wie sich die Ironie des Ganzen zu einem Kreis schloss. Ich hängte dort Bilder von dir auf, wo Roger und Laura Bilder von Marcus aufgehängt haben mussten, während er die ganze Zeit bei uns war, am Fluss. Ich wusste, dass ich bald dorthin gehen musste. Es war der einzige Ort, an dem ich noch suchen konnte, und es war der Ort, an dem ich mir dich immer vorgestellt hatte. Du warst der schmutzige Fluss, du warst die Kiefern, von denen im Sommer die Borke abblätterte, und der mit meinen Metallfallen übersäte Boden. Ich klappte einen Scheibenwischer hoch und steckte einen Zettel darunter. Aber für diese Rückkehr war ich noch nicht bereit.

Die Temperatur kletterte noch höher, und Roger schlug einen Ausflug ins Schwimmbad vor. Er hatte Kaffee gekocht, und wir setzten uns an den Tisch. Alle Fenster waren geöffnet, und Otto lag mit heraushängender Zunge neben mir auf dem Boden.

Ich gab mir Mühe, nicht zum Schuppen zu schauen. Ich konnte mich an immer mehr erinnern, aber an nichts, das mir geeignet erschien, um es Fiona zum Tausch anzubieten. Ich erinnerte mich, wie ich acht oder neun Jahre alt bin und du mir eines fiebrigen Morgens einen Drachen gebastelt hast, dein Haar zu Zöpfen geflochten, das Ende der Schnur in deinem Mund. Wir nehmen ihn mit auf das Dach des Bootes, wo du beide Arme über den Kopf streckst und ihn mit einem Heulen steigen lässt, das ihn hochzutragen scheint, wo er Spiralen zieht und sich in den Wind legt. Ich erinnerte mich an dein langes Schweigen, wie du manchmal tagelang nichts gesagt hast und nur im Bett liegst oder auf dem Deck sitzt und der Strömung zusiehst. Tage, die in lautem Streiten, zerbrochenen Tellern und Flüchen enden. Rückblickend glaube ich, dass du manchmal nur deshalb gemein zu mir warst, um deine Stellung zu festigen. Wie damals, als du uns die Haare abrasiert hast. Oder die Gelegenheiten, bei denen du mir erklärst, ich sei wie du, und es sei nicht gut für mich, so zu sein. Ändere dich, sagst du. Konzentriere dein ganzes Denken darauf, damit du das Kind von jemand anderem wirst. Du hast immerzu vom All geredet, der Anordnung der Planeten, dem Hund, den sie hinaufgeschickt haben und der nie wieder zurückkommen wird. Diese Welt hier war nie gut genug für dich. Du hast immer geglaubt, dass da noch mehr ist, du hast dein Leben lang auf dieses Mehr von was auch immer gewartet.

Roger tätschelte meine Hand und sagte etwas.

Wie bitte? Entschuldigung.

Sie waren ganz woanders. Ich habe gefragt, ob Sie sich einen Badeanzug ausleihen wollen?

Eigentlich würde ich lieber hierbleiben.

Wirklich? Aber es ist ein schönes Schwimmbad.

Ehrlich gesagt habe ich ein bisschen Angst vor Wasser. Ich stand auf und schenkte mir Kaffee nach, um Roger nicht ansehen zu müssen.

Es war ein komisches Gefühl, im Haus anderer Leute zu sein, und ich hatte mich noch nicht richtig daran gewöhnt. Am Vortag hatte ich versucht, mich nützlich zu machen. Ich putzte die Küche und saugte das Wohnzimmer. Zu kochen hatte ich gar nicht erst versucht, aber ich war mit einer in Lauras sauberer Handschrift verfasster Liste einkaufen gegangen. *Milch, Satsumas, Zahnpasta, Windeln.* Ich saß von kleinen, zappelnden Körpern umgeben auf dem Sofa und las alle Bilderbücher, die mir gebracht wurden. Das Baby konnte noch nicht reden, aber die anderen machten im Sprechchor mit, wobei sie Wörter falsch betonten oder ganz neu erfanden. Violet zwängte sich unter meinen Arm und drückte ihr Gesicht gegen meine Brust. Ich kann deinen Schlag hören. Meinen was? Als Antwort klopfte sie den Takt meines Pulses auf meinem Arm mit.

Ich habe noch nie jemanden getroffen, der Angst vor dem Wasser hat, sagte Roger.

Ich zögerte. Sie hatten mir Dinge über sich anvertraut, die sonst niemand wusste. Es erschien mir unfair, ihm nichts zu geben. Wissen war zu einem Tauschgut geworden.

Es ist nicht schlimm. Keine Phobie. Ich meide es einfach nach Möglichkeit. Wahrscheinlich hat es etwas damit zu tun, wo ich aufgewachsen bin. Am Fluss, wo –

Wo Margot hingegangen ist.

Ja. An ein paar Dinge kann ich mich erinnern. Die meisten haben mit meiner Mutter zu tun. Manche mit dem Kanal. Und an den Tag, als Marcus – Margot – zu uns kam. Aber alles danach ist wie ausgelöscht. Kennen Sie das Gefühl?

Er stieß so etwas wie ein Lachen aus.

Tut mir leid. Große Teile sind weggespült, untergetaucht. Ich versuche, sie mir in Erinnerung zu rufen, aber sie sind einfach fort.

Merkwürdig.

Aber ich kann sozusagen ihre Schwanzspitze erkennen.

Ihre Schwanzspitze? Er zog die Nase kraus. Sein Gesicht sah dem von Marcus nicht im Geringsten ähnlich, er hatte einen dünnen Mund und dünne Augenbrauen.

Das hintere Ende. Dinge, die ich tue oder sage, kommen mir bekannt vor, erkläre ich. Probleme, mit denen ich kämpfe, die auf damals zurückzuführen sind. Ich glaube, meine Angst vor Wasser ist eines davon. Ich glaube, dass irgendetwas im Wasser vorgefallen ist. Vielleicht. Ich weiß es nicht.

Dann sollten Sie mitkommen. Vielleicht hilft das.

Sie meinen, es könnte mir beim Erinnern helfen?

Man kann nie wissen.

Ich drückte die Fußballen gegen die Küchenfliesen, die sich ein bisschen kühl anfühlten. Sie wissen jetzt, wohin sie gegangen ist, sagte ich. Wollen Sie nicht hinfahren? Nachsehen, ob sie noch da ist? Und wenn sie nicht mehr da ist, zumindest den Ort sehen, an den es sie verschlagen hat?

Er schob die Tasse über die Tischplatte und zog sie wieder zu sich. Wir haben darüber gesprochen, sagte er. Laura meint, wir sollten es einfach tun. Wir haben Freunde, die ein paar Tage auf die Kinder aufpassen könnten. Laura glaubt, dass wir sie finden. Dass sie direkt dort auf uns wartet, noch genauso alt wie damals, und vor allem noch dasselbe Geschlecht wie damals. Als wäre sie… Er schien nach dem richtigen Wort zu suchen. Kristallisiert.

Sie sollten dorthin gehen. Ich hatte mich vom Stuhl hochgedrückt und stand fast. Ich habe es mir auf der Karte angesehen. Es ist nicht weit. Es ist gar nicht weit. Selbst wenn sie nicht dort ist. Sie können es sich ansehen. Vielleicht verstehen Sie dann besser. Vielleicht bewirkt es eine Art Katharsis.

War ich so begeistert von der Idee, weil ich ihnen dadurch helfen konnte, oder weil dann sie statt mir dort hinfahren und vielleicht sogar Marcus und dich finden und euch beide hierher zurückbringen würden? Ich hoffte auf Ersteres, war mir jedoch nicht sicher. Ich glaube nicht, dass ein Leben, wie ich es gelebt habe, Selbstlosigkeit fördert.

Sie verstehen das nicht, widersprach Roger. Wir haben darüber gesprochen, aber wenn Margot gekonnt hätte, wäre sie zurückgekommen. Wir haben auf sie gewartet. Wo ist sie? Es gibt einen Grund dafür, dass sie nicht zurückgekommen ist. Entweder hat sie ein neues Leben, oder sie ist tot. Wir sind hier, falls sie uns finden will. Aus dem Grund sind wir nie von hier fortgegangen. Er blickte mich an. Sie müssten das doch verstehen. Warum haben Sie nicht schon früher nach Ihrer Mutter gesucht?

Ich habe nach ihr gesucht.

Aber Sie haben aufgehört?

Ja.

Warum?

Wahrscheinlich aus demselben Grund. Sie war nicht gezwungen fortzugehen. Sie wollte es so. Ich glaube, es lag ihr im Blut. Aber jetzt glaube ich, dass sie mich braucht.

Na gut. Fahren wir ins Schwimmbad. Sie müssen ja nicht

ins Wasser gehen, wenn Sie nicht wollen. Sie können einfach am Beckenrand bleiben. Es wird Ihnen guttun.

Ich erwog dagegenzuhalten, doch als alle begannen, ihre Sachen zusammenzusammeln, in Flipflops schlüpften und Taschen packten, half ich ihnen dabei. Das fühlte sich am besten an. Sie waren wie eine Armee, und ich wurde plötzlich, auf unerklärliche Weise, mitgerissen. Ich sehnte mich – und hatte aus heiterem Himmel ein seltsames Gefühl im Bauch, fast eine Art Schmerz – nach einer großen Familie, zu groß für ein normales Auto, nach einer ganzen Busladung, die mich in ihrem Kielwasser mitzog.

Vor dem Kartenautomaten hatte sich eine Schlange gebildet, also ging ich allein in die Umkleide. Es war zwei Uhr nachmittags und die Garderobe fast leer. In der Dusche stand eine nackte Frau. Vielleicht würde ich mir, wenn ich älter war, ähnliche Hobbys zulegen, ein regelmäßiges Programm oder einen festen Ablauf, ein bequemes Leben. Weil es keine Kabinen gab, suchte ich mir einen freien Platz und zog mich um. Der Badeanzug, den Laura mir geliehen hatte, spannte an den Hüften und am Hintern. Ich hatte zugenommen. Als ich an mir herabsah, stellte ich fest, dass ich dir so ähnlicher sah. Ich war mir nicht sicher, was ich davon halten sollte. Es war, als würde ich dir immer ähnlicher werden, je näher ich dir physisch kam. Laura trat mit allen Kindern ein.

Gretel, Gretel, sagte Violet. Wenn du nicht duschst, darfst du nicht ins Schwimmbecken.

Ich dusche nicht.

Nie?

Nie.

Das Baby wurde mir in die Hand gedrückt. Es schien zu

wissen, dass es von mir nichts zu erwarten hatte, denn es brüllte sich lila und übergab sich auf meinen Badeanzug.

Jetzt musst du duschen, sagte Violet, offensichtlich zufrieden mit sich selbst.

Es war zu spät, um umzukehren. Verschwommen konnte ich mich in dem langen Fenster neben dem Schwimmbecken sehen, ein weiß umkreistes Gesicht und unförmige Beine. Die chlorhaltige Luft brannte im Rachen. Ich wusste nicht, warum ich hier war. Die Stufen des Sprungturms wurden vom Wasser reflektiert. Violet war zur Hälfte hinaufgeklettert: winziger Kopf, hellgrüner Badeanzug, kleine Insektenglieder. Roger rief ihren Namen. Laura stand im seichten Wasser und ließ das Baby auf und ab hüpfen. Das Dach sauste kreiselnd auf mich zu, bis es unter meinen Händen war; die Fenster barsten und kreischten. Ich höre das Donnern der Schleuse, die sich in der Nähe unseres Boots befindet, das Öffnen und Schließen der Tore. Ich sehe dich auf dem Bootsdach, die Arme erhoben, obwohl von dem Drachen keine Spur ist, dein Mund steht offen und du rufst etwas, doch die Worte wurden erfasst und verweht, ehe sie mich erreichen.

Ich sah nicht, wie Violet stürzte, aber ich hörte das Aufklatschen. Sie war ein grüner kreisender Fleck unter dem Wasser. Am anderen Ende des Beckens rannte der blonde Rettungsschwimmer los. Ich schob die Zehen über den Beckenrand und glaubte unter der Metallleiter in der Ecke etwas auf dem Grund zu erkennen. Doch ich machte bereits einen Schritt nach vorne und ließ mich fallen.

Das Wasser war kälter als erwartet. Violet befand sich unter mir, sie sank. Ich tauchte zu ihr hinab, die Augen trotz des Chlors weit geöffnet. Unweit der Metallleiter bewegte sich etwas. Als ich hinsah, kam der Bonak auf uns zu, er stieß sich vom gefliesten Boden ab und zog die Beine zum Bauch. Sein Hals war blass und dick, sein Schwanz pendelte hinter ihm her. Er war prähistorisch, schroff, goldgefleckt, unter ihm flammte ein weißer Blitz. Sein langes, rücksichtsloses Gesicht war uns zugewandt.

Ich packte Violet an den Trägern ihres Badeanzugs, beugte die Knie und drückte mich mit beiden Füßen nach oben. Die Oberfläche schien in weiter Ferne. Über mir konnte ich brüchige Umrisse von Menschen erkennen, die Farben ihrer Kleider, ihre sich bewegenden Hände. Die Luft brannte bis in die Tiefe. Hustend schlug Violet um sich. Ihre Hand traf meine Nase. Ein Muster aus Blut durchzog das Wasser. Jemand hievte mich heraus, der Beckenrand schrammte mir die Haut von den Waden. Die Geräusche traten nur schichtweise hervor, darum hörte ich erst, als ich stand, dass das Baby weinte und Laura schrie. Ich hielt im Wasser Ausschau nach dem, was ich vergessen hatte, dem, was bei der Leiter lungerte und über den Grund pirschte, auftauchte, sich über das seichte Ende schleppte und immer näher an uns herankam.

VIER

Klopf-klopf, der Wolf

DAS COTTAGE

Ich beschließe, dass ich noch verrückt werde, wenn ich nicht arbeite, dass eine feste Struktur uns guttun wird und wir nicht ewig so weitermachen können. Also erkläre ich dir, dass jeden Morgen für eine Stunde Stille herrschen muss.

Stille?, fragst du, als hättest du das Wort noch nie gehört.

Ja, sage ich. Stille. Genaugenommen muss Schweigen herrschen. Du kannst bei mir im Wohnzimmer sitzen, aber ich arbeite, und deswegen musst du still dasitzen. Schweigend. Du musst schweigend dasitzen.

Du legst den Kopf schief. Du arbeitest? Aber du bist doch erst dreizehn, du hast keine Arbeit, Gretel. Du klingst so überzeugt von dem, was du sagst, dass ich nicht weiß, was ich erwidern soll und nur warnend den Finger hebe, bis du dich wegdrehst, zum Sessel schleichst und mit geschlossenen Augen Platz nimmst.

Ich schicke Jennifer eine E-Mail, und sie antwortet gleich und erklärt, dass sie sich freut, das zu hören. Sie teilt mir ein Wort zu. Ein leichtes: *außergewöhnlich.* Ich koche eine Kanne Kaffee, gieße eine Tasse für dich ein und stelle sie vor dich hin, dann setze ich mich an den Schreibtisch. Zum ersten Mal seit einer Woche herrscht Ruhe. Ich senke den Kopf und bemühe mich, nicht zu dir hinüberzusehen. Ich kann spüren, dass du mich beobachtest. Ich hole meine Karteikarten hervor: weiß für Zitate, blau für Produktionshinweise, gelb für Definitionsentwürfe. Ich trinke einen Schluck Kaffee.

Als ich beim Wörterbuchverlag anfing, war ich jung und dachte noch oft an dich. Damals habe ich dich noch in meinem Inneren mit mir herumgetragen, doch je älter ich wurde, desto blasser wurde das Bild von dir. Es kam noch vor, dass ich den Mund aufmachte und hörte, wie ein Satz herauskam, der nur deshalb da war, weil ich mit dir aufgewachsen war. Du hattest mich erschaffen, und alles was ich wollte, war, dich herauszuschneiden, dich aus meinem Innenleben herauszuschneiden, so wie Alzheimer das mit einem orangengroßen Stück Gehirn bewerkstelligt. Du hast mich bewohnt und die Spiralen meines Denkens gelenkt. Ich ging zur Arbeit, saß jeden Tag am selben Schreibtisch, träumte, dass etwas in der Isis schwamm, träumte, dass dein Mund Wörter formte, die ich nicht mehr hören konnte. Zu Mittag ging ich immer in denselben Laden, um mir ein Sandwich zu kaufen, und eines Tages, während ich in der Schlange stand, begriff ich plötzlich, was du angerichtet hattest, indem du deine eigene Sprache erfunden und mir beigebracht hast. Wir waren Außerirdische. Wir waren wie die letzten Menschen auf der Erde. Wenn Sprache auf irgendeine Art unser Denken bestimmt, hätte ich nie eine andere werden können als die, die ich bin. Und die Sprache, mit der ich aufwuchs, war eine Sprache, die kein anderer sprach. Ich würde mich in der Gesellschaft anderer also immer isoliert, einsam und unwohl fühlen. Es lag an meiner Sprache. Es lag an der Sprache, die du mir gegeben hast.

Abgesehen vom Sortieren der Karteikarten habe ich kein bisschen an *außergewöhnlich* gearbeitet. Die kleine Uhr auf dem Tisch verrät mir, dass zwei Stunden vergangen sind. Ich möchte dir plötzlich sagen, dass ich nicht mehr glaube, was ich damals geglaubt habe, als ich in dieser Schlange stand. Ich glaube nicht, dass Sprache durchs Hirn fault und ich wegen der Sprache, die du mir gegeben hast, bin, wer ich bin. Nichts ist vorherbestimmt. Aber als ich mich zu deinem Sessel umdrehe, bist du weg. Ich hätte es besser wissen müssen. Ich hätte mich daran erinnern müssen, wie du im Büro verschwunden bist, wie du diesen Bus hast davonfahren lassen. Ich gehe hinauf. In der Badewanne läuft das heiße Wasser, aber der Stöpsel steckt nicht und du bist nicht da. Ich drehe den Hahn zu. Du hast alle Fenster im obersten Stock aufgemacht, sodass der heiße Staub von den trockenen Feldern hereinweht. Als ich aus deinem Schlafzimmerfenster schaue, sehe ich dich, du bist halb den Hügel hoch, marschierst mit schwingenden Armen in die Richtung, in die wir manchmal gehen. Ich laufe hinunter und hinaus zu der Steinmauer, rufe deinen Namen. Du winkst mir zu, aber machst nicht kehrt.

Wo willst du hin?, rufe ich. Du hältst nicht an. Ich habe dich mein Leben lang gejagt. Ich bin kurz davor, nach drinnen zu gehen, mich an den friedlichen Tisch zu setzen und zu arbeiten. Stopp, schreie ich, klettere über die Mauer und setze dir nach. Es ist zu heiß, um Leute zu jagen. Du kommst vor mir auf der Spitze des Hügels an, bleibst stehen und stützt die Hände auf die Knie. Ich habe einen dieser schrecklichen Gedanken, die manchmal in einem aufsteigen und von denen niemand etwas wissen darf: Alles wäre so einfach, wenn du einen Herzinfarkt hättest. Doch du ruhst dich nur kurz aus und marschierst weiter. Im Zickzack. Ich quere das Feld, um zu dir aufzuschließen. Natürlich folgst du dem Ruf des Wassers. Vorbeiziehende Wolken werfen ihre Schatten auf meine Schultern. Bei dem zerklüfteten, fast ausgetrockneten Fluss hole ich dich ein. Du schaufelst dir Hände voll mit Wasser ins Gesicht. Ich lasse mich schwer atmend neben dir nieder.

Was soll das? Warum bist du weggelaufen?

Mir war heiß, sagst du in diesem Tonfall, der sich jegliche Erwiderung verbittet. Ich beuge mich vor und schöpfe Wasser. Es schmeckt ein bisschen nach Eisen, Fabrikgebäuden, dem Innern von Rohrleitungen. Als ich aufblicke, stelle ich fest, dass du einen merkwürdigen Gesichtsausdruck hast – wissend, achtsam abwägend, beinahe tierisch. Wie eine der streunenden Katzen, die manchmal bei uns am Fluss auftauchten und herumlungerten, bis sie genauso schnell wieder verschwanden.

DER FLUSS

Das Wesentliche war, einfach weiterzugehen. Die Städte dünnten aus. Marcus hatte seit einem Tag nichts mehr gegessen. Wenn er von Essen träumte, war es nichts Extravagantes: Brotscheiben ohne Kruste, einfacher Kuchen. Es half nichts. Er baute eine Metallkiste in seinem Kopf und packte die Plastiktüte mit dem Brot hinein, seine Eltern mit den Brillenabdrücken auf ihren Nasenrücken, Charlie, der sich vor seinem Tod um ihn gekümmert hatte, Fionas Mund, der diese schrecklichen, furchtbaren Worte formte.

Der Kanaldieb hatte weitere Spuren hinterlassen. Noch mehr Hunde und Katzen waren verschwunden, aber auch aufgeschnürte Fische und Schafe aus den kleinen, fast wilden Herden, die am Ufer lebten. Auf manchen der Boote, an denen er vorbeikam, wurden Gegenmaßnahmen ergriffen: Die Fenster waren mit Holzbrettern vernagelt, vor den Türen dienten an Kordeln befestigte leere Flaschen als Warnsystem. Eine Frau folgte ihm zehn Schritte und bestand darauf, dass er aufpasse, er solle doch bitte aufpassen. Als er sich umdrehte, in Panik, taumelnd, gab sie ihm ein Messer und weigerte sich, es zurückzunehmen.

Als sie außer Sichtweite war, verwahrte er es in seinem Rucksack, fühlte sich deswegen aber nicht besser. Sondern nur wie jemand, der jetzt so aussah, als könnte er einen Mann getötet haben. Für den Rest des Tages fühlte er den Toten im Rücken, fühlte, wie dieser ihm langsam folgte, blind auf das Geräusch seiner Schritte horchend, damit sie ihm den Weg wiesen. Er wollte sich umdrehen und ihm erklären, dass es keine Absicht gewesen war, sondern ein Unfall. Er wollte sich ins Wasser fallen lassen, wo es still und leise war. Aber dort war der tote Mann, seine langen Finger und offenen Augen. Marcus ging weiter. Der Fluss war ungestüm und wand sich.

Die Landschaft öffnete sich in eine mit Gestrüpp bewachsene Fläche: schwarze Müllsäcke, ein ausgedientes Sofa, daneben ein Kühlschrank. Weiter hinten stand eine Gruppe Bäume mit nahezu senkrecht aufragenden Stämmen. Es war noch nicht einmal Mittag. Er ging mühsam in die Hocke und stocherte in ein paar Säcken nach etwas Brauchbarem herum. Der Geruch reichte, um ihn weitergehen zu lassen. Links befand sich eine Schleuse, in der das Wasser schnell und hart floss wie eine Straße. An der Holzbarriere hing ein Schild, doch es war alt, kaum mehr vorhanden, und sagte nur noch: AC T NG. Er wusste nicht, was das bedeuten sollte; es war ihm auch egal. Die freie Fläche war so groß, dass er sich so weit vom Wasser entfernen konnte wie seit Tagen, Wochen nicht mehr. Er schlug sich mit der Faust gegen den Kopf, um sich aufzuwecken. Er war so hungrig, dass er, wenn er sich bewegte, weiße Flecken vor seinen Augen aufflackern sah. Er würde nicht an den toten Mann denken, dachte er. Er würde nicht an ihn denken. Er schlug sich erneut mit der Hand gegen den Kopf.

Er ließ den Rucksack fallen und trat zwischen die Bäume. Beugte sich vor, schaute sich um. Ein paar Schritte tiefer wucherten rote Beeren. Er steckte sich eine in den Mund, behielt sie auf der Zunge, spuckte sie aus. Grub neben ein paar Baumstämmen in der Erde, nicht sicher, was er suchte, nur, dass er es finden musste. Ich kann nicht weitergehen, dachte er. Ich kann nicht mehr gehen. Er wandte den Blick nach oben, und auf einmal überkam ihn eine große Erleichterung. Er würde eine Pause einlegen, nur für einen Tag. Er würde schlafen und schlafen.

Er baute das Zelt auf. Setzte sich in den Eingang und schälte sich die Stiefel und Strümpfe von den Füßen. Blasen wölbten sich auf seiner Haut. Er roch ranzig. Egal. Er war so müde, dass er seine Körperteile nicht auseinanderhalten konnte. Er döste, driftete ab, riss den Kopf hoch und kam zurück auf seine kalten, nackten Füße im Matsch. Er öffnete den Rucksack und ging auf die Jagd, fand ein paar verirrte Brotkrümel, die er sich von den Fingern leckte. Schlief ein bisschen. Hinter seinen Augenlidern warteten Träume vom toten Mann, dem das Boot aus den Armen wuchs, der Geruch nach verbranntem Lamm. Der tote Mann brachte ein Bernsteinauge ganz nah an seins, und als es blinzelte, erwachte Marcus, tastend, schreiend.

Unweit von ihm kauerte ein Mädchen. Den Kopf vorgereckt wie eine Krähe, in einer schmutzverkrusteten rosafarbenen Strumpfhose, die Finger im Dreck vergraben, Augen, die nicht blinzelten. Schreiend bewegte er sich im Krebsgang zurück ins Zelt.

Das Mädchen stand auf, wischte sich die Hände an der Strumpfhose ab. Ihre Kleider waren zu klein und hinterließen Druckstreifen an den Hand- und Fußgelenken. Ihr Mund war geöffnet. Direkt hinter ihr stand sein Rucksack, sie hatte ihn herausgezogen, aufgemacht und darin herumgewühlt. Als sie sich ihm näherte, sah er, dass sie das Buch in den Händen hielt, das er vom Boot des toten Mannes mitgenommen hatte.

Das wird dir nicht gefallen, sagte er so laut, dass seine Stimme von den Bäumen zurückgeworfen wurde.

Sie hob das Buch drohend in seine Richtung und sah ihn finster an. Ihr Gesicht war fast quadratisch, ihre Augenbrauen trafen sich in der Mitte in einer langen Linie der Missbilligung. Er wusste nicht, was er tun sollte. Er rollte den Schlafsack zu einem kompakten Ball zusammen, knöpfte sich den Mantel zu, zog die Stiefel wieder an. Er wollte auf keinen Fall weitergehen, nur dasitzen, schlafen und sich nie wieder bewegen. Das Mädchen nieste und wischte sich mit der Hand den Rotz ab. Kroch ein paar Schritte näher. Jetzt war sie ganz nah und hielt ihm etwas hin. Es war ein Stück Brot. Eine Woge aus Panik und Freude schwappte über ihn hinweg. Er steckte es sich so hastig in den Mund, dass er sich fast verschluckte, und kaute unbeholfen. Sie streckte ihm das Buch hin. Als wäre ohne sein Wissen und seine Zustimmung ein Handel abgeschlossen worden.

Sie setzten sich vor dem Zelt auf den Boden. Eine dünne Schmutzschicht überzog das Mädchen, als hätte es jemand aus der Erde ausgegraben. Und tatsächlich hatte sie etwas Wurzel- oder Knollenhaftes – knubblige Knie und Gliedmaßen, die unvermittelt aus ihren Kleidern herausstachen. Mit einer Hand kratzte sie sich an den dichten Haarbüscheln, die ihre Ohren umgaben. Ihre Taschen waren an den Seiten ausgebeult.

Er schlug das Buch auf und begann, ihr vorzulesen. Die Schrift war klein und schwer zu entziffern. Viele von den Wörtern auf der Seite kannte er nicht. Neben den Rätseln prangten seltsame spindelförmige Zeichnungen von missgestalteten Figuren mit dem Kopf eines Tieres und dem Körper eines anderen. Auf einem der Bilder erkannte er die

Scheune aus dem Rätsel, das der tote Mann ihm am ersten Tag erzählt hatte.

Das wird dir nicht gefallen, sagte er noch einmal. Aber wenn du willst, lese ich dir vor. Wenn du irgendwo noch mehr Brot hast? Sie antwortete nicht.

Ich glaube nicht, dass es dir gefallen wird, sagte er. Er merkte, dass er nicht wollte, dass sie ging.

Doch es gefiel ihr. Ihr Mund formte die Worte, sie deutete, forderte: das noch mal. Und er las es langsamer, stockend. Viele der Wörter bekam er nicht heraus, während sie sie mit Leichtigkeit aussprach. Dabei beugte sie sich vor, presste einen schmutzigen Finger darauf, buchstabierte sie aus. Die Wörter schienen ihr zuzufallen, als hätte sie sie erfunden. Jedes Mal hob sie den Kopf. Stolz wie eine Schneekönigin. Ein angedeutetes Lächeln auf den Lippen ihres breiten Mundes, das Aufblitzen gelber Zähne. *Was sitzt still in einer Ecke und reist doch um die ganze Welt? Je mehr davon du machst, desto mehr lässt du hinter dir zurück.*

Und dann sprang sie unvermittelt auf und rannte mit schlenkernden Armen davon. Als er seinen Rucksack überprüfte, sah er, was sie mitgenommen hatte: zwei Paar Unterhosen, die leere Brottüte, zwei Hemden. Aus dem Rätselbuch hatte sie eine Seite herausgerissen.

Er kroch zurück ins Zelt und legte den Kopf auf den harten Boden. Er beklagte, was er verloren hatte, was er aufgegeben hatte, was er getan hatte. Irgendwo flussabwärts konnte er seine Eltern spüren. Sie waren auf der Suche nach ihm oder auch nicht. Sie saßen an dem runden Küchentisch, streckten die Hand nach einer Tasse aus oder blätterten die Zeitung um, oder sie machten die Haustür auf, um hinauszutreten. Er wollte, unbedingt, dass sie ihn fanden. Er wollte ihnen erzählen, warum er fortgegangen war, warum er es getan hatte. Dann wäre alles gut. Wenn sie verstanden. Ihre Wege würden sich trennen, sie würden nie wieder aneinander denken. Sie saßen an dem runden Küchentisch, und der tote Mann war bei ihnen und sah zu ihm auf.

Die Dinge, von denen Fiona gesagt hatte, dass er sie tun würde, hatten sich verheddert und rollten durchs Zelt. Sie hatten die Farbe von Haut, die trocken und schuppig war. Sie krochen über seine Brust und zwängten sich in seinen Mund. Seine Wangen blähten sich unter der Anstrengung, sie nicht auszusprechen. Nicht auszusprechen, was Fiona gesagt hatte, dass er seinem Vater antun würde. Seiner Mutter. Was er mit seiner Mutter tun würde. Er erwachte in seinem durchgeschwitzten Schlafsack und bäumte sich auf.

DIE JAGD

Ich kaufte eine Flasche Wein, die ich am Haus vorbei zum Schuppen schmuggelte. Fiona machte die Tür so weit auf, dass ich nur einen Streifen ihres Gesichts sah. Mir ist etwas eingefallen, sagte ich. Sie ließ mich eintreten. Wir tranken den Wein aus Teetassen. Sie schmatzte genüsslich und rieb sich den Bauch.

Auf dem Heimweg vom Schwimmbad waren immer mehr Erinnerungen zurückgekehrt, aus dem Tröpfeln war eine Flut geworden. Zwar bestanden nach wie vor Lücken – riesige Löcher, groß wie Zugtunnel –, doch gab es jetzt auch eine Form, eine Geschichte.

Na gut, sagte sie und schlürfte geräuschvoll ihren Wein. Dann lass hören.

Ich glaube nicht, dass du es wirklich verstehen kannst.

Sie stellte klirrend die Tasse auf den Boden, hob die Beine aufs Bett und machte es sich gemütlich. Von draußen war Ottos Schnüffeln zu hören, der Fernseher aus einem der Nachbarhäuser.

Als ich zum ersten Mal etwas gesehen habe, das gar nicht da war, sagte sie, war ich ein Junge und habe auf dem Bauernhof meiner Eltern zugeschaut, wie die Stiere kastriert wurden. Meine Schwestern durften nicht, aber mich hat mein Vater mitgenommen. Ich habe mich immer gefragt, warum. Ich war so schüchtern, dass ich mich kaum traute, nach dem Salzstreuer zu fragen. Die Männer, die die Kastration vornahmen, kamen aus der Stadt in der Nähe. Die Stiere waren jung und verängstigt, und ich hatte schreckliches Mitleid mit ihnen. Die Männer schafften zwanzig pro Stunde. Mein Vater hielt meine Hand, und wir standen nahe genug, um die weggeschnittenen Teile begutachten zu können. Sie glichen fremdartigen Pflanzen.

Sie nahm die Tasse und hob sie wie zum Salut.

Als ich den Blick von den abgetrennten Hoden abwandte, sah ich jemanden in der Ecke der Scheune, gleich neben einer der Heuluken. Dieser Jemand war ich, aber als Frau. Das war das erste Mal, dass ich im Voraus wusste, was passieren würde.

Sie leerte die Tasse und stieß mich an, damit ich ihr die Flasche gab. Als ich mich bewegte, stieg mir mein Geruch in die Nase: nach Chlor und Schweiß.

Was ist, erzählst du es mir jetzt oder nicht?

Doch, sagte ich. Mir ist wieder eingefallen, wovor wir Angst hatten. Ich holte tief Luft. Ich wusste nicht, ob es eine gute Idee war, ihr davon zu erzählen, es laut auszusprechen. Es kam mir verrückt vor, dort darüber zu reden, in einem winzigen Schuppen am Ende eines Gartens.

Wir nannten es Bonak, sagte ich. So nannten wir alles, wovor wir Angst hatten, aber davor hatten wir am meisten Angst. Ich habe ihn im Schwimmbad gesehen. Er schwamm auf mich zu. Er war ein Lebewesen, ein Tier. Er war groß. Ich habe ihn im Wasser gesehen.

Ein Lebewesen?

Ja.

Ich erwartete, dass sie lachen oder mich hinauswerfen würde, aber das tat sie nicht. Plötzlich fühlte ich mich erschöpft, als wäre ich einen Marathon gelaufen oder tagelang geschwommen. Ich erzählte ihr nicht, woran ich mich sonst noch erinnerte: eine Falle, eine Angel, das Glas der Dachluke unter meinen Ellbogen.

Was wurde daraus?, wollte sie wissen.

Ich fragte mich, ob sie mir glaubte. Ich war mir nicht sicher, ob ich mir selbst glaubte oder nur versehentlich etwas erfunden hatte, das unmöglich wahr sein konnte. Es gab Gesetze – *die allgemein gültige Anziehungskraft von Massen; Sauerstoff ist ein farbloses, geschmackloses, geruchloses Gas, das allen lebenden Organismen als Lebensgrundlage dient* –, und meine Behauptung passte nicht zu den Gesetzen, wie wir sie kannten. Etwas derartig Großes, im Wasser, das Kinder entführte und Hunde tötete. Ich fragte mich, ob es – wenn meine Erinnerung mich nicht trog – damals wahr gewesen war. Oder ob wir es irgendwie ins Leben gerufen hatten. Ich konnte mich nicht entscheiden, welche Vorstellung die schlimmere war.

Ich glaube, meine Mutter hat es getötet, sagte ich. Fiona hatte ihren Stuhl zurückgekippt, sodass die Vorderbeine in der Luft schwebten, und schien gar nicht zuzuhören. Als ich mich im Schuppen umsah, stellte ich fest, dass sie umgeräumt, den Berg aus Bohnendosen entsorgt und das Bett gemacht hatte. Mir war gar nicht in den Sinn gekommen, dass sie, während ich über die alten Zeiten nachdachte, dasselbe tat. Dass auch sie vielleicht eine Entscheidung getroffen hatte. Sie zog die Schultern hoch wie die Griffe einer Tasche.

Ich brauche eine anständige Mahlzeit, sagte sie. Morgen Mittag müsste gehen. Dann erzähle ich dir, was ich gesehen habe.

DER FLUSS

Das Mädchen mit der rosafarbenen Strumpfhose hieß Gretel Whiting und blieb am nächsten Tag bis Einbruch der Dunkelheit. Er gewöhnte sich an sie. Daran, wie sie vor sich hinplapperte oder ohne Vorwarnung wegrannte. Wo brennt's?, fragte sie und gackerte. Oft redete sie mehr mit sich selbst als mit ihm, schnatternd. Beutelsäuger, sagte sie. Etüde. Latitüde. Sie hatte einen durchlöcherten Plastikbeutel, den sie als Gesprungs bezeichnete. Und wenn der Wind so leise war, dass man den Fluss hörte, legte sie sich die Hand wie einen Trichter ans Ohr. Hörst du es? Das Gemucks?

Fast hätte ich's vergessen, sagte sie, griff in die Tasche und zog ein zerbröseltes Kuchenstück hervor. Magst du?

Ja, sagte er. Der Kuchen war weich, porös und mit Öl von ihren Fingern überzogen. Er war so erleichtert, dass sie da war, dass er ihr überallhin folgte. Er hatte nicht gemerkt, wie verlassen er sich gefühlt hatte, wie lang die Tage waren. Er machte sich Sorgen, dass sie plötzlich, ohne Vorwarnung, verschwinden könnte. Dann wären die Stunden wieder Jahre und er hätte die meiste Zeit einfach nur Angst. Ihr Haar war in einen ungleichmäßigen Zopf gezwängt, der aus ihrem Kragen hervorlugte. Daraus schloss Marcus, dass sie zu jemandem gehörte.

Wo sind deine Eltern?, fragte er.

Meine Mutter ist eine Seefrau, sagte sie. Sie hat Flossen statt Füße und Kiemen. Sie flinkt durchs Wasser.

Was soll das heißen?

Dass sie eine Meerjungfrau ist.

Das stimmt nicht, entgegnete er, obschon er sich nicht ganz sicher war.

Komm, gehen wir hier lang. Sie sieht aus wie du und ich, sagte sie. Sie kann unter Wasser atmen, sie kennt jedes Wort auf der ganzen Welt, sie ist Archäologin und Ärztin und überall berühmt. Ich nenne sie Frau Doktor oder S. Und sie sagt El oder Hänsel zu mir, aber sie verrät mir nicht, warum. Sie kann sich von einer Seite der Welt auf die andere graben und hat es schon oft getan, sie muss nicht schlafen, sie kann ein ganzes Tier auf einmal verschlingen, sie sagt, dass sie eine Wegläuferin ist, aber in Wirklichkeit ist sie eine Dableiberin und sehr gut. Gretel holte Luft. Außerdem, sagte sie, kann sie richtig gut kochen.

Er folgte ihr langsam. Er konnte den Fluss hinter sich hören. Er traute ihm weniger, wenn er ihn nicht sah. Was hielt ihn davon ab, das Land zu erklimmen, als wäre der Boden eine Leiter? Gretel kletterte auf einen umgekippten Kühlschrank. Sie hatte die Mütze tief ins Gesicht gezogen, den Schal bis über die Nase, und die Schnüre ihrer Fäustlinge waren völlig verheddert. Der Nebel umfing ihr Gesicht und schnitt ganze Scheiben von ihrem Körper ab. Dinge drifteten daraus hervor, schienen sich zu bewegen, obwohl sie vorher ortsgebunden gewesen waren. Er wollte mehr über ihre Mutter wissen, über die Lügen und Wahrheiten, die sie über sie erzählt hatte, aber –

Da drüben, rief sie und deutete irgendwohin. Der Krimskrams. Er ist da drüben.

Sie ging nicht, sie huschte, sprang von Ort zu Ort. Er

folgte dem Klang ihrer Stimme, die ihn rief. Sein Name schien ihr zu gefallen. Sie zog ihn auseinander und zerlegte ihn in seine Einzelteile: Mar-cu-s. Oder sie erfand Spitznamen: Marie, Kaktus, Ramm. Als er zu ihr aufschloss, hatte sie einen Gegenstand aus Draht in der Hand. Mit einem Hebel stemmte sie ihn an der Seite auf.

Was ist das?

Sie ignorierte ihn. Wir müssen alle finden, sagte sie. Es handelte sich um Fallen, und sie enthielten vor allem Feldmäuse, ein paar Frösche mit uralten Gesichtern, mehrere Wasserratten, die ausgesprochen groß waren und ihm nicht gefielen. Die meisten davon ließ sie frei, und sie krabbelten und schleppten sich davon. Die bereits toten Tiere sammelte sie ein. Sie gab ihm eine kleine, fette Maus zum Tragen, und er steckte sie sich in die Tasche und versuchte, sie zu vergessen. Als sie fertig waren, bestückte sie die Fallen erneut mit Fleischstreifen und Schweinekruste, und er wünschte, sie gäbe sie stattdessen ihm.

Ich will was Großes fangen, sagte sie. Er musste an den Kanaldieb denken, an den Köder, den Charlie vor seinem Tod gebaut hatte.

Einen Fuchs?, fragte er.

Sie zuckte mit den Schultern.

Einen Dachs?

Sie zog ein finsteres Gesicht. Einen Bonak.

Ihm wurde flau im Magen, als hätten sie, ohne sich zu bewegen, einen Hügel überquert. Was ist ein Bonak?

Er beobachtete, wie sie den Mechanismus zurückbog und einschnappen ließ.

Es kann alles sein, sagte sie mit zusammengebissenen Zähnen.

 Wie meinst du das?

Letzten Sommer war es dieser blöde Hund, der so hungrig war, dass Sarah sagte, er würde beißen. Und vor ganz langer Zeit war es ein Sturm, der fast das Boot kaputt gemacht hätte, und ein anderes Mal war es ein Feuer, das sehr viel Wald verbrannte und von dem wir dachten, es würde auch uns verbrennen. Diesen Winter ist es was anderes. Sarah sagt, es ist vielleicht der schlimmste Bonak aller Zeiten, aber wir wissen es noch nicht.

Ist es das, wovor ihr Angst habt?

Es ist der Bonak, erklärte sie schlicht und wollte nicht mehr darüber sprechen. Sie hielt eine Falle in die Höhe, damit er sie näher betrachten konnte. Als er fragte, wie sie funktionierte, deutete sie auf verschiedene Einzelteile und schnatterte drauflos, um alle Worte herauszubekommen. Und dann dieses Teil, und dann das da und danach. Siehst du?

Sie waren wieder am Fluss angekommen, ohne dass er gemerkt hatte, dass sie im Kreis gegangen waren. Der Boden unter seinen Stiefeln knackte und bekam Risse. Seine Lunge schmerzte von der Kälte. Sie zeigte ihm eines der Metallobjekte, die von den Büschen am Flussufer hingen.

Firlefanz, sagte sie. Windspiel. Sie erlaubte ihm nicht, es anzufassen.

Er beobachtete, wie sie die gefangenen Tiere an den Speichen festband, sodass sie mit dem Bauch Richtung Wasser schauten. Der Matsch an der Uferböschung war zäh, und Marcus sah zu, wie sein Stiefel einsank.

Horch, sagte sie und hielt ihm eine Hand vor den Mund. Sie standen still. Der Wind blies den Fluss entlang, teilte die Nebelbänke und streifte die Windspiele, die daraufhin zu singen begannen. Sie spießte einen toten Frosch am Bauch auf. Marcus fragte sich, ob es ein Art Schutz vor dem Wasser war, vor der Strömung, vor dem Kanaldieb, dem Bonak.

Das bringt ja doch nichts, sagte er, und obwohl sie so dick eingepackt war, konnte er ihren Zorn sehen; ihre Augenbrauen zogen sich zusammen, ihr Mund bog sich nach oben. Sie zwirbelte das nächste Windspiel, bis es sich von selbst drehte. Er dachte an ihre Mutter, die durch den Fluss schwamm, ohne zum Atmen an die Oberfläche zu kommen oder zum Schlafen anzuhalten. Er dachte daran, wie merkwürdig erleichternd es wäre, jemandem zu erzählen, was er auf dem Boot getan hatte, dass er die Hände nicht richtig schließen konnte, weil er immer noch das Gefühl hatte, die Zeltheringe darin zu halten. Er dachte an ihre Mutter, die sich durch den Erdkern grub, die gleichzeitig dablieb und fortging, die ganze Tiere verschlang.

Er liebte Sarah, schon bevor er ihr begegnet war.

DIE JAGD

Es war ein chinesisches Restaurant, aber auf der Karte standen neben Frühlingsrollen und Chow Mein auch Pommes und mit Käse überbackene Makkaroni. Wir brauchten fast eine Stunde, um den Hügel bis ins Stadtzentrum zu erklimmen. Fiona mied die Sonne und hielt sich im Schatten. Ich wollte sie fragen, wann sie zum letzten Mal den Garten verlassen hatte. Ich ließ es sein. Als ich ihr meinen Arm anbot, richtete sie sich auf und blickte mich von oben herab an, beleidigt.

Wir waren die einzigen Gäste. Es gab rote Papierlaternen in allen Fenstern, ein Aquarium mit Karpfen so groß wie mein Unterarm und ein Loch, durch das wir sehen konnten, wie der Koch rauchte und Nachrichten schaute. Für höfliche Unterhaltung war jetzt nicht der richtige Zeitpunkt. Wir verbarrikadierten uns hinter den Speisekarten. Manchmal warf ich ihr verstohlene Blicke zu, aber sie war beschäftigt, blauadrige Finger krümmten sich um die rote Lederkarte, während sie gedankenverloren mit der Zunge den Gaumen abtastete. Ich musste an jenen Abend mit dir denken: an den Teller mit rohem Fleisch, das du dir hineingezwängt hast, das wie ein Teleskop geneigte Weinglas vor deinem Gesicht, das klebrige Kondom über deinem Messer. Fiona war in diesem Moment – das glaube ich zumindest – auf eine schlichte, unkomplizierte Weise glücklich, die du abgelehnt hättest. Sie rückte die Essstäbchen zurecht und betrachtete das Muster auf ihrem Teller. Sie hielt mir die Speisekarte hin und deutete auf einzelne Gerichte. Plötzlich war ich froh, sie hergebracht zu haben. Auch wenn es zu nichts führte, auch wenn sie mir nichts erzählte. Ich hatte mich problemlos in Roger und Laura hineinversetzen können, die warteten und warteten, während die Frau, die Margot fortgeschickt hatte, in ihrem Schuppen lebte. Aber hier wurde mir gerade klar, dass Fiona noch schlechter dran war, dass sie ebenfalls gewartet hatte. Auf jemanden, dem sie alles erzählen, jemanden, dem sie es erklären konnte. Darauf, eine andere zu werden als diejenige, die ihr Kind weggeschickt hatte.

Die Kellnerin war um die vierzehn. Ich bestellte Krabbenchips.

Was ist ein Bacardi Breezer?, fragte Fiona.

Die Kellnerin brachte ihr eine kleine hellorangene Flasche, und gemeinsam sahen wir zu, wie Fiona das Getränk probierte. Sie zwinkerte mir zu. Leerte die Flasche in einem Zug. Bestellte noch eine.

Ich wusste nicht, was ich tat, aber Fiona schien völlig in ihrem Element zu sein, sie bestellte genug für eine ganze Gesellschaft. Für den Anfang: Char Siu, Dampfbrötchen mit gegrilltem Schweinefleisch, Schweinebauch mit schwarzen Bohnen, Teigtaschen und Tintenfisch mit Salz und Pfeffer. Einen ganzen gebratenen Seebarsch mit Schweinehackfleisch in Sojasoße und gewürfelten Wasserkastanien, Rinderkutteln mit Glasnudeln und Chinakohl, Bohnensprossen mit Salzfisch und Dan-Dan-Nudeln. Auf Reis verzichteten wir, aber Fiona wollte Pommes. Die Kellnerin wiederholte noch einmal langsam die Bestellung. In der Küche schaltete der Koch den Fernseher aus.

Fiona aß alle Krabbenchips und winkte dann mit der Schale nach mehr. Als sie beim dritten Bacardi angelangt war, bestellte ich mir ein Glas Wein. Das Essen kam, sobald es fertig war, auf riesigen Tellern, von denen es auf die Papiertischdecke quoll. Fiona ging beinahe selig ans Werk, aß direkt von den Servierplatten, probierte erst ein Gericht und dann das nächste. Alles war so scharf, dass es brannte und mir den Schweiß auf die Stirn und die Tränen in die Augen trieb und meine Nase zum Laufen brachte. Fiona zog den Tweedmantel aus, den ich ihr auf ihr Drängen hin trotz der Hitze aus dem Haus mitgebracht hatte. Darunter trug sie ein langes rotes Kleid mit Spitzenärmeln. Als der Koch alles zubereitet hatte, beugte er sich durch die Durchreiche, um uns zu beobachten. Wir arbeiteten uns stetig voran, ohne langsamer zu werden. Die Teigtaschen waren dick. Das Schweinefleisch hatte eine Fettschicht, die zu einer Kruste verschmort war. Unter den Dan-Dan-Nudeln verbargen sich Hohlräume voll Hackfleisch. Ich gab es auf, mit Stäbchen essen zu wollen, und bat um eine Gabel.

Fiona begann, zwischen zwei Bissen zu rasten und mich aus halb geschlossenen Augen zu beobachten; die Ärmel ihres Kleides hatte sie bis zu den Ellbogen aufgerollt. Ich war so auf das Essen konzentriert, dass ich den ersten Satz, den sie sagte, fast verpasst hätte.

Was? Ich schluckte so schnell hinunter, dass ich husten musste.

Ich wusste, was sie tun würde. Also habe ich sie fortgeschickt.

Was hast du gewusst?

Sie schnappte sich die letzte Teigtasche mit den Fingern, und als sie sie verspeist hatte, erzählte sie es mir.

DER FLUSS

Gretel war ihn wieder besuchen gekommen und hatte ihm ein Stück Brot mitgebracht, das so heiß war, dass es ihm den Gaumen verbrannte, dazu einen mit einer Salzkruste überzogenen Hartkäse. Das Spiel, das sie ihm beibringen wollte, hieß Klopf-klopf, der Wolf und funktionierte so: Sie suchten sich den besten Baum des Waldes. Davor musste er sich dann aufstellen, zweimal mit der Faust dagegenklopfen, kurz warten, Klopf-klopf, der Wolf sagen und sich umdrehen. Sie stand zehn Schritte hinter ihm. Das Ziel des Spiels war es, erklärte sie, ihm so nahe zu kommen, dass sie ihn berühren konnte, ohne dass er sie in Bewegung sah.

Klopf-klopf?

Klopf-klopf, der Wolf. Bist du bereit?

Ich denke schon, sagte er.

Los. Das Spiel, hatte sie gesagt, war schmuschmu, was wahrscheinlich etwas Gutes bedeutete, etwas, das sie wirklich mochte. Sie besaß Kopfhörer mit einem gelben Gehäuse, die sie wie Ohrwärmer trug. Sie ließ die Schultern in einer Bewegung nach vorne fallen, die er nach und nach als Ausdruck übertriebener Genervtheit zu deuten lernte. Wenn sie da war, fiel es ihm leichter, nicht an den toten Mann zu denken.

Los.

Er wandte sich wieder dem Baum zu. Schloss die Augen, hielt den Atem an. Alles wurde langsamer, und er spürte die Kälte auf seinem Gesicht. Er hörte das Geräusch des Flusses und dahinter das leise Knirschen der Kiefernnadeln unter Gretels Füßen, Vögel, die sich tiefer im Wald bewegten. Er wartete, solange er es aushielt – nicht lange –, dann stieß er die Worte hervor und drehte sich um. Er fühlte seinen Puls im Mund.

Gretel stand auf einem Bein, fünf Schritte hinter ihm erstarrt, ohne zu blinzeln, einen Arm über dem Kopf. Er sah sie an, doch sie bewegte sich nicht. Er wandte sich wieder zu dem Baum um.

Klopf-klopf, der Wolf.

Sie war noch ein Stück näher. Ein Arm war ausgestreckt, ihr Kopf zur Seite gedreht, als würde sie links nach etwas Ausschau halten. Er folgte ihrem Blick – da war nichts als das graue Wintergrasgestrüpp –, und als er wieder zu ihr sah, hatte sie einen weiteren Schritt – einen ganz kleinen nur – gemacht, sich herangestohlen. Er wirbelte herum, stolperte über die Worte, wirbelte zurück. Jetzt grinste sie, mit gelben Zähnen, hatte die Kopfhörer abgenommen, beide Arme in der Luft nach ihm ausgestreckt. Er drehte sich zurück, einen Moment später – mitten im Satz – spürte er ihre Hand, die ihn überraschend fest an der Schulter packte, und hörte ihren schrillen Jubelschrei.

Das ist ein schönes Spiel, sagte sie, als er sich umwandte. Sie hüpfte auf der Stelle, wobei sie abwechselnd die Knie hochzog und die Hände über dem Kopf schüttelte. Das ist ein schönes Spiel, ein schönes Spiel, ein schönes Spiel.

Ja, antwortete er. Dabei war er sich da nicht so sicher, vielleicht würde er doch lieber das Buch mit ihr lesen oder sie sogar beim Leeren der Fallen begleiten. Das Spiel war mit einer hysterischen, drückenden Angst verbunden, die ihm nicht gefiel. Er mochte es nicht, mit dem Rücken zum Wasser zu stehen und auf die unvermeidliche Hand zu warten. Außerdem mochte er den Gedanken nicht, dass sie womöglich nicht kam. Möglicherweise würde er stundenlang dastehen und sich irgendwann umdrehen und feststellen, dass sie ihn reingelegt hatte und verschwunden war. Oder – noch schlimmer –, dass jemand anders bewegungslos dort stand: der tote Mann, der ihm doch gefolgt war.

Sie spielten es immer wieder. Er machte Fortschritte, hörte besser, wo sie sich befand, sprach die Worte schneller aus und drehte sich sofort um, überzeugt, er habe sie erwischt, doch sie stand jedes Mal still, ohne auch nur zu schwanken.

Wollen wir tauschen?, fragte er nach dem dritten Mal, doch sie schüttelte nur den Kopf. Er drehte sich zu dem Baum um. Zählte ein paar Sekunden, sagte die Worte und wandte sich um. Sie stand auf einem Bein und hatte, aufs Neue, den Hals nach links verrenkt. Er blickte ebenfalls dorthin. Da waren der umgekippte Kühlschrank und die unförmigen Müllsäcke, die sich leicht im Wind bewegten, gefolgt von einem mit Nesseln bewachsenen Streifen. Er wusste – denn er war das gesamte Gebiet abgegangen –, dass der Teppich aus Nesseln sich über ein paar Meter erstreckte, ehe der Boden weich wurde und der Fluss begann. Mehr war nicht zu erkennen.

Was gibt's da zu sehen?

Sie antwortete nicht.

Ist da was? Wir müssen nicht weiterspielen, wenn du etwas gesehen hast.

Sie wackelte nicht einmal. Der Kanaldieb. Aber sie sagte nichts. Er drehte sich wieder mit dem Gesicht zu dem Baum, zählte keine zwei Sekunden – schnell –, rief die Worte, wirbelte herum und spürte im selben Moment die Hand auf der Schulter. Erschrocken machte er einen Satz nach vorne, doch seine Beine verhedderten sich und er fiel schreiend hin und wollte wegkrabbeln. Nicht weit weg hörte er Gretel lachen, laut und harsch wie immer. Er hob den Blick, aber die Sonne war so hell, dass er nur die Silhouette der Person über sich ausmachen konnte, einen schattierten Umriss, von dem sich ihm eine breite Hand entgegenstreckte.

Du, sagte sie, musst Marcus sein.

FÜNF

Der tote Mann im Wald

DAS COTTAGE

Was kehrt von diesem lang verloren geglaubten, vagabundierenden Fluss zu uns zurück, der nicht mehr ist als ein Dornfortsatz, verglichen mit dem Rückgrat des Landes? Was haben wir dort heraufbeschworen? Ein wildes Mädchen und seine noch wildere Mutter, die wie Dämonen oder Tiere dort hausten, wo niemand ihnen etwas zu sagen hatte. Schau uns jetzt an. Welk, elend, entschlossen, uns gegenseitig oder doch nur uns selbst zugrunde zu richten, poltern wir durch ein Cottage, das nicht groß genug ist für uns beide.

Manchmal erinnerst du mich an Fiona. Wie sie mit diesem verzweifelten, gierigen Hunger aß; wie die Geschichte, die sie geheim gehalten hatte, sie innerlich auffraß und sie verrückt, einsam und ängstlich machte. Wie Marcus euch beiden eine innige Liebe entgegenbrachte, die ihm letztlich jedoch nicht guttat.

Aber ich liebe dich doch, sagst du im Supermarkt zu mir, und ich würde diese Worte gerne an dich gerichtet wiederholen, aber ich kann nicht, noch nicht. Ich kann sie dir nicht schenken. Darüber hinaus würde ich dir auch gerne sagen, dass ich glaube, dass wir es erschaffen haben. Was auch immer sich in jenem Winter durch das kalte, starre Wasser drängte, sich um unsere Träume schlang und die Abdrücke seiner mit Klauen versehenen Füße in unseren Köpfen hinterließ. Ich würde dir gerne sagen, dass es vielleicht nie da gewesen wäre, hätten wir es nicht mit unserer Fantasie erschaffen.

DER FLUSS

Die Frau erinnerte Marcus an eine Ärztin, bei der er als Kind gewesen war, sie hatte nie gelächelt und kaum etwas gesagt. Sie hatte ihm eine Röntgenaufnahme seiner Eingeweide gezeigt: die dunklen und weißen Kapseln, die harten Stränge zwischen den Höhlen. Er hatte ihr misstraut, weil sie in der Lage war zu sehen, was sie sah. Die Frau jetzt war kleiner als er, und ihre Arme waren mit Muttermalen übersät, genau wie ihr Gesicht. Sie hatte sehr dunkles Haar, und ihre Augenbrauen liefen in der Mitte zusammen wie die von Gretel. Ihre Augen glichen dem Röntgengerät. Er spürte, wie sie ihn sezierten.

Das Boot, auf dem sie lebten, lag unweit von Marcus' Zelt vertäut und war von Rost und Schimmel grün und orange. Es war anders als das von Charlie, hatte keine Fenster, nur eine Dachluke, durch die das fleckige Licht auf einen Stoß Schaffelle und Karodecken fiel. Es gab Eimer voll schmutziger Teller, einen Gasherd, stapelweise Bücher und Geschirr. Sie nahm ein Ei aus einer Schüssel, die auf dem Tresen stand, schälte es, dann reichte sie es ihm. Er schob es sich in den Mund und wusste anschließend nicht, wo er hinschauen sollte. Entschied sich für ihre Stiefel, die schwer und schlammverkrustet waren.

Ich wollte gerade kochen, sagte sie, doch die Art, wie sie es sagte, ließ offen, ob sie ihn zum Essen einlud oder nicht.

Gretel nahm seine Hand und zog ihn nach oben und draußen.

Ist das deine Mutter?, fragte er leise, damit die Frau im Boot ihn nicht hörte. Gretel stand auf den Zehenspitzen und zerrte an einem Fisch, der an einem der Windspiele vor sich hin verweste.

Das ist meine Mutter, antwortete sie laut. Sie heißt Sarah. Sie hat gesagt, sie möchte dich kennenlernen. Sie hat gesagt, sie möchte unbedingt den Jungen mit dem Buch kennenlernen.

Den Jungen mit dem Buch?

Das bist du. So nennt sie dich. Oder den Jungen im Zelt oder die Stille.

Die Stille?

Ich habe ihr erzählt, dass du nicht viel redest, und sie meinte, du klingst wie die Stille höchstpersönlich. Sie sagt manchmal so Sachen.

Als sie alle Fallen und Windspiele abgeklappert hatten und wieder zurückkamen, saß Sarah auf dem Dach und ließ die Beine an der Seite herabbaumeln. Sie hatte eine gusseiserne Pfanne – die dampfte und angebrannten Speck enthielt – in einer Hand und eine Zigarette in der anderen. Gretel schlang ihr die Arme um den Hals.

Vorsichtig, El, sagte sie. Und an ihn gewandt: Willst du eine?

Was?

Sie nickte, sodass die Zigarette in ihrem Mund wackelte. Willst du eine Zigarette?

Nein, danke.

Wie du meinst.

Er wusste nicht wohin mit seinen Armen und Beinen. Wenn er sich bewegte, hatte er das Gefühl, lächerlich zu wabbeln. Sie trug ein dünnes weißes T-Shirt, unter dem die Träger eines Badeanzugs hervorschauten, und einen Seidenrock, den sie um die Oberschenkel festgesteckt hatte und auf dem sie den Rand der Pfanne balancierte, während sie rauchte. Ihr Mund war sehr breit, die Unterlippe dick. Er glaubte nicht, dass sie älter war als seine Eltern, aber er kannte abgesehen von Fiona auch niemanden, der älter war. Nicht zum ersten Mal wünschte er sich, besser gekleidet zu sein und instinktiv zu wissen, was er sagen oder tun sollte. Sie rauchte langsam. Dabei zog sie die Zigarette entweder vom Mund weg oder blies den Rauch einfach außen herum. Als sie fertig war, pickte sie ein Stück Speck aus der heißen Pfanne und aß es. Er bemerkte das Fett an ihren Fingern und – als sie sie abwischte – an ihren Knien, die so braun waren wie Flusswasser.

Hier.

Er nahm sich eine Scheibe. Gretel nahm zwei und rannte davon, bevor jemand sie aufhalten konnte. Er drehte sich um und schaute ihr nach, während sie auf die Bäume zulief. Als sie verschwunden war, wurden ihm die Umrisse der Zwischenräume sehr bewusst: das Rechteck zwischen ihm und Sarah, das Dreieck von Sarahs Beinen, die über die feuchte Seite des Boots hingen, die gehaltlose Luft in seinen geöffneten Händen.

Erzähl mir was von dir, sagte sie. Marcus, stimmt's? Hast du einen Schwanengesang?

Einen was?

Was würdest du über dich sagen, wenn du genau in diesem Augenblick sterben würdest?

Ein tiefes, panisches Schweigen überkam ihn. Er war überzeugt, dass sie alles in seinem Gesicht lesen konnte: den Grund für sein Fortgehen; was er auf dem Fluss gesehen oder gehört hatte; was mit Charlie geschehen war; weshalb er nie mehr nach Hause zurückkehren konnte.

Ich laufe einfach nur, würgte er schließlich hervor. Es fühlte sich an, als habe sie in seine Brust gegriffen und alles darin verschoben. Dieses Gefühl war neu für ihn, und er wusste nicht, was es zu bedeuten hatte. Sie sah Gretel sehr ähnlich: ein Auge war etwas größer als das andere, ihre Pupillen hatten die Farbe von Stahl.

Wohin läufst du? Warum läufst du?

Einfach so. Ich laufe einfach.

Einfach so? Das klingt gut. Einfach so ohne festes Ziel? Das klingt schmuschmu.

Ja, erwiderte er. Es verunsicherte ihn ein bisschen, wie sie wiederholte, was er sagte, ihm mit seinen eigenen Worten antwortete und am Ende fragend die Stimme hob. Vielleicht.

Wir gehen wahrscheinlich bald fort von hier, sagte sie. Ihr Körper war zum Fluss gewandt. Ihr Kopf stromabwärts. Mal sehen, was wir finden. Sie schien gar nicht richtig mit ihm zu reden. Es war, als würde er etwas hören, das er gar nicht hören sollte.

Ich werde manchmal ungeduldig, verstehst du? Sie drehte sich wieder zu ihm um. Er spürte die ganze Spannweite ihres Blickes, er durchdrang seine Haut und grub sich in ihn ein.

Ja, sagte er. Dabei verstand er nichts.

Wir sind seit Gretels Geburt hier. Also schon seit langer Zeit an einem Ort. Manchmal möchte ich einfach … Sie beendete den Satz nicht, streckte nur die Arme über den Kopf, als würde sie eine unsichtbare Barriere durchstoßen.

Zum Essen setzten sie sich an den kleinen Tisch. Gretel redete schnell und bekleckerte sich mit der Suppe, die Sarah gekocht hatte. Er war so hungrig, dass er den noch dampfenden Löffel schnell zum Mund führte und sich den Gaumen verbrannte.

Mehr?

Ja, bitte.

Sarah schöpfte ihm nach. Sie hatte kaum etwas gegessen und noch eine Zigarette geraucht. Für jemanden, der so klein war, nahm sie – wie Gretel – viel Raum ein. Sie saß auf der Bank und lehnte sich zurück, einen nackten Fuß neben sich, einen Ellbogen auf den Tisch gestützt. Er aß weiter, spürte, wie sein Magen sich um das unerwartete Essen krampfte. So viel hatte er seit Charlies Tod nicht gehabt.

Wir lesen die Enzyklopädie, stimmt's?, sagte Gretel.

Ja, antwortete Sarah.

Heute Morgen haben wir etwas über den Minotaurus gelesen. Weißt du, was das ist, Marcus? Ein Wesen mit dem Körper eines Menschen und dem Kopf eines Stiers. Außerdem lebt er in einem Labyrinth. Es hat mich an das Panoptikum erinnert. Weißt du, was das ist?

Du verschluckst dich noch, wenn du nicht ein bisschen langsamer machst, Hänsel, sagte Sarah. Ich werde nicht das Heimlich-Manöver an dir ausführen.

Also. Es ist das perfekte Gefängnis, denn es gibt nur einen Wachmann. Aber die Gefangenen wissen nicht, ob sie beobachtet werden oder nicht, deshalb benehmen sie sich so, als würden sie immer beobachtet, auch wenn sie es gar nicht werden. Mum sagt, das Ganze basiert auf selbst auferlegter Paranoia. Ich weiß zwar nicht, was das ist, aber ich musste dabei an den Bonak denken.

Er legte den Löffel in die Schüssel. Als er aufblickte, stellte er fest, dass Sarah ihn wieder beobachtete. Er wünschte, es würde ihn nicht jedes Mal so nervös machen. Seine Zunge fühlte sich zu groß für seinen Mund an, und er nahm wahr, wie sein Atem klickte, sobald er die Kehle verließ.

Du hast von ihm gehört?, fragte Sarah. Du weißt über den Bonak Bescheid?

Ich weiß nicht, sagte er.

Du bist doch flussaufwärts gekommen? Von Norden. Aus der Richtung hören wir seit Wochen immer wieder Gerüchte über ihn.

Was?

Gretel tippte ihn am Arm an, sagte jedoch nichts.

Wahrscheinlich ist es nichts, sagte Sarah und stellte die Suppenschüsseln ineinander. Die Leute am Fluss waren immer schon abergläubisch. Das Wasser hat so eine Art, alles was klar ist, zu trüben. Meinst du etwa, ich hätte da draußen noch nie Dinge gesehen? An Nebeltagen oder wenn es so heiß ist, dass die Luft Wellen schlägt, dachte ich schon öfter mal, Dinge zu sehen, zurückgelassene Dinge, von denen ich nie geglaubt hätte, sie je wiederzusehen. Ich habe einen dürren Mann zwischen den Bäumen gesehen und ein Tier mit dem Gesicht einer Frau und Schlimmeres. Hier draußen kann man sich alles einreden. Flussmenschen sind anders als andere Menschen. Du wirst hier nie die Polizei sehen. Oder das Jugendamt oder einen Priester. Flussmenschen haben keinen Spiegel, sie halten sich nicht gern zu lange auf festem Boden auf. Es könnte also genauso gut nichts sein.

So viel hatte sie in seiner Gegenwart noch nie am Stück geredet. Er war ein bisschen überwältigt, und ihm fiel keine Erwiderung ein.

Aber wir halten die Augen offen, sagte Gretel. Stimmt's?

Ja. Das tun wir.

Um Mitternacht, im Zelt, holte es ihn ein, tauchte ihn unter. Er warf den Schlafsack weg und setzte sich in der fünf Faden tiefen Dunkelheit auf. Er presste sich das Handgelenk vor den Mund, um sein Weinen zu dämpfen, zerrte mit feuchten Händen an der Frischhaltefolie, die verrutscht war, strich mit der Hand über die Stoppeln an seinem Kinn. Lauschte einen Moment nach dem toten Mann im Wald. Nichts.

DIE JAGD

Am Abend nach meinem Essen mit Fiona bekam ich eine E-Mail. Das Betreff-Feld war leer, und du hattest weder meinen Namen genannt noch mit deinem unterschrieben. Trotzdem wusste ich, dass sie von dir stammte. Genauso gut hättest du die Arme aus dem Bildschirm strecken und mich am Hals packen können.

Ich bin am Fluss. Ich habe ihn gefunden.

Du warst bei Marcus, ganz sicher. Ich erwog, Roger und Laura Bescheid zu sagen und alle mitzunehmen. Aber was, wenn du danebenlagst? Was, wenn du verrückt geworden warst? Was, wenn du ihn gar nicht gefunden hattest?

Ich lieh mir ein Zelt und einen Schlafsack. Otto wollte ich dalassen, doch er folgte mir, setzte sich auf die Hinterbacken und fletschte die von Löchern zerfressenen Zähne.

Bleib. Bleib. Er machte einen Satz auf mich zu und schnappte nach mir.

Vor meiner Abreise stand ich mit Roger und Laura in der Küche und fragte sie, was sie jetzt zu tun gedachten. Die Tür von Fionas Schuppen stand wegen der Hitze offen, und

Musik drang daraus hervor, schnell und elektronisch. Roger legte das Baby auf den Tisch, und es versuchte, zur Kante zu rollen, indem es einen Arm über die Hüfte schwang, um Fahrt aufzunehmen. Ich konnte mir nicht vorstellen, dass sie hierbleiben würden. Es hatte ein Wandel stattgefunden. Ich sah es in ihren Gesichtern und an ihrer Art, sich zu bewegen. Ich hatte – ohne es zu wollen – Margot für sie lebendig gemacht, ihr neues Leben eingehaucht. Für lange Zeit hatten sie nur die Tür gesehen, die hinter ihr ins Schloss gefallen war, aber jetzt wussten sie, wohin es sie verschlagen hatte, und sie konnten sie sich dort vorstellen. Laura zuckte mit den Schultern und ging in den Garten.

Sie ist wütend auf mich, sagte Roger.

Warum?

Sie glaubt, dass ich aufgegeben habe.

Ich zog den Reißverschluss meines geliehenen Rucksacks zu. Das Auto ließ ich da. Ich hatte Dinge, die Margot – bei ihrem nächtlichen, verängstigten Aufbruch – nicht gehabt hatte: eine Karte, genug Proviant für den Hin- und Rückweg.

Haben Sie?

Er machte eine Geste, die das ganze Haus umfasste, die Kinder, die in einem Knäuel die Rutsche hinunterkullerten, während Laura sie ermahnte, vorsichtig zu sein, das Baby, das angestrengt versuchte, seinen schweren Körper herumzurollen, das Spülbecken, in dem sich die Teller vom Vorabend stapelten. Was ist falsch daran, aufzugeben?

Ich schaute ihn an und dachte, dass er vielleicht recht hatte. Vielleicht wäre es nicht schlimm, wenn ich dich doch nicht fände. Er lächelte leicht und ließ Wasser über das schmutzige Geschirr laufen.

Kann ich Sie was fragen?, sagte ich.

Kommt ganz drauf an.

Es gab in jenem Winter etwas, vor dem wir Angst hatten. Meine Mutter und ich. Und Margot. Wir dachten, dass es Kinder entführt und es auf uns abgesehen hat. Wir nannten es den Bonak.

Den Bonak?

Wir haben dieses Wort erfunden, als ich noch ganz klein war. Wir haben eine Menge Wörter erfunden, aber an dieses erinnere ich mich am besten. Über die Jahre bezeichnete es viele verschiedene Dinge, aber es stand immer für etwas, wovor wir Angst hatten.

An Bord eines Flussboots war das sicher eine lange Liste.

Ja.

Ich war ein furchtsames Kind, sagte er. Im Gegensatz zu diesen Rabauken. Sie haben vor gar nichts Angst.

Wovor hatten Sie denn Angst?

Er deutete erneut um sich. Vor allem. Vor unterm Bett, vor im Schrank, vor Autos, vor Fischgräten, davor, dass die Schaukel am Spielplatz sich überschlagen könnte. An irgendeinem Punkt verschmolzen sie zu einer Mischung aus allen Sachen, vor denen meine Eltern mich immer gewarnt hatten.

Sie haben sich selbst Angst gemacht? Sie haben ein Monster erschaffen.

Gewissermaßen.

Genau das, sagte ich, ist es, was ich Sie fragen wollte. Je mehr mir einfällt, desto deutlicher wird, dass es nur Fetzen, Bruchstücke von Dingen sind, die mir damals wahnsinnig wichtig vorkamen. Wir glaubten das alles.

Er drehte sich wieder zu mir um. Ich soll Ihnen also sagen, ob Sie den Bonak, den Sie in jenem Winter gesehen haben, selbst erschaffen haben? Sie, Ihre Mutter und Margot?

Ja. Was denken Sie? Haben wir ihn ins Leben gerufen?

Ich weiß nicht, ob es einen Unterschied macht, sagte er,

und ich beobachtete seine Mimik, als er an Margot dachte. Ich dachte ebenfalls an sie: an ihr kurz geschnittenes Haar, ihr ängstliches, uns zugewandtes Gesicht, als das Jahr dem Ende zuging.

An der Tür begann Violet zu schreien, sie weinte nicht, sie brüllte. Ich fragte mich, ob sie seltsame, verzerrte Erinnerungen an mich haben würde, wenn sie älter war. An eine Frau, die eines Sommers eine Woche lang bei ihnen wohnte und dann verschwand. Als ich davonging, rannte Otto kläffend voraus, die unansehnliche Schnauze dicht über den Boden schubbernd. Ich konnte es ihm nachfühlen. Es tat gut, dass wir wieder unter uns waren. Obwohl wir an den Fluss zurückkehren würden. Am Kanal angekommen, fiel mir ein, dass ich mich nicht von Fiona verabschiedet hatte. Vielleicht war es besser so. Ich dachte daran, wie sie die mit Essen beladene Gabel zum Mund geführt hatte, wie die Tischdecke unter ihren Armen Risse bekam, wie ihr Mund sich bewegte. Ich dachte an das, was sie mir erzählt hatte.

In dem Sommer, nachdem der Junge Fiona gesehen hatte, wie die Stiere kastriert wurden, zog er immer öfter die Kleidung seiner Schwestern an. Wenn alle arbeiteten oder in der Schule waren, schlich er sich zurück ins Haus. Er schlüpfte in ihre Kleider und betrachtete sich im Spiegel, zwängte seine Füße in ihre zu kleinen Schuhe. Stunden verschwanden in Höhlen aus roter Spitze, blauem Samt, Seide und Leder. Wie viel haben sie bemerkt? Seine ängstlichen Eltern, die die Stiefel an der Tür auszogen und im Gehen eine Scheibe Toastbrot aßen. Dass er den Rasierer seiner Mutter geklaut und sich alle verräterischen Körperhaare abrasiert hat? Dass er von Kastration träumte? Den kühlen Wänden der Scheune, der Tür, die ratternd zugeschoben wurde, den Hoden, die wie Pfirsiche platzten?

Es gab Jahre der Männlichkeit. Zu viele, um sie zu zählen. Sie waren es nicht wert, beachtet zu werden. Er erzählte seinen Eltern nicht, was er vorhatte. Er ging in dem Wissen, dass er nicht zurückkehren konnte. Ein Teil von ihm war immer noch dort, in seinem alten, schmalen Bett oder unterwegs auf die obere Weide, um ein verirrtes Kalb zu retten. In der Stadt würde er einen neuen Namen und ein anderes Gesicht haben.

Nach ungefähr fünf Jahren als Frau knickte sie ein und schrieb ihren Eltern einen Brief, ohne ihn zu unterzeichnen. Sie schrieb: *Ich wohne in der Stadt. Die Leute, die mich auf der Straße sehen, denken nicht, dass ich ein Mann bin. Gestern beim Bäcker hat mich jemand Madam genannt. Wusstet ihr es schon vor mir und konntet es nur nicht in Worte fassen?* Ihre Eltern antworteten ihr nie, und sie machte ihnen daraus keinen Vorwurf. Sie waren nicht die Sorte Mensch, die sich die Zeit nahm, Fremden zu antworten. Sie war nicht der Junge, der verhalten bei Tisch gesessen hatte, der mit den Füßen kaum den Boden berührt und dessen Hände ein paar Zentimeter über dem Holz in der Luft geschwebt hatten. Sie schickte ihnen keine weiteren Briefe, auch wenn sie manchmal welche schrieb. Sie schrieb: *Ich arbeite in einem Supermarkt. Es macht mir keinen Spaß, aber es zahlt die Miete. Ich weiß noch nicht, wie man mit Leuten redet, deshalb bleibe ich meistens für mich. Ich denke nicht an euch oder die Farm oder die anderen. Es ist fast zehn Jahre her, dass ich euch zuletzt gesehen habe, und es gibt nichts mehr von dem, an das ihr euch von mir erinnert.*

Noch etwas. Eine weitere Veränderung, abgesehen von ihrer Verwandlung in eine Frau. Erst waren es Kleinigkeiten: Sie streckte die Hand aus, um eine Tasse aufzufangen, noch bevor sie herunterfiel, nahm einen Schirm mit, obwohl es draußen schön war. Später gewann es an Konturen. Sie mied bestimmte Straßen oder Läden, schlug beim Spazierengehen einen anderen Weg ein als sonst, zog einen Rock nicht an, weil sie – ohne zu wissen woher – wusste, dass sein Reißverschluss an diesem Tag kaputtgehen würde. Nach und nach begriff sie, dass es sich nicht um das zweite Gesicht handelte, sondern vielmehr um eine Art höheres Wissen. Als wären Teile ihres Gehirns wie Meereshöhlen, die sich manchmal mit einem Wissen anfüllten, das vorher nicht da gewesen war.

Sie hatte das kleine Haus im Schaufenster eines Immobilienmaklers gesehen und gleich gemocht, war hineingegangen, um mehr darüber zu erfahren, und mit der Gewissheit wieder herausgekommen, dass sie es bekommen würde. Sie hatte es satt, jeden Monat durch eine andere Stadt zu laufen, im Zug zu sitzen, aufzupassen. Ein Haus bedeutete Sicherheit. Sie würde die Treppe gelb streichen und das Bad grün. Sie hatte keine Möbel, aber sie hatte sich dort gesehen, mit einem Glas Wein auf der Treppe, die in den Garten führte, wie sie die klemmenden Fenster aufstemmte.

Etwa eine Woche nach ihrem Einzug brachte ein Mann ein Bananenbrot vorbei, er stellte sich als ihr Nachbar vor und sagte, sie solle sich melden, wenn sie etwas brauche. Mit seiner Brille, seinem Mondgesicht und dem durchlöcherten Pullover sah er aus wie eine Eule. Sie machte ein Sandwich. Als er sie zum Abendessen einlud, spürte sie ein Stechen, das sie nicht – noch nicht – einordnen konnte. Das vertraute Gefühl eines sich anbahnenden Wissens, das ihr nicht gehörte und dennoch in sie hineinkroch. Sie beobachtete ihn aufmerksam, wie er das Sandwich aß und danach – ohne sie zu fragen – den Teller abwusch. Was war es? Was sah sie in seinem Gesicht? Er erzählte von Laura, der Frau, die er liebte, und ihrer Tochter, die Margot hieß und offenbar von ihr fasziniert war.

Von mir? Ich kenne sie doch gar nicht.

Er führte sie in den Garten und zeigte auf ein Fenster im Nachbarhaus, hinter dem, für einen Augenblick, ein Gesicht zu erkennen war.

Sie hat Sie beobachtet. Eigentlich hätte sie den Kuchen selbst vorbeibringen sollen, aber dann hat sie sich nicht getraut.

Fiona konnte die Lücken vor ihm sehen, die Löcher, in die er fallen würde. Sie wusste noch nicht, worum genau es sich handelte, nur dass es sie geben würde. Sie sagte, sie würde sehr gerne zum Abendessen kommen.

Ihre Häuslichkeit war beruhigend. Sie ging oft zum Essen hinüber und las Margot am Tisch vor. Sie vergaß zunehmend, was sie an jenem ersten Tag gespürt hatte, weshalb sie ihnen überhaupt gestattet hatte, Freundschaft mit ihr zu schließen. Sie bereitete grässliche extravagante Mahlzeiten zu und erlaubte Margot, in ihrem Garten Zucchini zu pflanzen. Zusammen feierten sie Geburtstage mit einer Leichtigkeit, die sie selbst überraschte. Sie waren nicht ihre Familie, sie waren nicht ihr Blut. Margot malte Bilder von Strichmännchen, auf denen Fiona den Rest der Familie überragte, die Hände groß wie Spaten, ihr Mund ein weiter, lächelnder Bogen.

Dann kam ein schlimmes Jahr. Es hatte schon früher schlimme Jahre gegeben, und Fiona vermochte noch nicht vorherzusagen, wann es wieder so weit war und sie wie wunde Stellen in den Dekaden aufplatzten. Sie verpasste Verabredungen mit Laura und Roger, weil sie ganze Tage übersprang, aufwachte und feststellte, dass ihr eine Woche abhandengekommen war, von der sie nicht wusste, womit sie sie verbracht hatte. Sie kam in der Toilette eines Cafés zu sich, im Bus, in einem Zimmer, in dem sie noch nie gewesen war. Die Zeit bröckelte, lockerte sich, war weich wie Lehm.

Sie legte in den Hinterzimmern irgendwelcher Läden Tarotkarten oder verdiente etwas Geld, indem sie Rennergebnisse orakelte, obwohl sie – wie jeder andere – genauso oft daneben- wie richtiglag. Sie klaute, brach in ein paar Häuser ein, verbrachte mehrere Nächte im Gefängnis. Sie zahlte keine Miete und ging nicht mehr in ihr Haus. Sie schlief unter Brücken, in Hauseingängen und Bussen. Sie schlief in Bahnhöfen, sagte Verspätungen und Ausfälle Wochen zuvor voraus, sah zu, wie die regelmäßigen Züge eintrafen und dieselben Leute ein- und ausstiegen.

Es wurde schlimmer. Die Tage verliefen nicht geradlinig, sie duckten sich weg und schwebten majestätisch zurück. Sie kam dahinter, dass alles, was sie prophezeite, Konsequenzen hatte – schon immer gehabt hatte. Tassen, die sie auffing, bevor sie kaputtgehen konnten, zerbrachen Stunden später in ihren Händen, Schirme wurden von Sturmböen zerstört, die so hefig waren, dass sie fürchtete, davongeweht zu werden. Sie suchte alle auf, die sie im Laufe der Jahre gewarnt hatte: die Menschen, die sie an Ampeln zurückgehalten oder überzeugt hatte, nicht in ein Flugzeug zu steigen, die Frau, in deren Magen sie die Krebssaat hatte aufgehen sehen. Erst waren es zu wenige, um ein Muster zu erkennen, aber nach einer Weile ließ es sich nicht mehr leugnen. Bei der Frau, die sich in Remission befunden hatte, war der Krebs mit voller Kraft zurückgekehrt. Fionas Vergangenheit war durchsät von Verkehrsunfällen, die sie verhindert hatte, nur damit sie später doch eintraten. Die Erkenntnis trieb sie schier in den Wahnsinn, und sie wurde für sechs Monate eingewiesen und durchlief verschiedene Stationen und Rehabilitationszentren. Sie war nie gewesen, wofür sie sich gehalten hatte. Sie hatte niemals die Fähigkeit besessen, Dinge zu ändern, hatte immer nur gewusst, dass sie passieren würden. Sie konnte sich nichts Schlimmeres vorstellen.

Als sie wieder vor Rogers und Lauras Tür stand, hatte sie den Entschluss gefasst, für alles blind zu sein außer für die Gegenwart. Sie fragten nicht, wo sie gewesen war oder warum sie sich ein Jahr lang nicht gemeldet hatte, und dafür war sie ihnen dankbar.

Sechs Jahre nach ihrer ersten Begegnung mit Margot erwachte Fiona mit den schlimmsten Kopfschmerzen seit fast zehn Jahren. Warum, dachte sie, heißt es eigentlich Kopfweh, wenn man es im Zahnfleisch und im Rückgrat und in den Knien spürt? Sie ließ das Waschbecken volllaufen und tauchte das Gesicht hinein, doch es half nichts. Seit Jahren hatte sie nichts mehr vorhergeahnt, aber mit den Kopfschmerzen kam ein Schwall neuen, ungewollten Wissens. Das Haus um sie herum brummte mit allem, was passieren würde. Sie sah, wie die Dachbalken nachgaben und der Speicher durchbrach und die anderen Räume unter sich begrub, wie der Fluss anstieg und den Garten verschluckte. Sie wusste nicht wann, nur dass es geschehen würde. Eines Tages wäre das Haus verschwunden.

Als sie sich wieder hinlegte, fiel ihr ein, was für ein Tag es war. Rogers Geburtstag. Sie zog sich an, nahm das stärkste Schmerzmittel, das sie im Badezimmerschrank finden konnte, und trank in der Küche Wodka, um wieder ins Gleichgewicht zu kommen. Sie half beim Dekorieren. Buk einen Kuchen, von dem sie wusste, dass er nicht aufgehen würde. Trug ihre höchsten Schuhe. Tanzte trotz der Übelkeit, die sich wie ein Gezeitenwechsel von unten heranschob, trotz des Kribbelns in ihren Händen. Sie wartete darauf, dass es sich einstellte, was auch immer da auf sie zuschwamm und Möglichkeiten durchschnitt, bis nur noch eine Gewissheit übrig war.

Als sie es wusste, wusste sie es einfach. Margot schnitt gerade ein Stück Kuchen ab. Roger und Laura waren betrunken, fielen sich torkelnd in die Arme und tanzten einen Schritt, von dem noch nie jemand etwas gehört hatte. Fionas Augen dehnten sich wie Gummibänder in ihrem Kopf. Sie wünschte sich mit aller Gewalt, nichts zu wissen, nie mehr gewusst zu haben als das, was sie sehen, hören und spüren konnte. Sie hielt den Kopf zwischen den Händen und wünschte es fort, doch die Gewissheit, dass es kam, war so hart wie Eisen, so sicher wie der Wechsel der Jahreszeiten, so unbiegsam wie Stein. Es spielte keine Rolle, dass sie herausgefunden hatte, dass die Zukunft sich nicht ändern ließ. Vielleicht, dachte sie und ließ sich von ihrem Stuhl gleiten, lag sie damit doch falsch. Vielleicht war es diesmal anders. Sie musste es versuchen.

Als Laura und Roger im Bett waren, ging Fiona in die Küche, wo Margot die letzten Teller abwusch. Das Fenster reflektierte ihr Gesicht, verdoppelte es, ließ es verschwimmen.

Es tut mir leid, sagte sie, und Margot hob den Blick. Sie wirkte jetzt schon verängstigt. Ich möchte es dir eigentlich nicht sagen, aber ich weiß es so sicher, wie andere Leute den Namen ihres Geburtsorts oder den Mädchennamen ihrer Mutter.

Margot erwiderte nichts. Fiona sah sie an. Sie wollte es zurückholen. Sie wollte eine Eliminierung, einen Anfall, der ihr Gehirn austrocknen und verdorren ließ wie eine Wüstenlandschaft. Lieber gar kein Wissen als dieses. Sie fasste Margot an den Schultern und teilte dieses Wissen mit ihr, sagte ihr, was sie tun würde. Das Waschbecken hinter Margot war voll Wasser, einer braunen Schicht aus Seifenschaum. Für einen knappen Sekundenbruchteil erwog sie, Margots Kopf unterzutauchen, hinunterzudrücken. Das, was bevorstand, mit ihr zu ertränken.

Ich glaube dir nicht, sagte Margot, doch es waren nicht ihre Worte. Sie hatte immer geglaubt, dass Fiona Dinge wusste. Jetzt, da ich Bescheid weiß, werde ich es nicht tun, sagte sie. Jetzt, da du es mir erzählt hast, kann ich es abwenden.

Du solltest fortgehen. Ich warte, bis du weg bist, sagte Fiona.

Sie half Margot, einen Rucksack mit Kleidung zu packen, holte Lebensmittel aus den Regalen und dem Kühlschrank und befüllte eine Flasche mit Leitungswasser. Margot setzte sich ans untere Ende der Treppe, und Fiona kniete sich vor sie und band ihr die Schuhe. Margot sprach davon, eine Nachricht zu hinterlassen, einen Brief, hinaufzugehen und sich zu verabschieden. Fiona stellte sich auf die Treppe und versperrte ihr den Weg, bis sie weg war.

Die Jahre danach waren so ausgebleicht, dass sie nur einzelne Objekte herauspicken konnte: den roten Schlüsselbundanhänger des Hauses, in dem sie ein Zimmer bewohnte; den abgebrochenen Absatz eines Schuhs, den sie irgendwo verloren hatte; Zugtickets, die sie ihrer Erinnerung nach weder gekauft noch verwendet hatte. Für eine Weile trieb sie sich in diesen verirrten, trübseligen Flussniederungen herum, in der Hoffnung, Margot zu finden. Nicht, um sie zurückzuholen – das nie –, nur um sich zu vergewissern, dass sie in Sicherheit war, dass es das Richtige gewesen war, sie fortzuschicken. Doch sie fand sie nicht, weder eine Spur noch den Hauch einer Ahnung. Als hätte Fiona durch ihr Tun eine Tür geschlossen, die sie nie wieder öffnen konnte. Sie streifte umher, wusste nicht wo, konnte sich meist nicht einmal daran erinnern. Und sie spürte, dass es sie in die Sackgasse zurückzog, in der Roger und Laura lebten, an den einzigen Ort, an dem sie je wirklich gerne gewesen war, mit vor den Fenstern zugezogenen Vorhängen.

DER FLUSS

Beim ersten Tageslicht kroch Marcus aus dem Zelt und blieb blinzelnd und mit trockenem Mund davor stehen. Die Strömung war ein, zwei Stufen langsamer geworden; die Bäume standen an Land und nicht im Wasser. Es herrschte eine beißende Kälte. Seine Finger waren blau. Mühselig sammelte er Kleinholz vom Boden auf. Als er zurückkam, merkte er, dass er keine Streichhölzer, kein Papier und nicht die geringste Ahnung hatte, wie man Feuer machte. Er setzte sich ins Zelt, zog alle Pullover übereinander an und wickelte sich den Schlafsack um die Schultern. Er musste an Sarahs Arme denken, die sie über den Kopf streckte, um sich aus was auch immer zu befreien, das sie gefangen hielt. Er legte sich hin, zog sich den Schlafsack über den Kopf und dachte daran, wie ihr spätnachts eine Schüssel aus den Händen gefallen war und sie richtig laut Harpiedudel! geschrien hatte. Marcus glaubte nicht, dass es sich dabei um ein richtiges Wort handelte, sondern dass sie es selbst erschaffen hatte, einfach, indem sie es sagte. Jemand wie sie war ihm noch nie begegnet. Für ihn fühlte es sich so an, als seien sie auf unerklärliche Weise miteinander verbunden. Er wünschte, er hätte sie nie gesehen, er wünschte, er könnte sie für den Rest seines Lebens jeden Tag sehen. Bei näherem Nachdenken wurde ihm klar, dass es ihm beim Anblick des Kanaldiebs genauso gegangen war – er wollte ihn wiedersehen und konnte es gleichzeitig nicht ertragen.

Er stand auf. Er würde zum Boot gehen und sie bitten, ihm zu zeigen, wie man Feuer machte. Sie würde Natürlich sagen oder Bleib hier, hier gibt es ein Feuer. Er sah ihren Mund, der die Form der Worte umkehrte, die Ärmel ihres T-Shirts, die sich vom Braun ihrer Haut abhoben, roch ihren salzigen Duft, als sie sich bewegte.

Es nieselte. Gretels Windspiele drehten sich unablässig in den Büschen, beschwert von kleinen, aufgeknüpften Körpern. Das Unkraut versperrte den Blick aufs Boot. Er humpelte außen herum, die Hände in den Taschen vergraben, um sie zu wärmen. Eine der beiden sang, keine Worte, sondern einen einzigen, lang gezogenen Ton. Als er zur Uferböschung kam und das Boot sah, blieb er stehen.

Sarah hatte den Schlauch am Wassertank befestigt und hielt ihn über sich. Der Boden zu ihren Füßen hatte sich in Matsch verwandelt. Unter ihren Armen wuchs ein Gestrüpp aus dichten, dunklen Haaren. Das Wasser fiel in einem steten Strom auf ihr nach oben gewandtes Gesicht. Ihr Mund war geöffnet, ihre Haut vor Kälte ganz lila. Hinter ihr ratterte der Bootsmotor.

Marcus hatte schon früher nackte Menschen gesehen. Einmal war er versehentlich ins Bad geplatzt, als Laura duschte: die rosafarbenen Falten ihres Bauches, die blassen Unterseiten ihrer Arme. Rogers blau geäderte Beine und sein magerer Hintern. Fiona durch die halb offene Tür; ein Teil ihrer Pobacke zwischen dem geöffneten Reißverschluss, eine mandarinengroße Wölbung in ihrer weißen Unterhose.

Doch das hier war anders. Es war zu spät, um wegzusehen. Ihre Brüste – von denen die linke etwas größer war –

schaukelten, während sie sich mit beiden Händen das Haar wusch. Die nach außen drückenden Muskeln an den Oberseiten ihrer kleinen Arme, in den Furchen ihrer Waden. Die angedeuteten Knochen – das Röntgenbild fiel ihm wieder ein – unterhalb der Hüfte, eine Narbe am Knie. Und auch dort. Auch dort die buschigen Haare zwischen ihren Beinen, schwarze Locken über ihren Oberschenkeln. Sein Blick wurde so unmittelbar davon angezogen, dass er – als er sich losriss und aufsah – nicht sagen konnte, wie lange sie ihn schon beobachtete.

Als er später aufwachte, kauerte Gretel über ihm, die Nase dicht vor seiner, die Hände zu beiden Seiten seines Gesichts geballt. Er hielt den Atem an. Ihre Augen waren weit aufgerissen und bewegungslos.

Ich hab gewonnen, sagte sie, als er blinzelte, und stieß ein zischendes Lachen aus. Sarah braucht deine Hilfe.

Als sie das Boot erreichten, stand eine Frau – die Fleischerin – auf dem Pfad, rauchte selbst gedrehte Zigaretten und spuckte immer wieder Tabakkrümel aus. Sie war ziemlich groß, hatte winzige Hände und dichte Locken. Neben Sarah sah sie aus wie ein Bär. Als Marcus sich näherte, wandten die beiden sich um, und die Fleischerin sagte etwas, das er nicht hörte, worauf Sarah jedoch mit Stimmt antwortete. Die Fleischerin bückte sich, um ihre Zigarette auszudrücken.

Er wartete, ob Sarah ihn darauf ansprach, wie er sie gesehen hatte, unter dem Schlauch, aber sie sagte nur: Hilf uns, und deutete auf den kleinen Kutter der Fleischerin. Er ging ihr nach. Sie berührte ihn leicht, an der Hand und der Schulter, und erzählte ihm etwas, doch er verlor den Faden und kapierte nichts mehr. Sie hatte sich das Haar um den

Hals gelegt, es glich einem Seil. Er markierte jede Stelle, an der sie ihn berührt hatte. Hier und hier und hier. Sie machte sich über ihn lustig, schnalzte mit der Zunge. An ihrem Hals befand sich eine Narbe, quer über der Schlagader, als wäre sie erdrosselt worden. Das bestätigte Marcus in der Meinung, dass sie unbesiegbar war, irgendwie erhaben über die Welt, in der er lebte.

Sie gingen unter Deck des Kutters. Die Leiber waren mit weißlichem Fett beschmiert, ihre Beine so dick wie Marcus' Brust breit war. Er konnte nicht sagen, worum es sich handelte: Schweine, Kühe oder Schafe. Auf dem Boot war es kalt wie im Knast, die Kadaver hingen an in die Wände gehauenen Haken. Sarah packte einen, zerrte ihn herunter und hinter sich her, bis Marcus das untere Ende nahm, zitternd und mit gebeugten Knien, grau dampfendem Atem. Etwas so Schweres hatte er noch nie getragen. Als er die löchrigen Metallstufen nach oben stieg, rutschte sein schlechtes Bein weg und das Fleisch drückte sich liebevoll in sein Gesicht, während Sarah weiter oben mit der Zunge schnalzte. Er musste daran denken, wie er den Toten über die Treppe des anderen Bootes an Bord geschleppt hatte, auch damals mit Mühe. Er hielt den Atem an. Spürte, wie seine Hände zitterten.

Mach schon, sagte sie, bis er das Gleichgewicht wiedergefunden hatte und aufrecht dastand. Komm. Pamp pamp.

Er wollte ihr erklären, dass er sie nicht absichtlich angeschaut hatte, den Saum ihrer Haare oder ihre schaukelnden Brüste. Dass es ihm leidtat. Gretel tanzte auf dem Pfad, riss an den Nesseln, als könnten sie ihr nichts anhaben, schleuderte die Schuhe von den Füßen, setzte die Hände im Matsch auf und hob die Beine über den Kopf. Eine blaue Abdeckplane lag ausgebreitet auf dem Boden. Sie legten den Kadaver darauf ab. Nach und nach gelang es Marcus, die Anatomie zu identifizieren. Die abstehenden Beine, die glatte, scharfe Kante, wo der Kopf gewesen war. Es gab einen mit Salz gefüllten Segeltuchbeutel. Sarah zeigte ihm, wie man das Fleisch damit einrieb.

Nein, sagte sie. Sie drückte seine Hand flach, legte ihre darauf und presste von oben dagegen. Fester. So. Ihre Haut war rau, ihre Daumen wie Lederriemen. Sie pökelten, bis Marcus die Körner unter den Nägeln spürte und sich fühlte, als würde er haltbar gemacht, als würde seine Haut so lange eingesalzen, bis kein Wasser mehr in sie eindringen konnte. Kurz stellte er sich vor, wie es wohl wäre, unter Wasser zu atmen. Es wäre gar nicht so schlecht. Niemand würde ihn sehen. Er würde schwimmen. Allerdings – fiel es ihm wieder ein – befand sich dort der tote Mann.

Wieder berührte sie seine Hand. Drücken. Fest. Es war ihm wahnsinnig peinlich, wie bewusst er jeden Teil von ihr wahrnahm. Er versuchte, an andere, logischere Dinge zu denken: Multiplikationsaufgaben, Ländergrenzen. Als sie die Hand wegzog, fühlte er sich wie beschnitten, amputiert.

Es ist weniger dran als am letzten, erklärte Sarah der Fleischerin, die Zigaretten drehte, während Gretel sie am Ärmel zerrte.

Das bestreite ich. Die Fleischerin blickte nicht auf. Er kommt von derselben Farm, in der Nähe des Kraftwerks. Dort füttern sie sie direkt vom Teller. Wie Babys.

Um die Mitte herum ist er dünner, sagte Sarah. Und älter. Ich kann es riechen. Mach mir einen fairen Preis.

Er wusste, dass Sarah ihren Willen bekommen würde. Die Fleischerin kniff die Augen zusammen, sie stand mit beiden Füßen fest am Boden, doch Sarah war unnachgiebig wie ein Fels. Er konnte sich nicht vorstellen, dass sie je um etwas gebeten und es nicht bekommen hatte. Als er sich fragte, was sie wohl von ihm einfordern würde, spürte er ein Ziehen im Magen. Er fragte sich, ob er vorher fortgehen sollte. Er wusste nicht, ob er es noch konnte. Er hatte Anker geworfen, oder nicht?

Na gut, sagte die Fleischerin und hob die Hände.

Er sah ihnen dabei zu, wie sie einschlugen und sich ans Ufer setzten. Gretel brachte ihnen Tee, brummte und grummelte jedoch, als Sarah sie darum bat. Er sagte kaum etwas. Was auch? Als Sarah wissen wollte, wie es lief, erzählte die Fleischerin von den Tidengewässern des Flusses, wo die Schiffe groß wie Häuser waren und der Gezeitenwechsel ebenso viele Segelboote zerstörte wie auf See; von der Fäulnis, die die vordere Hälfte ihres eigenen Boots zerfressen hatte, sodass sie gezwungen gewesen war, einen Monat lang im Wohnzimmer ihrer Schwester zu hausen und sich mit deren fluchendem Mann zu unterhalten, während das Boot in der Werft lag.

Ab und zu hob Marcus den Blick und sah, dass Sarah ihn durch den Zigarettenrauch beobachtete. Er konnte spüren, dass die Frischhaltefolie unter seiner Kleidung verrutscht war.

Letzte Woche ist mir was passiert, sagte die Fleischerin, stand auf und streckte sich. Auf dem Dach ging Gretel in einen wackeligen Handstand, schwankte und fiel um.

Was denn?, fragte Sarah.

Es war letzten Montag. Ich habe nichts gehört, aber als ich am Morgen an Deck ging, war das Vorhängeschloss aufgebrochen. Irgendwer hat eine der Färsen, die ich mir manchmal auf der Brooke Farm hole, hinausgezerrt, obwohl sie größer war als du und ich zusammen, sie auf dem Pfad zerhackt und mehrere Stücke mitgenommen.

Zerhackt?

Ja. Ein paar von den Vögeln wurden auch geklaut. Ein paar Hühner. Dieser Alte – wie heißt er noch mal? – will immer nur Wachteln, also besorge ich ihm jedes Mal ein Dutzend oder so. Die Hälfte davon ist weg.

Glaubst du, es waren Teenager?

Vielleicht. Jedenfalls hat mir das Ganze einen Mordsschrecken eingejagt. Dass ich nicht mitbekommen habe, dass wer auf dem Boot ist. Ich schlafe schlecht, und manchmal gar nicht. Wenn es Jugendliche gewesen wären, hätte ich sie wahrscheinlich gehört. Tue ich jedenfalls normalerweise, wenn sie herkommen, um sich volllaufen zu lassen.

Marcus ist aus derselben Richtung gekommen wie du. Du hast auch Sachen gehört, oder?, sagte Sarah.

Ja. Er schluckte, strengte sich an, keine der beiden anzusehen und schaute stattdessen mit erhobenem Kinn in den Himmel.

Was hast du gehört?, fragte die Fleischerin.

Er kämpfte mit den Worten. Weiß auch nicht. Ein paar Angler haben erzählt, dass in der Nacht Dinge verschwinden, und ich dachte … Ich dachte …

Fast hätte er ihnen erzählt, was er an jenem Tag im Wald gesehen hatte – von Licht umrissen. Aber beim Anblick von Sarahs Gesicht wurde ihm klar, wie es nach ihrem Gespräch vom Vorabend klingen würde: nach Wahnsinn, Halluzinationen.

Wer war es dann?

Die Fleischerin streckte verärgert und widerwillig die Arme zur Seite. Keine Ahnung. Sie klopfte sich einen Dreckklumpen vom Stiefel. Ich kann mir nicht vorstellen, dass sie hierher kommen. Was sollten sie auch stehlen? Willst du ein paar Kaninchen?

Gern.

Sie sahen ihr dabei zu, wie sie nach unten und an Bord des Boots kletterte, das wegen ihres Gewichts tiefer sank. Marcus saß ganz still.

Es riecht nach Regen, sagte Sarah und stand auf. Soll ich dir helfen?

Sie hatte recht, sein Bein war eingeschlafen. Die Hand, die sie ihm reichte, war breit und flach wie ein Ruder.

Man kann Regen nicht riechen, sagte Gretel.

Doch. Er riecht nach Eisen. Los, zünden wir die Lampen an.

Gretel brachte ihm Scrabble bei. Die Feuerstelle war mit Holz gefüllt, und das Boot war heiß wie ein Ofen und wurde von Kerzen erleuchtet, die von den feuchten Wänden tropften. Er hielt es für möglich, dass sie mogelte. Wörter waren tückisch und unbeständig, sie drehten und wendeten sich wie Fischschwärme. Ihm wäre es lieber, sie hätten stattdessen ein Puzzle, so wie zu Hause, ausgebreitet auf dem Teppich. Manchmal, wenn er die Buchstaben aus dem Augenwinkel betrachtete, meinte er, ein Wort geknackt zu haben, aber meistens fielen ihm nur *und* oder *fett* oder *es* ein.

Nein, sagte Gretel. Wörter mit zwei Buchstaben sind nicht erlaubt.

Das steht nicht in den Regeln.

Doch.

Die Frischhaltefolie lag eng und feucht um seine Brust. Er wollte sie abnehmen und in den Fluss werfen. Er traute sich nicht. Sarah driftete durch den Lampenschein, sie steckte das Messer, mit dem sie die Kaninchen zerteilt hatte, zurück in die Scheide und hängte die toten Tierkörper an der Decke auf. Vom Licht angezogene Motten landeten auf dem Tisch, wo sie die Flügel öffneten und schlossen. Sarah schob sich nach vorne, stellte seine Buchstaben um, kam ihm so nahe, dass er ihren Zigarettenatem in seinem Nacken riechen konnte.

Zurück am Zelt griff er in die Tasche. Seine Finger berührten etwas Weiches, zuckten zurück. Er zog es hervor. Die Augen der Maus fingen die Bewegung des Wassers auf und rollten wie Murmeln. Er hob die Hand, wollte das Tier auf die Wiese werfen. Überlegte es sich anders. Ihm war eine Idee gekommen. Langsam ging er in die Knie und legte die Maus vor den Eingang, eingerollt, fast schlafend. Nur für den Fall, dass sie irgendeine Form von Schutz bot. Schutz vor allem: dem Wasser und den Bäumen und dem Mann, den er, ohne es zu wollen, getötet hatte, dem Mädchen mit den Fallen und der Frau, ihren schnellen Händen, dem dunklen Haar, das in seinen Träumen um sein Gesicht lag.

DIE JAGD

Ich ging hinter dem Haus los und folgte dem Weg von der Brücke zum Leinpfad. Otto preschte voraus, machte kehrt, um sich zu vergewissern, dass ich hinter ihm war, und rannte weiter. Das Wasser im Kanal war braun und zähflüssig. Dieser Teil der Stadt hatte früher aus Lagerhäusern und Parkplätzen bestanden, aber jetzt war alles aufgekauft, abgerissen und erschlossen. Von der ersten Brücke, an die ich kam, sprangen magere Teenager ins Wasser und tauchten prustend und grölend wieder auf. Anschließend setzten sie sich zum Trocknen ans Ufer und tranken aus offenen Bierdosen. Die Sonne war mörderisch.

Jetzt, da ich wieder wusste, was in jenem Winter da gewesen war, wurde mir schlecht, als ich die Steine sah, die nach dem Aufprall in der dreckigen Brühe versanken, die Teenager, die hinabgezogen wurden, bis zuletzt auch noch ihre nach oben gestreckten Hände verschwanden. Einer Frau war der Kinderwagen ins Wasser gerollt, und sie stand mit dem Baby im Arm an der Uferböschung und schrie ihren langsam versinkenden Einkäufen hinterher. Ich hielt ein Stück Treibholz für etwas, das es gar nicht war, und wäre fast zur Straße gerannt.

Ich lief zwei Stunden lang. Obwohl der Sommer dem Ende zuging, war es so heiß, als befänden wir uns mittendrin. Alle hatten stets Angst, dass die Jahreszeiten sich nicht einstellten, dass die Sonnenwende vorbeikurvte, aber das Jahr weigerte sich abzuebben. Am Ufer ankerten Rentner und sonnten sich Rotwein trinkend in ihren Liegestühlen. Manche grillten. An der Schleuse befand sich ein Laden, der selbst gemachten Kuchen und Eiscreme verkaufte, ganze Familien beugten sich über das Geländer und beobachteten, wie die Tore auf- und zugingen und die Schiffe durchzuckelten. Es roch nach verschüttetem Pimm's und Gin. Beim Gehen dachte ich erneut darüber nach, wie alles neben allem existierte und weiterging. Wie ich – wenn ich mich nur genug anstrengte – zurückblicken und rufen und mein jüngeres Ich am Ufer den Kopf heben und mich hören würde. Ich hatte zu viel Zeit mit Fiona verbracht.

Mir war heiß, und ich war müde, aber ich wollte keine Pause einlegen, wo so viele Leute waren. Wir ließen die Stadt hinter uns und gingen weiter, bis es dunkel wurde.

Otto kaute Gras und sah zu, wie ich mit dem Zelt kämpfte. Es ist keines von denen zum Werfen, hatte Laura mit einem gewissen Stolz verkündet, den ich mir nicht richtig hatte erklären können. Nun, da hatte sie recht.

Als ich schwitzend aufblickte, standst du plötzlich in der Dämmerung da. Das Kleid zwischen die mit Grasflecken und Kratzern übersäten Knie geklemmt. Du bist dieselbe wie damals, als ich ein Kind war. Vielleicht hat das jedes Kind von seiner Mutter gedacht: dass es nichts gibt, was sie nicht kann. Du sagst: *Der Baikalsee ist der tiefste See der Erde. Er enthält mehr als zwanzig Prozent aller flüssigen Süßwasserreserven. Der Blauwal ist das größte Tier, das je gelebt hat. Sein Herz wiegt 700 Kilo. Eine Eklipse ist die vollständige oder teilweise Verdeckung eines Himmelskörpers durch einen anderen.* Du sagst: *Schlaf heute auf dem Dach, Gretel. Ich brauche etwas Uffzeit. Ich muss mit Marcus reden.* Du kommst näher, ohne den geringsten Abdruck im Gras zu hinterlassen. In deinen Haaren hängt der Rest von einem meiner Haarbänder, und du siehst aus, als hättest du seit Wochen nicht geschlafen. Dein weiter Mund ist geöffnet, und für einen Moment glaubte ich, deinen grasigen Atem zu riechen. Er ist hier, sagst du und streckst die Hand nach mir aus, deine Fingernägel sind kaputt und wund. Dein Mund formt das Wort *(Bonak)*, doch heraus kam nur ein grässliches Rauschen. Ich presste mir die Hände auf die Ohren, schloss die Augen. Als ich sie wieder aufmachte, warst du weg.

Als ich am nächsten Morgen aufwachte und das Zelt abbaute, wurde mir schlecht vom Geräusch des Wassers, das langsam gegen die Uferböschung klatschte und an den Bäumen zog. Der Boden bewegte sich unter meinen Füßen. Otto jagte Enten, während ich die Hände auf die Knie stützte und in die Hocke ging. Plötzlich wollte ich unbedingt eine rauchen, denn genau das hättest du jetzt getan. Ich war dir näher denn je. Das hier war dein Land, deine Welt. Überall sonst hattest du stets fehl am Platz gewirkt. Ich versuchte, nicht an deinen Geist zu denken, der mich gestern Nacht aufgesucht hatte, mit den blutigen Fingernägeln und dem schweigenden Mund. Dir so nahe zu sein, brachte keine Erleichterung; mir wurde ja schon bei der Vorstellung schlecht, dich zu finden.

Ich zog die Karte hervor. Die Städte hoben sich wie Maulwurfshügel aus dem Grün, der Fluss war eine hässliche blaue Linie. Wir bogen vom Wasser ab, überquerten eine Kuhweide und auf der anderen Seite einen Zauntritt. In der Ferne befand sich ein Kraftwerk: eckige Würfel, kreuz und quer darüber verlaufende Leitungen. Das Geräusch des Wassers wich dem unterirdischen Brummen, das unter meinen Füßen vibrierte.

Wir verirrten uns. Statt der ordentlichen Maisfelder und Kuhweiden gab es nur noch Landfetzen, mit Metallfässern übersäte Erde, halb verbrannte Wellblechmäntel. Einen auf den Kopf gestellten Stuhl. Ich schwitzte Schmutz, spuckte aus. Ich bekam einen Sonnenbrand, ungleichmäßige rote Flecken zeichneten meine Schultern, meinen Nasenrücken, die Fußoberseiten. Über den leeren Gräben und Bächen lagen hölzerne Planken, die sich unter meinem Gewicht bogen. Otto misstraute ihnen, wich zurück und beschwerte sich mit einem Grollen aus tiefster Kehle, bis ich ihn hochhob und fluchend hinübertrug.

Ohne Vorwarnung trafen wir wieder auf den Fluss. Ich konnte die Stelle, wo wir waren, auf der Karte nicht finden. Es gab ein Wehr, wo das Wasser langsam floss und sich dann in einem Sturzbach ergoss. Unter der Oberfläche befanden sich Pflanzen, halb verwesend, halb wachsend. An manchen Stellen war die Böschung sandig und führte sanft ins Wasser. Otto stürzte sich hinein und tobte herum, sodass die Schaumflocken stoben.

Nein. Böser Hund.

Ich hatte alles vergessen, was es über Flüsse zu wissen gab. Wie das Wasser an manchen Stellen einfach stillstand, als hätte man einen Deckel darübergestülpt; wie die Strömung manchmal plötzlich aus der Tiefe zunahm und Wirbel bildete. Wir liefen weiter, ohne groß auf die Richtung zu achten. Ich hielt nach Abkürzungen und Abzweigungen

Ausschau, doch der Pfad führte immer am Ufer entlang. Ich blieb stehen und spuckte noch einmal aus. In meinem Mund setzte sich der Geschmack jenes Winters fest. Otto rannte vor, kam zurück, rannte vor. Vor uns lagen noch zwei Tagesmärsche, aber selbst das war mir schon zu bedrohlich nahe. Ich fragte mich, was ich eigentlich hier tat. Warum ich überhaupt dorthin ging. Ich steckte die Karte weg. Setzte den Weg fort. Übernachtete im Zelt, der Hitze wegen bei offenem Reißverschluss. Hatte Angst, dass der Fluss mich mit wässerigen Träumen infizierte, schlief jedoch bis zum heißen Morgen durch. Lief weiter. Jetzt war es nicht mehr weit. Ich schlief und wurde früh wach. Die Luft war drückend, und die Wurzeln der Bäume brachen durchs Wasser. Weiter vorne öffnete sich der Pfad. Ich ging schneller. Erreichte die Öffnung und bog vom Fluss ab. Die Kiefern zu meiner Rechten lichteten sich; die weite, freie Fläche war überwuchert von Gras, Löwenzahnbüscheln, Distel- und Nesselschwärmen. Ein Pulk Bienen machte in der Luft kehrt. Am unwegsamen Ufer vertäut lag ein Boot, an dessen Seiten sich Gestrüpp emporrankte. Ich holte die Karte heraus und drehte sie erst in die eine, dann in die andere Richtung. Es bestand kein Zweifel. Das war der Ort, an dem wir gelebt hatten, bis ich dreizehn war.

DER FLUSS

Die Tage wurden kürzer und länger zugleich. Zwei Wochen vergingen. Seine Eltern kamen ihm wieder in den Sinn. Er dachte: Ihr fehlt mir, ich habe euch lieb, ich will, dass ihr mich findet, es tut mir leid. Er dachte an den Tag, den er mit Charlies Leiche auf dem Boot verbracht hatte. Ihm fiel ein, was sich unter seinen Kleidern versteckte, und das Geheimnis erschien ihm zu groß für einen allein. Es war so kalt, dass der Frost die Zeltwände hart werden ließ, genau wie das Wasser nahe der Uferböschung und die silbernen Taufäden, die von den Bäumen hingen. Am Morgen war er so einsam, dass er fast nichts sah.

An den schnellen Nachmittagen und langsamen Abenden war alles anders. Sarah zeigte ihm, wie man wilden Knoblauch fand, tief in der Erde vergraben. Im Sommer, sagte sie, wachsen Pilze im Boden und Äpfel an manchen Bäumen. Sie zeigte ihm, wie man Brot knetete und selbst gebrautes Bier filterte, sodass es die Farbe von Bernstein bekam.

Nach und nach verstand er mehr von den Worten, die sie gebrauchten, traute sich allerdings nicht, sie selbst zu verwenden. Sarah nannte Gretel El und manchmal Hänsel oder Gereutel. Gretel nannte Sarah Kumpeline oder Frau Doktor. Uffzeit hieß, dass Sarah Zeit für sich brauchte. Eine Harpiedudel war ein kleines Ärgernis wie ein heruntergefallener Teller oder ein Kratzer, wurde jedoch oft – meist lautstark – gebraucht, wenn irgendetwas nicht nach Plan verlief. Etwas, das schön oder angenehm war, oft etwas Weiches oder Warmes, war schmuschmu – benannt nach einer Decke, die Gretel als Kind gehabt und irgendwann verloren hatte. Es gab mehr Wörter für das Geräusch des Flusses zu verschiedenen Jahreszeiten und bei unterschiedlichen Temperaturen, als er sich merken konnte. Pimpern hieß, dass die Strömung schneller floss. Zum Beispiel konnte man sagen, das Wasser pimpert dahin oder am Ufer entlang. Schwill war das Geräusch, das der Fluss nachts machte, und grär sein Geschmack am Morgen. Wenn sie ein Wort gebrauchten, das er nicht kannte, bemerkte er oft, wie Sarah ihn ansah, und er fragte sich, ob es ihr irgendwie gefiel, dass er nicht immer alles verstand, dass es noch Geheimnisse gab, an denen er nicht teilhatte. Je länger er zuhörte, desto klarer wurde ihm, dass die Begriffe instinktiv entstanden waren, wegen der Lautmalerei oder weil Gretel die Wörter als Kleinkind erfunden hatte und sie hängen geblieben waren. Aus seinen Beobachtungen schloss er, dass es, weil die beiden schon so lange unter sich waren, keine Rolle mehr spielte, wenn niemand sie verstand. Sie hatten sich sowohl sprachlich als auch physisch von der Welt abgekapselt. Sie waren eine eigene Spezies. Er wollte sein wie sie, er wollte sie sein.

Wenn er nicht bei Sarah war, folgte er Gretel, während sie die Fallen ausleerte und die Windspiele mit neuen Mäuse- und Froschkadavern bestückte. Sie las ihm jedes Buch auf dem Boot vor. Ihr Lieblingsbuch war die ramponierte Enzyklopädie mit ihren dicht gedrängten, ameisengroßen Buchstaben und den leuchtenden Fotos. Am Morgen gab Sarah ihr Unterricht, der – soweit Marcus es beurteilen konnte –

darin bestand, in dem Nachschlagewerk zu lesen. Viele der Einträge konnte Gretel auswendig. Anastasia war eine russische Prinzessin, die starb. Jahrelang gaben sich immer wieder Frauen für sie aus. Der Styx ist einer der Flüsse der Unterwelt. Marcus durfte das Buch zwar nicht anfassen, aber sie hielt es ihm aufgeschlagen hin und blätterte für ihn um. Die Wassertiere mochte sie am meisten. Vielleicht, weil sie hier in ihrer Fantasie greifbarer waren als die Löwen und Elefanten. Die Wassertiere konnten im Fluss sein, ohne dass jemand davon wusste, und dort bedächtig ihr Leben leben: die gehörnten Wale, die Haie, Schildkröten, Forellen und Lachse. Sie mochte die Bilder vom Ozean, die Tiefenmessungen, die Abbildungen, die zeigten, wie Flüsse sich bildeten, durch Stein schnitten. Sie mochte stichpunktartige Informationen, die sie ihm hinschleuderte. Wusstest du schon, dass der Nacktmull das längste lebende Nagetier ist? Dass er Kolonien bildet und eine Königin hat, so wie Bienen?

Davon hatte ich keine Ahnung, erwiderte er. Ihm gefiel es, wenn sie ihm von den Sternen erzählte, den leuchtenden Gas-Klecksen, die von ihrer eigenen rätselhaften inneren Schwerkraft zusammengehalten wurden. Sie tauchten in Paaren oder Gruppen auf, fast nie allein. Das Weltall hatte etwas Faszinierendes, die Auswölbungen emsiger Planeten und Sterne, die einander umkreisten, die Logik von Gravitationsfeldern, Sterne, die starben, lange bevor wir sie zu Gesicht bekamen.

Seine Gedanken schweiften ab, und Gretel wurde sauer, weil er ihr nicht zuhörte.

Sieh dir das an, sagte sie. Das Tier auf dem Bild hatte dicke verschorfte Haut am Rücken und an den Seiten sowie einen weichen cremefarbenen Bauch.

Es kann hundert Jahre alt werden. Sie riss die Augen auf. Die Ringe in seinen Knochen verraten einem, wie alt es ist. Es kann im Dunklen sehen. Es kann sehr gut riechen und hören.

Verstehe.

Sie presste das Gesicht gegen die Seite.

Wie heißt es?, fragte er, doch sie wollte es ihm nicht sagen.

Das ist ein Rätsel, sagte sie, zumindest glaubte er das.

Was soll das heißen?

Aber sie war schon auf- und vom Boot gesprungen und davongerannt.

Sarah und Gretel nannten alles, was auf dem Fluss vorbeitrieb (Fische, Holzplanken, Plastiktüten), Gesprungs. Leute auf Booten waren Menschengesprungs, Kadaver, Schafe oder Wasservögel waren Totengesprungs. Er wartete darauf, dass der Fluss ihm seine Eltern brachte, doch was kam, waren nur Lastkähne voller Fahrräder und Kohlensäcke, Kutter mit schmutzigen Flaggen und kaputten Fenstern. Die Boote legten für etwa eine Stunde neben ihnen an. Alle Leute, die sie passierten, kannten Sarah beim Namen, beäugten Marcus neugierig und versuchten, Gretel zu packen und sie zu umarmen. Sie tranken Tee oder holten Kästen mit Bierflaschen heraus, die Sarah an der Außenkante des Bootes öffnete. Sie wirkten unausgeschlafen, die Haut an ihren Armen und Gesichtern spannte sich zu sehr, ihre Fingernägel hatten Spuren in die Innenseite ihrer Hände gegraben. Wenn Sarah sie fragte, wohin sie unterwegs waren, sagten sie, einfach nur fort von hier. Gen Süden, sagte ein Mann, so weit gen Süden wie möglich. Sie erzählten von Geräuschen in der Dunkelheit, Spuren an schlammigen Ufern, etwas Schwerem auf dem Bootsdach. Wenn sie ihnen anbot, über Nacht zu bleiben, lehnten sie ab und wollten sie zum Mitkommen bewegen. Dann legten sie ab und fuhren weiter, ohne sich noch einmal umzudrehen.

Es gab einen Kälteeinbruch. Die Zeltpfosten gingen kaputt, das Wasser in Ufernähe gefror zu Eis, Vögel fielen aus den Bäumen auf den harten Boden. Ein letztes Boot kam. Ein Mann und eine Frau mit drei Kindern, die Gretel wie eine Herde zusammentrieb und nach unten eskamotierte. Sie hatten nervös zuckende Hände und waren grau, ihre Gesichter wie ausgebleicht. Sie redeten so leise, dass sie fast nicht zu verstehen waren. Sarah brachte selbst gebrautes Bier und goss es in Tassen. Die Frau war bereits betrunken oder krank. Wenn sie redete, schwappten ihre Worte ineinander oder kamen erst gar nicht heraus. Sie erzählten von einem vierten Kind, einem Jungen, den sie nicht mehr hatten. Marcus saß schweigend daneben, seine Hände fühlten sich zu groß für seine Handgelenke an. Die Trauer dieser Leute war unverhüllt, wie ein starkes Licht. Sarah fragte, warum sie fortgegangen waren. Was, wenn der Junge zurückkam und sie waren nicht mehr da? Er hörte nur jedes zweite Wort, das sie sagten, und verstand nicht einmal die Hälfte davon. Als sie aufbrachen, gab Sarah ihnen Dinge mit: ein Hühnchen, mehrere Flaschen Selbstgebrautes, ein paar Decken.

Ich verstehe nicht, sagte er.

Sarah räumte die Tassen ab. Sie müssen auf niemanden warten, sagte sie, es gab eine Leiche. Sie räusperte sich in die geballte Hand. Scheißzigaretten. Sie stellte die Tassen in den Eimer mit dem Abwaschwasser.

Als Gretel klein war, sagte Sarah, wollte sie nicht über den Tod sprechen, also nannten wir es Fortgehen. Manchmal wollte sie wissen, ob etwas wieder zurückkommen würde. Und wann. Ich glaube, sie wartet sogar heute noch manchmal auf den Hund, den wir vor Jahren hatten, oder auf Freunde, die gestorben sind. Einmal sagte sie, sie glaubt, dass sie nicht mehr dieselben sind, wenn sie zurückkommen. Sie wollte es mir nicht näher erklären, meinte nur, dass sie, wenn sie mit dem Fortgehen fertig sind, als andere zurückkehren.

Er wusste nicht, was er darauf erwidern sollte. Er hatte sich noch immer nicht daran gewöhnt, wie sie manchmal ohne Pause oder vorherige Absprache redete.

Ich weiß, dass dein Zelt hinüber ist. Wenn du magst, kannst du heute hier schlafen.

Er war erleichtert. Er wusste, dass sich das Zelt nachts mit allem füllen würde, was er gehört hatte: dem kleinen toten Körper dieses Jungen und dem von Charlie. Das untere Ende seines Schlafsacks würde sich zum Fluss hin öffnen, und die Toten würden mit den Stimmen und Gedanken anderer zurückkehren. Sie kochte noch Tee, den sie auf der Treppe sitzend tranken. Gretels leise Schlafgeräusche waren zu hören. Sarahs Arm berührte seinen. Er dachte an das vierte Kind.

Warum haben sie niemanden gerufen?, fragte er.

Wen denn?

Die Polizei?

Nein. Das hätten sie nicht getan.

Er verstand nicht. Er schwieg.

Was hätten sie den Polizisten sagen sollen?, fragte sie nach einem Moment. Hätten sie ihnen von den Dingen erzählen sollen, die sie im Wasser gesehen haben – den Dingen, die auch alle anderen gesehen haben? Hätten sie ihnen erzählen sollen, dass sie wissen, was ihr Kind auf dem Gewissen hat, aber nicht erklären können, was es ist?

Vielleicht.

Und wenn die Polizei gesagt hätte: Das ist unmöglich, so etwas gibt es hier nicht. Sagen Sie uns, was wirklich mit Ihrem Kind geschehen ist. Was hätten sie dann sagen sollen?

Ich weiß es nicht.

Sie hätten gesagt: Wir haben es gesehen. Wir wissen, was es war. Sie müssen es fangen. Und die Polizei: Sie lügen. Was haben Sie zu verbergen? Verstehst du?

Vielleicht, sagte er.

Sie schüttelte die Hände, als wollte sie sie von Wasser befreien. Wir rufen hier nicht die Polizei. Wir rufen keine Feuerwehr und keinen Notarzt. Das war schon immer so. Sie wissen nichts über uns, und wir wissen alles, was wir über sie wissen müssen.

Aber was, wenn etwas passiert?

Dann kümmern wir uns darum, erwiderte sie und stand mit einer Entschiedenheit auf, die ihm verriet, dass alles gesagt war.

Das war die erste Nacht, die er auf dem Boot verbrachte, aber nicht die letzte. Er zog sich die Kapuze seines Schlafsacks über den Kopf und füllte sie mit seinem Atem. Das Feuer brannte bis zum Morgen. Gretel redete im Schlaf, als könnte sie, selbst dann, die Worte nicht zurückhalten. Sarah schlief so leise, dass er sich fragte, ob sie überhaupt schlief. Er konnte sie spüren, wie sie nicht weit von ihm weg auf dem Rücken lag. Ihre Nähe war scharf, verblüffend.

In der Nacht brauste der Fluss von Norden heran und brachte die silbernen Bäuche der im Schlick zappelnden Fische, die Dielen eines Boots, das der Strömung zum Opfer gefallen war, wirbelnde Herbstblätter aus Gegenden, in denen die Jahreszeiten im Verzug waren und der Winter gerade erst eingesetzt hatte, salzige Gischt und Kiesel aus dem Meer. Es gab mehr Bonaks im Wasser, als man zählen konnte: Körper, deren Geister sich womöglich im Anker verfingen und beschlossen zu bleiben, Baumstämme, die groß genug waren, um das Boot mitzureißen, den Kanaldieb, der sich aus den Tunneln der Kabbelung erhob und abwartete.

SECHS

Aus Trümmern geformt

DER FLUSS

Eine späte, von der Kälte betäubte Biene hatte ihn gestochen, und Sarah saugte den Stachel heraus. Er blickte auf ihren Scheitel, der sich wie eine Kreidespur durch ihr dunkles Haar zog. Ihre nackten Füße fuhrwerkten über den Boden, mit einer Hand umfasste sie seinen Arm, damit er stillhielt. Was mache ich hier?, dachte er, dann richtete sie sich auf, den Stachel wie eine Nadel zwischen den Zähnen.

Willst du ihn behalten?

Sie legte ihn in seine Hand. Das bringt Glück. Vor allem so spät im Jahr. Sie sterben, wenn sie dich stechen. Ich dachte, wir könnten heute Abend groß aufkochen. Was meinst du? Ein Festmahl. Ein richtiges Gelage.

Ja, sagte er.

Sie drückte ihr Gesicht an seine Wange. Sie wirkte jung an diesem Morgen, ausgelassen oder nervös. Etwas früher hatte er Gretel und sie dabei beobachtet, wie sie im trockenen Gras Handstand machten und die Fußgelenke über ihren Köpfen ausstreckten. Gretels Beine hatten gewackelt, aber Sarahs waren gerade und bewegungslos gewesen. Er hatte einen stechenden Schmerz am Handgelenk gespürt, und als er hinsah, war da die gekrümmte Biene, die sich zusammenzog und auf seine Haut sank.

Sarah riss alle Bootstüren weit auf, sie schrubbte auf Händen und Knien den Boden und leerte eimerweise schmutziges Wasser in den Fluss. Er hockte sich neben sie, um ihr zu helfen. Sie schwitzte. Er wollte sie fragen, ob sie sich nach allem, was sie gehört hatten, keine Sorgen machte, unterließ es jedoch. Er wusste, dass es Dinge gab, über die sie nicht sprachen: den toten Jungen, den Einbruch bei der Fleischerin, dass alle außer ihnen die Flucht ergriffen. Von einigen der vorbeikommenden Boote hatten sie Fleisch bekommen, frisches Brot, ein Stück sehr gelber Butter. Sie würden ein Festmahl veranstalten. Ein Gelage.

Du könntest ein Bad vertragen, sagte sie schnüffelnd und lachte. Wie lange hast du dich schon nicht mehr gewaschen? Nimm mein Handtuch. In dem Eimer da ist Spülmittel. Den Geruch, den du verbreitest, hat Gretel immer einen Guten genannt, als sie noch klein war und nicht baden wollte. So wie in: Ich habe einen Guten.

Er hob den Arm und hielt das Gesicht in die Achselhöhle. Sarah hatte recht: So schlimm hatte er noch nie gerochen. Es war fast einen Monat her, dass er sich – in der engen Dusche im Haus seiner Eltern – zuletzt gewaschen, frische Sachen angezogen und seinen Körper gesehen hatte. Sein Haar glich einer Kruste.

Sei vorsichtig, sagte Sarah. Um diese Jahreszeit ist die Strömung ziemlich stark. Nicht, dass sie dich wegspült.

Er zögerte. Er wollte ihr sagen, dass er sich zu sehr fürchtete. Er konnte nicht ins Wasser. Dort war der Kanaldieb und wartete irgendwo in der Nähe des Grundes.

Du musst keine Angst haben, sagte sie. Wie sie auf merkwürdige Art immer wusste, was er dachte. Sie zog ihn kurz an sich und legte ihm die Arme um die Schultern. Keine Angst. Da drüben zwischen den Bäumen gibt es eine geschützte Stelle. Wenn du nach mir rufst, kann ich dich hören.

Für einen Augenblick war er wütend. Sie redete mit ihm, als wäre er ein Kind wie Gretel; sie ging davon aus, dass er nach ihr rufen würde. Dann verpuffte sein Zorn. Wenn er sie rief, würde sie kommen. Sie wusste, was er dachte.

Er ging zum Zelt und holte die Frischhaltefolie und eine Unterhose, die er mehr oder weniger sauber schrubben und zum Trocknen aufhängen konnte.

An der Ecke vor dem Wehr wurde der Fluss breiter. Seitlich davon befand sich ein schmaler Wasserlauf, unerreichbar mit dem Boot – weil kahle Bäume die Zufahrt versperrten –, aber leicht zugänglich vom Land aus. Zögernd blieb Marcus an der Uferböschung stehen. Er war so vorsichtig gewesen, hatte sich vom Fluss ferngehalten, sichergestellt, dass er ihm nie – so gut es sich vermeiden ließ – den Rücken zuwandte oder vergaß, dass es ihn gab. An den meisten Tagen rief er sich in Erinnerung, was er damals unter den Bäumen gesehen hatte, wovor sich all diese Leute fürchteten. Er könnte umkehren, nichts sagen, versuchen, sich aus einem Eimer zu waschen und den Geruch einigermaßen zu übertünchen. Er hob noch einmal den Arm, schnüffelte, drehte den Kopf und roch an seinen Haaren, die langsam nachwuchsen und Büschel hinter seinen Ohren bildeten. Es stimmte. Das war ein Guter. Bei dem Gedanken, dass sie an ihm geschnuppert hatte und wusste, wie schmutzig er war, tat ihm das Zahnfleisch weh. Sie kochte Abendessen, wollte, dass er kam und mit ihnen aß, er schlief seit beinahe einer Woche bei ihnen auf dem Boot. Er würde tun, was auch immer sie von ihm verlangte. Und wenn sie verlangte, dass er unter Wasser ging und nie zurückkam, würde er auch das tun. Er redete sich ein, es ihr aus Dankbarkeit für alles, was sie getan hatte, schuldig zu sein, dabei wusste er schon längst, dass mehr dahintersteckte.

Er rutschte die Böschung hinab und landete mit dem Hintern im Wasser. Es war sehr kalt. Egal. Er schob die Algenschicht beiseite. Dann befreite er die Arme aus dem ersten T-Shirt und entledigte sich der restlichen Kleidung in einem Wust. Er schälte sich aus der Hose und tauchte sie direkt in den Morast, wo er sie herumwirbelte, um den Gestank loszuwerden. Die Unterhose nahm denselben Weg. Er hatte die Folie so lange getragen, dass sie sich an seine Körperform angepasst hatte und daran festhielt, als er versuchte, sie abzulösen. Dann war sie weg. Er kniete sich ungeschickt hin und schaufelte sich händeweise Wasser über die Schultern und den Rücken. Er drückte einen Klecks Spülmittel aus der Flasche, seifte sich fest ein und wusch es ab.

Es war komisch, alles wiederzusehen. Die Brüste waren größer als früher, flaschenförmig, fleischig. Der Rest war dünner, der in Falten gelegte Bauch wurde unter seinen zu großen Brustkorb gesaugt. Seine Hände waren mit harten roten Beulen bedeckt, die die Brennnesseln neben dem Boot hinterlassen hatten. Seine Beine zierte ein Muster aus blauen Flecken. Es gab raue, reptilienartige Schmutzschuppen, die er abzuschrubben versuchte. Die Haare zwischen seinen Beinen waren dichter, verfilzt. Er ertappte sich dabei, wie er die Hand hineindrückte, auf der Suche nach dem, was nicht da war, was ihm nicht gewachsen war, obwohl er es sich vorgestellt hatte. Sein Körper erinnerte ihn an etwas. Er nahm eine Brust, hielt sie fest, fühlte, wie in ihm von oben bis unten etwas zum Klingen gebracht wurde. Da wusste er, dass er sich an Sarah unter dem Wasserstrahl erinnerte, wie sie mit erhobenen Armen dastand. Er setzte sich, rutschte ein bisschen weiter hinein, sodass er spürte, wie die Strömung seine Füße streifte. Er sah zu, wie seine Haut unter dem Dreck zum Vorschein kam. Stemmte die Beine gegen die aus dem Matsch ragenden Wurzeln und beugte sich vor, um sich das Gesicht zu waschen. Rutschte ab und befand sich unter Wasser, bevor er wusste, wie ihm geschah. Er öffnete die Augen im Trüben. Konnte gerade so den blassen, geisterhaften Umriss seiner Füße erkennen. Dachte daran – und die Erinnerung durchfuhr ihn wie ein Stromschlag –, wie er den toten Mann hineingekippt hatte. Ihn ins Wasser gekippt. Wie er versucht hatte, sich selbst zurückzureißen, mit offenem Mund und nach Luft ringend. Wie der tote Mann *(Charlie Charlie Charlie)* untergegangen war, und wie er gedacht hatte, dass alle Flüsse miteinander verbunden waren und dass jetzt alles mit dieser Leiche verbunden war, die unter der Oberfläche versank.

Er kam hoch und rang würgend nach Luft.

DIE JAGD

Um die Türgriffe war eine Kette gewickelt, und als ich das Gesicht gegen die Scheibe drückte, war das Glas so schmutzig, dass ich nichts erkennen konnte. Im Gestrüpp lagen eine umgekippte Schubkarre mit unkrautüberwucherten Reifen und mehrere Fertignudelbecher. Das Gras sah aus, als wäre es ein paarmal verbrannt und danach jedes Mal nur dürftig nachgewachsen. Außerdem stand dort ein blauer Volvo. Die Türen ließen sich öffnen; die Sitze moderten vor sich hin, und auf dem Lenkrad befanden sich Handabdrücke. Das Handschuhfach enthielt eine Schottlandkarte und ein paar Päckchen mit vertrocknetem Tabak. Die Rückbank war eine Müllkippe aus Chipstüten, trüben Wasserflaschen und leeren Verpackungen von Eier-Käse-Sandwiches. Mir fiel auf, dass meine Hände zitterten, als ich ein paar Sachen in die Hand nahm.

Ist das dein Auto? Ich richte mich auf, schaue mich um, rufe deinen Namen. Gehört es dir, oder hat es einfach nur jemand zum Verrotten hier abgestellt? Ich will unbedingt, dass es dir gehört, es muss dir gehören. Als erstes leibhaftiges Zeichen von dir, dass du lebst, gehst, dich aus dem Fenster lehnst. Ich stelle mir vor, wie du schnell fährst, an Manchester und den Lakes vorbei, wie du zum Schlafen den Sitz umklappst. Wonach suchst du? Du hältst nicht zum Essen, wirfst den Müll einfach in den Fußraum. Du singst die Lieder im Radio mit. Denkst an mich, so wie ich an dich. Vielleicht sitzt Marcus neben dir. Vielleicht sprecht ihr über mich, sagt, ihr kommt bald zurück, wollt mich bald wiedersehen.

Ich kundschaftete das Gebiet weiter hinten aus. Otto drängte hierhin und dorthin, hechelte und sah mich an, als könnte er es nicht erwarten abzuhauen. Hierher hatte mich mein Weg geführt. Hierher hätte ich vermutlich von Anfang an kommen sollen. Der Ort unserer Geburt ließ uns nicht los. Trotzdem fühlte es sich nicht richtig an, hier zu sein. Über den dicken Kiefern kreisten und scharten sich Vögel. Mir fiel wieder ein, wie ich am Anfang von alldem im Cottage an das Wort *dread* hatte denken müssen. Und auch hier gab es Angst. Was ich finden würde, was ich vielleicht nie finden würde, was ich bereits zu finden versäumt hatte. Der Fluss schien fast stillzustehen und war in der Nähe des Ufers so seicht, dass ich die Steine erkennen konnte. Als ich mich vorbeugte, um besser zu sehen, revoltierte mein Magen, und als ich heftig zurückzuckte, war mir, als würde der Himmel sich auf den Kopf stellen. Meine Knie landeten auf dem Boden, und ich legte die Wange ins Gras. Ich hielt Ausschau nach Otto, doch er war nirgends zu sehen. Ich stand auf und rief nach ihm, doch wenn etwas über das Feld auf mich zurannte, sah ich es nicht.

Plötzlich hatte ich die Nase voll von dem Ganzen. Von allem. Ich wollte nicht hier sein und ein Auto anstarren, das vielleicht dir gehörte, vielleicht aber auch nicht. Ich wollte, dass es vorbei war. Auf dem Boot fand ich einen Benzinkanister, leerte ihn auf die klammen Sitze des Volvos und wischte mir die Hände am Gras ab. Es ging nicht so schnell, wie ich erwartet hatte, erst glomm das Feuer eine Weile vor sich hin, ehe es plötzlich zu lodern begann. Ein paar Bäume standen näher, als sie sollten, und ich stellte mir vor, dass ich den ganzen Wald abfackelte. Es wäre egal. Hier war nichts. Ich hätte es wissen sollen. Das brennende Auto entwickelte eine derartige Hitze, dass ich zurückwich und vom Dach des Boots weiter zusah.

Das Schloss war schwerer zu knacken, als es aussah. Ich hielt Ausschau nach etwas, mit dem ich es aufstemmen konnte. Die Vorstellung, an Bord zu sein, gefiel mir nicht, aber draußen zu bleiben, machte mir noch mehr Angst. Am anderen Ende des Boots fand ich, unter grünen Planen, einen Spaten. Sein Griff war feucht, trotzdem würde er seinen Zweck erfüllen. Ich klemmte ihn unter das Schloss und drückte dagegen.

Die Treppe im Innern war so morsch, dass ich mit dem Fuß einbrach. Einen unerträglichen Augenblick lang hielt ich es für das Boot, auf dem wir so lange Zeit gelebt hatten. Doch es gab Unterschiede: schmutzige Bullaugen, an die Wand genagelte Regale, einen Stapel Decken. Eine beklemmende Hitze. Der Ofen war bereits vor langer Zeit herausgerissen worden, und der Kamin öffnete sich in den Himmel. Sonst gab es nichts. Auf der anderen Seite des Zimmers huschte etwas über den Boden. Ich stampfte laut und fest auf, für den Fall, dass es hier Schlangen gab. Alles roch muffig, abgestanden. Als ich die Decken in die Hand nahm, zerfielen sie. Ich hatte vergessen, wie es sich anfühlte, wenn jeder Schritt mit einer Bewegung des Bootes beantwortet wird, wenn man Wasser unter den Füßen hat. Ich setzte mich in den Lichtstrahl, der durch den Kamin fiel, und aß etwas von dem Brot, das ich mitgebracht hatte.

Ich musste wohl eingeschlafen sein, denn irgendwann wachte ich schwitzend auf. Ich ging hinaus, um zu pinkeln.

Der Korpus des Autos rauchte noch, und außen herum befanden sich Löcher im harten Boden. Ich trat mit dem Stiefel dagegen. Weder Maulwurf noch Kaninchen, sondern symmetrisch und mit geraden Kanten; sie stammten von dem Spaten, der nicht weit weg im Boden steckte. Sie schienen etwas zu bedeuten, wie vorsprachliche Zeichen, die ich nicht verstand. Ich hatte nichts gehört, und es machte mich nervös, dass hier offenbar jemand herumstreunte, ohne dass ich es merkte. Ich zog mich aufs Boot zurück, legte meinen Schlafsack aufs Dach und ließ mich darauf nieder. Hier waren vor allem Vögel, die von den Kiefern aufflogen, ein paar Eichhörnchen und das Geräusch des Wassers. Es war wärmer, als es meiner Erinnerung nach je gewesen war, und ich ertappte mich dabei, dass ich eindöste, den weißen Abdruck der Hitze auf den Augenlidern, die Füße in die Rinne gestützt, um nicht wegzurutschen.

Als ich wieder richtig zu mir kam, stapfte unter mir jemand durchs Boot. Ich nahm den Spaten und schwang ihn probehalber durch die Luft. Dann stieg ich hinunter aufs Hinterdeck und trat die Tür auf. Ich hörte seinen pfeifenden Atem und wie er auf dem aufgeweichten Boden das Gewicht verlagerte. Weiter im Inneren war es so dunkel, dass ich ihn nur von der Seite erkennen konnte, aufrecht, langarmig, der Kopf weiß und kuppelförmig. Der Bonak. Er war zurückgekehrt. Das, wovor wir die ganze Zeit Angst gehabt hatten. Ich hob den Spaten über die Schulter.

Du kommst aus der Dunkelheit, mit einer Hand über den Augen, um das von draußen einfallende Licht abzuschirmen, und starrst mich an. Ich lasse den Spaten fallen, er prallt vom Boden ab und hätte mich fast im Gesicht getroffen. Ich breite die Arme aus, doch du siehst mich misstrauisch an.

Warum hast du mein Auto angezündet?, fragst du.

Ich strecke die Hand nach dir aus, will dein Gesicht und deine Haare berühren. Deine Arme. Du zischst und schlägst nach mir. Willst mir nicht glauben, als ich dir sage, wer ich bin.

Gretel, sagst du immer wieder, war kleiner, und ihr Haar hatte eine andere Farbe. Warum hast du mein Auto angezündet?

Du wirkst flatterig, nervös. Ich halte Abstand, und du ebenfalls. Es kommt mir unmöglich vor, dass du hier bist, dass ich dich gefunden habe. Ich rechne damit, dass du davon- und zu den Bäumen läufst. Wenn du das tust, werde ich dich verfolgen, das nehme ich mir vor. Ich bin außer mir, fast schon hysterisch; du bist hier. Fleischig, zahnig, ganz. Ich will dich an mich fesseln, damit du nie wieder wegläufst. Du bewegst dich vorsichtig um mich herum, als hättest du Angst, ich könnte dich anspringen. Ich will dich anspringen. Ich will meine Arme um dich schlingen und dich nicht mehr loslassen. Ich bin noch nie eine Erwachsene mit dir gewesen. Ich kann fühlen, wie ich mich zurückentwickele, zurückgleite. Ich will, dass du für mich kochst, mich in den Schlaf singst, mir die Haare wäschst und sie anschließend flichtst. Du bist meine Mutter. Ich bin wieder dreizehn; ich bin sechzehn. Du bringst mir trockenes Gebäck von *Greggs* mit, nachts weinst du, wir streiten. Ich bin nicht wütend, ich liebe dich.

Du fragst: Hast du was zu essen?

Nein.

Du siehst mich nicht direkt an. Ich stelle mich in das Licht, das durch das Loch in der Decke fällt, in der Hoffnung, dass du mich dann erkennen wirst. Ich wünsche mir so sehr, dass dein Gesicht in plötzlichem Erkennen aufleuchtet und du mir sagst, dass du mich jahrelang gesucht hast und jetzt, da du mich gefunden hast, alles gut werden wird. Ich will, dass du sagst, dass es für alles eine Erklärung gibt: für dein Fortgehen, dafür, dass du die Mutter bist, die du bist. Ich spüre eine überraschende, erschreckende Hitze, die mir verrät, dass ich gleich offen und verzweifelt in Tränen ausbrechen werde. Ich kann mich nicht erinnern, wann ich zum letzten Mal geweint habe. Ich kneife mich fest in die Nase, damit das Gefühl verschwindet.

El war jünger, sagst du stur und stemmst dir mit einer Geste, die mir noch vertraut ist, die Arme in die Hüften und gibst mir damit zu verstehen, dass das Gespräch beendet ist.

Ich mustere dich und versuche, dich im Ganzen zu betrachten. Auch du bist älter geworden. Der Körper unter deinen Kleidern ist erschlafft und um den Bauch herum schwabbelig geworden. Dein Gesicht ist dehnbarer, die Wangen leicht aufgequollen, ein Gitter aus Linien ziert dein Dekolleté. Du bist geschrumpft und sogar noch kleiner, als ich dich in Erinnerung habe. Aber deine Arme und Waden sind nach wie vor muskulös, das sehe ich, als du die Hose ein Stück weit hochschiebst, um dich zu kratzen. Deine Finger werden langsam gelb, und ich warte darauf, dass du dir eine Zigarette ansteckst, wie früher. Doch du klopfst nur manchmal gegen deine Gesäßtasche und schnalzt auf eine Art und Weise, die so typisch für dich ist, dass ich hinter dir nach meiner jüngeren Mutter Ausschau halte, die genervt oder heiter oder ungeduldig schnalzte oder summte oder pfiff. Auf Brusthöhe wölbt sich dein T-Shirt auf einer Seite und hängt dann, auf der anderen Seite, lose herunter. Ich starre hin. Versuche, den Blick abzuwenden. Schaffe es nicht. Starre weiter hin. Du schaust mich an und kneifst dabei die Augen zusammen, als könntest du nicht mehr so gut sehen wie früher.

Hast du was zu essen?

Nein.

Was machst du auf meinem Boot?

Es war keiner da.

Das scheint dich zu interessieren, und du stützt den Kopf in die Hände. Ich dachte, ich bin hier, sagst du.

Als es dunkel wurde, begannst du vor Kälte zu zittern. Das Bedürfnis, dich zu packen, war nicht verschwunden, und ich musste mich zusammenreißen, um dich nicht in den Schlafsack einzuwickeln, zu Boden zu ziehen und mein Gesicht an dich zu drücken. Du warst meine Mutter. Du bist meine Mutter.

Ich wollte Feuerholz sammeln, hatte jedoch Angst, dass du wieder verschwinden würdest, sobald ich dir den Rücken zukehre.

Also habe ich dich gefragt: Sollen wir hinausgehen? Und du folgst mir, hältst jedoch Abstand. Ich höre zu, wie du die Kiefern beschimpfst und mit deinen breiten Händen Zweige entzweibrichst. Als ich das Feuer aufschichte, schiebst du mich, etwas über meine Unfähigkeit murmelnd, beiseite und türmst meine stümperhafte Pyramide erneut auf. Die lodernden Flammen machen etwas mit deinem Gesicht und Körper, sie drehen die Zeit um, sodass ich meine, der Frau von damals gegenüberzusitzen. Als ich dich ansehe, fühle ich, wie langsam etwas in mir nachlässt, nachgibt. Ein Vorsatz oder eine Entschlossenheit, mein Status als Erwachsene. Ich hatte mit Wut gerechnet, verspüre jedoch vor allem Erleichterung. Ich hatte dich gefunden. Nach all der Zeit. Du bist hier. Ich mache den Mund auf, will mich erklären, dir alles erzählen, doch du funkelst mich wütend über das Feuer an.

Was machst du auf meinem Boot?, fragst du. Wer bist du? Was willst du? Warum hast du mein Auto angezündet? Ich wollte noch damit fahren.

Ich weiß nicht, wer es angezündet hat. Ich wusste nicht mal, dass du fahren kannst.

Wenn ich solche Sachen sage, verstummst du und stocherst mit der Spitze deines Stiefels im Feuer herum oder singst ein paar Zeilen von einem Lied, das ich vergessen hatte oder nicht wiedererkannte. Dein Haar ist vom Scheitel bis zu den Spitzen weiß geworden und länger, als ich es je gesehen habe. Die Ärmel und Hosenbeine hast du hochgekrempelt und streckst die nackten Beine zum Feuer. Sie tragen Narben, die früher nicht da waren. Ich zeige auf eine hässliche an deiner Wade.

Wo hast du die her?

Du zuckst mit den Schultern und klopfst mit dem Finger dagegen. Ein Unfall.

Du lachst und lachst, bis du husten musst. Hast du Gretel schon kennengelernt? Du legst die Arme vor die Brust, als würdest du ein Kind wiegen, und siehst dich suchend um. Wahrscheinlich schläft sie.

Noch nicht, sage ich. Leben du und Gretel hier?

Du nickst und tippst mit dem Fuß gegen das Feuerholz. Mein erstes Baby habe ich verlassen. Du beobachtest mich aufmerksam durch die Flammen. Jetzt habe ich nur noch Gretel. Erinnerst du dich an das erste Boot? Erinnerst du dich an das Baby?

Nein.

Du ballst die Hände vor der Brust, dein Mund zittert. Fast schämte ich mich, dich so zu sehen. Dein jüngeres Ich hatte für Schwäche oder Zögern keine Zeit. Ich strecke die Hand nach dir aus, doch du zuckst jaulend zurück und scharrst mit den Füßen im Dreck.

Ich habe sie angerufen. Und sie gebeten zu kommen. Aber sie ist noch nicht hier.

Ich bin es, Sarah. Ich habe deine Nachricht und die E-Mail bekommen. Ich habe dich gesucht.

Du bläst die Wangen auf. Ich bin ungeschickt, sagst du. Ich verliere dauernd Dinge. Erst vor ein paar Tagen habe ich den Autoschlüssel verloren und jetzt sitze ich hier fest. Vielleicht finden wir ihn zusammen. Und die anderen Sachen. Die anderen Sachen, die ich verloren habe. Vielleicht finden wir die auch.

Vielleicht, sage ich.

Vielleicht finden wir das Baby.

Ich bin hier, Mum. Ich bin kein Baby mehr.

Du beugst dich über das Feuer und packst meinen Kopf mit einer so schnellen Bewegung, dass alles verschwimmt. Deine Fingernägel sind lang, und ich fühle das Blut an meiner Wange. Deine Hände auf meinem Gesicht zu spüren, raubt mir den Atem. Herrgott noch mal, Gretel, sagst du. Herrgott noch mal.

DER FLUSS

Das Festmahl. Sie aßen gepökeltes Schweinefleisch mit den Händen. Es gab Kartoffeln in Sahnesauce und Brot mit Käse. Im Kamin brannte ein Feuer. Sarah füllte sein Glas so oft nach, dass Marcus nicht mehr sagen konnte, wie oft, und die Zahlen sich in seinem Kopf wie Windspiele drehten. Der Wein war süß und brachte seinen Magen aus dem Gleichgewicht. Er aß noch mehr Schweinefleisch und zerbiss krachend die Kruste. Er aß, bis er voll war, und dann, als sie seinen Teller nachfüllte, aß er noch mehr. Er tauchte in die Unterhaltung ein und wieder daraus auf. Gretel döste, das Gesicht in die Armbeuge gelegt, durch den Mund atmend.

Sarah lehnte sich an die Wand und streckte die Beine aus. Er betrachtete ihren Mund und den weißen Nacken. Er ließ sich auf Hände und Knie nieder und legte – bevor er sich davon abhalten konnte – den Kopf in ihren Schoß. Er spürte, wie der Wein einen zweiten Puls durch seine Handgelenke und zwischen seine Finger jagte, ihre Hände auf seinem Kopf, in seinen Haaren und an seinen schmerzenden Schläfen.

Ich bin untergegangen, sagte er. Ich bin beim Waschen untergegangen.

Er spürte, wie die Worte unkontrolliert aus ihm heraussprudelten. Sie bewegte weiter die Hand über seinen Kopf, drückte sein Haar flach.

Alles ist gut, sagte sie, bevor er ihr erzählen konnte, was er getan hatte. Dass er einen Mann getötet hatte. Dass er einen Mann getötet und in den Fluss geworfen hatte. Sie schob ihn von ihrem Schoß, stand auf und kippte sich noch ein Glas hinter die Binde. In der Küche stand ein Eimer, den sie zuvor mit kochendem Wasser und Seifenlauge gefüllt hatte. Sie räumte die Teller einen nach dem anderen vom Tisch und stellte sie hinein. Die roten Streifen an ihren Armen und der Dampf, der ihr Gesicht feucht und ihre Haare nass machte, verrieten ihm, wie heiß das Wasser war. Sie drehte sich um und trocknete ihre Hände mit dem unteren Teil ihres Kleides ab.

Fragst du dich manchmal, sagte sie, wie er wohl aussieht?

Er war so betrunken, dass die Frage im ersten Moment keinen Sinn ergab. Er konzentrierte sich auf Sarah. Ja. Ja, das tue ich, antwortete er. Allerdings war er sich nicht sicher, ob das wirklich stimmte. Ob er tatsächlich je in Erwägung gezogen hatte, dass der Bonak irgendeine Art von Aussehen hatte.

Ich auch, sagte sie. Sie klang jung, wie Gretel. Ihre Hände waren noch immer mit dem Stoff ihres Kleides verknäult. Ich habe in letzter Zeit öfter darüber nachgedacht. Gretel auch, das weiß ich.

Sie fragte ihn nicht, wie er ihn sich vorstellte. Sie verriet ihm, dass er ihrer Meinung nach einen langen Körper, starke, muskulöse Beine, einen blassen Bauch und ein schartiges Maul mit einem weichen Rand hatte, über den seine Zähne herausragten. Selbstverständlich konnte er im Wasser schnell schwimmen, aber er war auch an Land schnell. Er konnte alles verdauen, was er aß. Er konnte alles essen, wonach ihm der Sinn stand. Er war schlau. Wenn er wollte, könnte er sogar die Sprache der Menschen lernen. Aber sie vermutete, dass er das nicht wollte. Warum auch?

Marcus trocknete das Geschirr, während sie abwusch. Hinter ihnen gab Gretel leise Schlafgeräusche von sich. Er fühlte die Hitze der Schulter neben ihm.

Ich glaube, es ist besser, wenn du morgen gehst, sagte sie. Ich weiß zwar nicht, woher du gekommen bist, aber du solltest dorthin zurückkehren.

Ich kann nicht zurück, sagte er.

Aber du kannst dir einen anderen Ort suchen als hier. Es ist nicht gut, dass du hier bist. Es ist nicht richtig. Such dir eine Stadt. Einen Bahnhof. Irgendeinen Ort, der nicht einmal weiß, dass so etwas wie hier existiert. Solche Orte gibt es haufenweise. Jeder vergisst. Du auch. Man kann alles loswerden, wenn man sich nur genug anstrengt.

Sie griff nach der Flasche und setzte zum Trinken an, sodass er durch das Glas ihre scharfen Zähne sehen konnte. Aber bevor du gehst, brauche ich noch deine Hilfe bei etwas. Würdest du mir helfen?

Ja. Natürlich. Gut.

Der Knoten, sagte sie, befinde sich in ihrer Achselhöhle, fast ganz unten. Sie hatte ihn vor einer Woche entdeckt, aber ohne Hilfe ließ er sich nicht ertasten. Man spürt, sagte sie, viel eher das, was man sich vorstellt, als das, was wirklich da ist. Gretel atmete beim Schlafen laut durch die Nase, und ihre Füße zuckten wie bei einem Hund, der träumt, dass er Hasen jagt.

Was soll ich tun?

Sie zeigte ihm, wie er die Finger auffächern, verschränken und abwärts massieren sollte.

Du suchst nach etwas, das nicht dorthin gehört, das da nicht sein sollte.

Der Knochen in seinem Bein fühlte sich an, als hätte jemand dagegengetreten, und begann zu vibrieren. Blaue Adern überzogen ihre Brust wie die Linien einer Landkarte, um die Brustwarze wuchsen vereinzelt dunkle Haare. Sie zeigte ihm die Stelle, unter der Achsel. Er tastete sich mit den Händen voran.

Fester.

Er drückte in das weiche Fleisch. Sarahs Brust quetschte sich gegen seine Schulter, er konnte ihren Atem riechen. Da wurde es ihm zu viel.

Nein, sagte er. Ich spüre nichts. Aber gerade als er den Rückzug antrat, glaubte er, doch etwas zu spüren. Ein kleines Stück Knorpel.

Das ist gut, sagte sie und zog ihr Oberteil hinunter. Sag Bescheid, wenn ich bei dir nachsehen soll. Bevor du gehst.

Was? Er zog den Kopf ein und drehte ihn weg.

Wann immer du willst. Ich sehe nach. Und jetzt geh schlafen.

DIE JAGD

Ich blieb bei dir am Fluss. Wir schliefen auf dem Boot, machten Feuer, um die nächtliche Kälte zu vertreiben, und aßen direkt aus den Dosen, die ich mitgebracht hatte. Ich gewöhnte mich daran, bei dir zu sein; hörte auf, mir Sorgen zu machen, dass ich aufwache und feststelle, dass du weg bist. Und offenbar hast du dich auch an mich gewöhnt. Eines Morgens nennst du mich einfach so Gretel, als hättest du nie daran gezweifelt. Du gluckst um mich herum, streichst mir über die Wange, willst die Knoten aus meinem Haar kämmen.

Was machst du hier? Wie hast du mich gefunden?

Du spuckst dir in die Hand und wischst mir etwas Dreck aus dem Gesicht. Jedes Mal, wenn ich Feuerholz holen ging, folgst du mir, nimmst meine Hand oder ziehst – etwas zu fest – an meinen Haaren.

Es ist schmuschmu, dich zu sehen, Gretel, sagst du. Als ich dieses uralte Wort höre, wird mir übel. Du betonst es mit einem Kräuseln, einer Hebung, die es in meiner Erinnerung nicht hatte. Es ist so schmuschmu. Ich schließe die Augen.

Dann wieder bist du so abwesend, dass ich dich einfach in Ruhe lasse. Du zeichnest im Dreck oder starrst zusammengekauert ins Feuer. Du hockst dich hin und ziehst dir die Hose hinunter, um gleich an Ort und Stelle zu pissen. Ich will dir alles erzählen, was ich erlebt habe, aber du bist ein Sieb und alles, was du behältst, ist von Löchern durchsetzt oder aus Trümmern geformt.

Beim ersten Licht des dritten Tages, den ich dort verbringe, kletterst du aufs Dach des Bootes und zeigst über die Baumwipfel.

Er schläft tagsüber, rufst du.

Ich klettere ebenfalls hinauf. Du liegst auf dem Rücken, und ich lege mich neben dich. Du zeigst auf Sternenkonstellationen am Himmel, obwohl helllichter Tag ist. Du greifst meine Hand und hältst sie so fest, dass deine Nägel sich in meine Handfläche bohren.

Wer? Wer schläft tagsüber?

Du gibst keine Antwort. Die letzten Schattierungen des Mondes sind dabei zu verblassen. Die Hitze liegt eingerollt unter dem Gewicht des Morgens. Der Fluss pimpert dahin, voll von Gesprungs. Ich schlafe ein wenig, und als ich aufwache, bist du weg. Hitze wabert über das Gestrüpp, es stinkt nach heißer Erde. Diese Gegend ist eine Drecksgegend, das Schienenchaos hinter den Bäumen, die vor sich hin rottende Schleuse. Über allem liegt eine dünne Staubschicht, wie nach einem Vulkanausbruch oder Sturm. Ich durchsuche das Boot nach dir, doch da bist du nicht, und du bist auch nicht im Gestrüpp oder am Wasser. Stinksauer und deinen Namen rufend, durchstreife ich den Wald. Dieser Ort saugt Menschen auf und verschlingt sie in einem Stück. Sogar der Hund ist mir abhandengekommen.

Zwischen den Bäumen bewegt sich etwas, leibhaftig, flackernd. Du kauerst am Ufer und hast die Arme fast bis zu den Schultern ins Wasser gestreckt, das Kleid klebt nass an deinen Hüften. Als ich deinen Namen sage, drehst du dich um und siehst mich an. Ein schroffes Lächeln umspielt deine breiten Zähne.

Du hast ihn verpasst, sagst du. Er war gerade noch hier.

Doch als ich aufs Wasser hinausblicke, ist mir so, als hätte ich ihn vielleicht für eine Sekunde gesehen, gleich unter der Oberfläche, und dann ist er fort.

•

In diesem Augenblick habe ich begriffen, dass du, als du mir die E-Mail schriebst, nicht Marcus gefunden hattest, wie ich es mir erhofft hatte, sondern den Bonak. Nachdem ich also weiß, wonach ich suche, ist das, was da ist, nicht zu übersehen. Überall verlaufen Spuren: um das Boot herum, zwischen den Bäumen, durch den Dreck. Er war an jedem Ort, an dem auch wir gewesen sind. Du zeigst mir die verräterischen Zeichen: die glatt gescheuerten oder mit Krallenspuren übersäten Uferböschungen; die Unterwasser-Speisekammer zwischen den erhobenen Wurzeln eines im Wasser stehenden Baumes, in der wir ein Schaf ausmachen können. Das Gras ist von seinem Gewicht platt gedrückt. Sogar die Oberseite des Bootes trägt seine fünf charakteristischen Kratzspuren.

Er schläft, erklärst du mir, mit offenem Mund, und manchmal hat er auch ein Auge offen.

Du wirkst gelassen, ruhig, sogar zufrieden. Ich muss daran denken, wie du im Wasser gehockt und die Arme ausgestreckt hast. Die Geste hatte beinahe kameradschaftlich gewirkt. So, als wärst du alt geworden, und er ebenfalls. Als hättet ihr eine Vereinbarung getroffen.

Aber du hast ihn doch getötet, sage ich immer wieder. Du ignorierst mich. Ich dachte, sage ich, du hast ihn getötet? Du hebst dein Kleid über die Knie und schüttelst die Arme. Du lächelst, ein wunderschönes, friedliches Lächeln.

Du hast mir erzählt, du hättest ihn getötet. In jener Nacht am Ende des langen Winters.

Ich sehe der Erinnerung dabei zu, wie sie sich manifestiert. Ich erinnere mich, wie du die Lampe an der Vorderseite des Boots befestigt und mich dort postiert hast, damit ich nach Trümmern und Baumstämmen Ausschau hielt, die groß genug waren, um das Boot zum Kentern zu bringen. Du hast mir eine Decke um die Schultern gelegt und mir einen eisigen Kuss auf die Stirn gedrückt. Wo ist Marcus?, frage ich dich, und dein Gesicht sieht in der Dunkelheit unwirklich aus, du schließt die Augen länger als für ein Blinzeln.

Er kommt bald nach.

Ist der Bonak tot?, frage ich.

Ja, sagst du. Ohne Zögern. Ich habe ihn gestern Nacht umgebracht.

Ich bin nie auch nur auf die Idee gekommen, dass du gelogen haben könntest.

In all den Jahren, in denen ich dich gesucht habe, hast du Jagd auf den Bonak gemacht. Wenn du davon erzählst, klingt es beinahe religiös; es war ein Kreuzzug. Du scheinst es als eine Art Buße zu betrachten. Ein Pfund Fleisch. Voller Stolz berichtest du mir von deiner Suche, doch mir kommt sie wie ein wiederkehrender Albtraum vor, den eine von uns beiden gehabt haben könnte.

Nachdem du mich in den Stallungen zurückgelassen hast, bist du an den Fluss zurückgekehrt, doch dort war er schon lange nicht mehr. Du erzählst mir, wie du Zeichen gesammelt und dich umgehört hast. Ein Katzenmörder irgendwo in der Nähe der Schleusen von Birmingham. Eine ganze Schafherde, die über Nacht verschwunden war. Die im Fluss treibenden Kleider mehrerer auf dem Heimweg befindlicher

Kinder. Du klapperst Werften, Kanalgemeinschaften und Orte ab, die die Polizei nie aufsuchen würde, weil sie nicht einmal von ihrer Existenz wusste. Bootsleute mochten gute Geschichten. Du erklimmst das Land wie eine Leiter, und Schottland hat sich dir geöffnet und nimmt dich auf.

Jahre voller Sackgassen, verlorener Spuren, bis du ihn endlich, in einem kleinen Fluss in den Highlands, wiedersiehst. Im Vergleich zu früher schien er langsamer geworden zu sein, rutschte fast müde eine Böschung hinab und verschwand aus deinem Blickfeld. Du bist ebenfalls älter und weniger sicher. Als du dich endlich, Messer voraus, ins Wasser stürzt, ist er weg.

Du hast ihn von Süden nach Norden verfolgt und wieder zurück. Der Bonak – als wüsste er, wer ihm auf den Fersen ist – schwimmt bis zu dem Platz bei den Kiefern und hält dort an. Du siehst, wie er an Land klettert, sich in der Sonne aalt und anschließend zum Abkühlen im weichen Matsch einbuddelt. Du beobachtest, wie er die sanftmütigen, faulen Fische jagt oder Nagern auflauert, die zum Trinken ans Wasser kommen. Er ist gerissen. Du beobachtest, wie er mit Zweigen im Maul dicht unter der Oberfläche treibt und die Vögel fängt, die Zweige für ihre Nester auflesen wollten. Ihr führt eine Art Koexistenz. Manchmal sitzt du auf dem Dach des alten Bootes, das du dort gefunden hast, und singst, während das Wesen im Wasser dir von unten zuhört. Manchmal fängst du Kaninchen, die du nur zur Hälfte isst, und wirfst ihm die Reste hin. All das hast du mir nach und nach erzählt, während wir Holz sammeln oder dem vorbeiströmenden Fluss lauschen. Während du sprichst, bist du wie früher, nichts hat sich verändert, du weißt wieder alles, was gewesen ist. Ich fürchte diese luziden Momente, weil ich weiß, dass sie nicht lange anhalten werden. Du erzählst mir, weinend, wie du vergessen hast, warum du ihn jagst, was der Grund für alles war. Du hast völlig vergessen, dass du die ganze Zeit über die Absicht hattest, ihn zu töten.

DER FLUSS

Sie fischten nach Barschen und Forellen. Sarah brütete am anderen Ende des Boots. Mit herabhängenden Beinen, das Ende der Angel in den Bauch gedrückt, warf sie die Schnur weiter, als Marcus oder Gretel es vermochten.

Als er am Morgen erwachte, hatte Sarah seinen Rucksack gepackt und ans Fußende seiner Matratze gestellt. Er umkreiste sie in immer enger werdenden, sorgenvollen Bahnen und wartete darauf, dass sie ihn wegschickte. Seine Hände erinnerten sich noch an das Gefühl der letzten Nacht, den Knoten, den er in ihrer Achselhöhle zu spüren geglaubt hatte. Er war sich nicht sicher. Sie schrubbte mit Essensresten verkrustete Teller, schnitt schrumpelige Äpfel in Stücke und nötigte Gretel, sie zu essen. Sie redete kaum mit ihm, fragte ihn nur, ob er schon einmal geangelt hatte. Ein Mal, antwortete er. Sie zeigte ihm, wie man den Wurm auf den Haken spießt. Er begriff, dass es seine Entscheidung war, ob er fortging, und dass sie ihn nicht wegschicken würde. Er begriff auch, dass er nicht gehen konnte. Mehr noch: dass er sie nicht verlassen konnte.

Die Rute spannte sich und ruckelte mit einem Mal hin und her. Seine Hände waren feucht und glitten über den Mechanismus, verfehlten ihn, fast hätte er alles fallen lassen. Die Schnur tauchte zitternd tiefer ein. Direkt unter ihr konnte er eine schnelle Bewegung ausmachen. Die Spitze des Fisches tauchte auf. Er hatte einen wuchtigen Kopf, der Haken ragte aus seiner fetten Lippe, der graue Körper schlängelte sich hinterher. Gretel war zum Zuschauen gekommen und hatte sich auf allen vieren neben ihn gekauert.

Zieh an. Zieh ihn raus, sagte sie.

Er hielt nach Sarah Ausschau, er wollte, dass sie das sah. Für einen Augenblick schien das Wasser den Fisch zurück in die Tiefe zu saugen. Dann kam der Schwanz an die Oberfläche. Gegabelt. Marcus verkeilte den Fuß in der schmalen Leiste, verlagerte das Gewicht, weg von seinem schlechten Bein. Der Fisch zappelte in der Luft, lang wie Marcus' Arm, seine Augen hatten dieselbe Farbe wie die Knöpfe an Gretels Mantel, den sie ausgezogen und vor sich ausgebreitet hatte, bereit, den Fisch darin einzuwickeln. Marcus zog den Fisch zum Boot.

Direkt unter ihm tauchte der Bonak auf, mit weit auseinanderklaffenden Kiefern. Sein ausladender Rücken hatte die Farbe von Moos, sein Bauch war weich und blass, die kurzen, muskulösen Beine krümmten sich nach unten und stießen nach oben. Er bewegte sich auf eine Weise, die darauf schließen ließ, dass sein Körper aus einem anderen Material gemacht war als ihre, dass er keine Knochen besaß und nur aus Fleisch bestand. Er sah genauso aus – Marcus hatte Zeit, das zu denken –, wie Sarah ihn beschrieben hatte. Für einen Augenblick rahmten seine erhobenen Zähne den Fisch ein, dann war er verschwunden. Marcus spürte den grässlichen Zug an der Angel, er verlor den Boden unter den Füßen und stürzte seitlich auf sein schlechtes Bein. Dann riss die Leine, die Angel fiel ihm aus den Händen und ins Wasser.

SIEBEN

Der Bonak

DER FLUSS

Ich glaube, wir müssen ihn fangen, sagte Sarah. Den Bonak. Wir werden ihn fangen.

Er hoffte, dass sie es sich anders überlegte und sie ablegen und flussabwärts und davonfahren würden. Dass sie vergaß, dass sie ihn je weggeschickt hatte, und er für immer bei ihnen auf dem Boot bleiben und bei ihnen leben konnte.

Wir müssen – als könnte sie seine Zweifel hören – ihn fangen.

Gretel legte eine ihrer alten Nagetierfallen auf den Tisch und zerlegte sie, um ihnen die Funktionsweise zu zeigen. Sarah brummelte anerkennend etwas vor sich hin, über die Genialität des Systems, die Kraft der Spannbacken, den Federmechanismus. Sie war schon den ganzen Abend über unruhig gewesen, konnte nicht stillsitzen und stand immer wieder auf, stellte Sachen um, schnippte mit den Fingern oder scharrte mit den Füßen. Einmal blieb sie vor ihm stehen und schaute auf ihn herab, die dicke Unterlippe zwischen die weißen Zähne geklemmt, die Arme verschränkt, und trommelte mit den Händen gegen die Hüften.

Was ist?, hatte er gefragt.

Nichts.

Doch sie hatte ihn weiter angestarrt, die Augen fast vollständig zusammengekniffen. Er wusste nicht, was sie wollte. Als er fühlte, dass sein Gesicht heiß wurde, schaute er weg, konzentrierte sich auf andere Dinge, spürte ihren Blick in seinem Nacken.

Gretel zeigte ihnen, wie man die Falle spannte und das Gewicht so platzierte, dass es leicht auflag und bei Druck sofort vorschnellte. Für einen Käfig mit einem Lockmittel und einer zufallenden Tür. Weil auf dem Boot nicht genug Platz war, trugen sie alles, was sie brauchten, ans Ufer und bauten es dort zusammen. Als Seitenwände dienten alte Zaunstücke aus dem Gestrüpp, die sie mit Draht verbanden, als Gewichte mit Steinen befüllte Dieselkanister. Sarah hängte die Bootstür aus und befestigte sie an einem Ende des Käfigs. Die Falle war gerade groß genug, dass ein Mensch mit angewinkelten Knien darin liegen konnte, Stehen wäre unbequem.

Wir könnten in den Wald gehen, in die nächste Stadt, sagte er laut. Die beiden schauten ihn an. Wir könnten einfach gehen, sagte er.

Weiter flussabwärts gibt es noch andere Boote, mit ganzen Familien an Bord, erwiderte sie und verstummte.

Marcus verstand. Sie wollte damit sagen, dass noch mehr Menschen sterben würden, wenn sie ihn nicht fingen. Er dachte an das vierte Kind. Nach so vielen Nächten im Wasser war seine Haut ganz schrumpelig, und seine Augen waren weiß. Er dachte, wenn er jetzt – nach allem, was geschehen war – zu seinen Eltern zurückginge, wäre es dasselbe: Als wäre er gestorben und verändert zurückgekehrt, ein völlig anderer Mensch.

Die Falle war klobig und plump. Die Kanister polterten lärmend gegen die Vorderseite. Sie war schwer und schlecht zu tragen.

 Sie muss nicht lange halten, sagte Sarah. Das ist kein

Krieg, sondern eine kleine Schlacht. Bis Ende der Woche ist wieder alles beim Alten.

Er verstand nicht, wie sie das meinte. Nichts würde je wieder beim Alten sein. Sie holte die Überreste des toten Schweins und schob sie ans Ende der Falle. Dann bedeckte sie den Draht mit toten Blättern und ein paar Zweigen.

Das ist ein Köder, erinnerte er sich.

Sarah sah ihn an. Woher weißt du das?

Er antwortete nicht. Sie schüttelte den Kopf.

Neben ihm zwitscherte und tanzte Gretel nicht, sondern hing auf Beobachtungsposten regungslos über dem Bootsrumpf. Er fragte sich, ob sie die ganze Zeit gewusst hatte, was es war. Die Seiten der Enzyklopädie, die sie ihm gezeigt hatte, ihre leeren Fallen, das ständige Gerede von Rätseln. Er versuchte, sich vor Augen zu rufen, wie er ausgesehen hatte, als er – gekrümmt – aus dem Wasser kam und ihm den Fisch von der Leine stahl. Die Erinnerung verblasste bereits, und er war unsicher, welche Teile er nicht mehr richtig wusste und welche Lücken er falsch füllte.

Wohin sollen wir gehen, wenn es vorbei ist?, fragte Sarah, dabei schwang sie Gretels Hand und lächelte ihn an. In welches Land?

Ich weiß es nicht.

Irgendwohin, wo es warm ist. Braun gebrannt würdest du besser aussehen.

Ja, erwiderte er aus tiefstem Herzen. Ja.

Sarah beschloss, das Boot in der Mitte des Flusses zu verankern, um so weit weg von der Falle wie möglich zu sein und sie trotzdem bewachen zu können. Sie überprüften die Festmacher, anschließend lockerten sie die Leinen und ließen das Boot in die Strömung hinaustreiben. Die Taue fielen ins Wasser, wo sie sich strafften und zum Ufer hin spannten. Marcus warf den Anker und konnte schon kurz darauf nichts mehr davon sehen, als er jäh Richtung Grund sank. Der Fluss war hoch und schnell. Marcus packte die Pinne. Gretel kauerte auf dem Dach und klammerte sich fest. Die Strömung schlug dumpf gegen die Seite des Bootes. Die Falle am Ufer wirkte auf der Hut, völlig gewahr. Über ihren Köpfen flog etwas vorbei, vielleicht eine Fledermaus, mit gebeugten, pfeilgleichen Flügeln.

Als Marcus in der Nacht erwachte, war es heiß und wahnsinnig schwül. Brackige Feuchtigkeit hing in den Ecken des Bootes, die Wände verströmten den Geruch von keimendem Knoblauch. Er fühlte die letzten Fäden des Traums, den er gehabt hatte, über seinem Gesicht baumeln. Das Wohnzimmer seiner Eltern, die mit Lichtern behängten Vorhangstangen, Kuchenreste auf dem Holztisch, das mit Seifenwasser gefüllte Spülbecken. Er hörte, wie sich oben etwas bewegte und ein Geräusch vom Fluss, als würde er die Gartenmauer zerschmettern und über die Brücke steigen. Es war wieder, wie es gewesen war. Fiona war da, aber ihr Gesicht war nicht zu sehen, nur ein verschwommener Fleck und ihre langen Arme, die Farbe des Kleides, das sie in jener Nacht getragen hatte. Sie erzählte ihm erneut, was er seinen Eltern antun würde. In der dicken Luft nahmen die Worte feste Form an, und Marcus konnte sehen, wie sie aus ihrem Mund aufstiegen und auf ihn zukamen. Sie sagte sie immer wieder, von Mal zu Mal dringlicher, sodass er meinte, ihm wäre etwas an ihnen entgangen, an ihrer Bedeutung, als wäre ihre Definition nicht ganz klar. Er streckte Fiona beide Hände entgegen und sie fragte – mit Sarahs Stimme – *Margot?*

Sarah saß in Decken gehüllt aufrecht da und blinzelte ihn durch den Dampf an, der aus ihrer Tasse aufstieg. Er hatte einen schweren Kopf, und das Zimmer um ihn herum setzte sich nach und nach neu zusammen.

Wo ist Gretel?

Ich habe sie zum Schlafen aufs Dach gebracht. Es geht ihr gut, sie hat schon öfter dort übernachtet. Ich brauchte etwas Uffzeit.

Er stand auf, ganz steif vom Liegen auf dem harten Boden. Tut mir leid. Ich gehe hinauf und leiste ihr ein bisschen Gesellschaft.

Sie ignorierte ihn. Willst du Tee?

Er war sich zwar nicht sicher, ob er genickt hatte, aber sie reichte ihm eine Tasse. Zu beiden Seiten der Decke schauten ihre nackten Schultern hervor. Zu seinen Füßen lag ein Kleiderbündel. Er hob die Tasse, verfehlte den Mund und verbrühte sich die Hand. Vom Bett aus hörte er ihr leises Lachen. Er trank zu schnell, verbrannte sich die Zunge.

Ich glaube –, sagte er.

Komm her.

Seine Füße bewegten sich wie von selbst. Als würde im Boot eine Strömung vorherrschen. Draußen war es noch dunkel. Sie war unter der Decke nackt. Seine Hände zitterten. Sie machte sein Hemd auf, einen Knopf nach dem anderen. Für einen Augenblick verspürte er ein Unbehagen, ähnlich dem Gefühl, wenn man eine Stufe verfehlte und beinahe hinfiel. Sie zog an seinen Socken, und er fragte sich, ob es nicht vielleicht sogar besser so war. Dass es wie eine Naturkatastrophe geschah und sich jeglicher Kontrolle entzog. Es stand, dachte er, immer fest, dass es passieren würde. Deswegen bin ich hergekommen. Darum bin ich hier. Dann: eine Woge der Panik, die in seinem Magen begann und in seinem Hals aufstieg. Nein, dachte er, nein. Fionas Gesicht aus dem Traum tauchte vor ihm auf – ein glatter, beschatteter Farbfleck –, ihr Mund, der diese schrecklichen Worte sagte.

Nicht, sagte er und legte ihr die Hände auf die Schultern. Hab keine Angst.

Als sie sich an den Knöpfen seiner Hose zu schaffen machte, fiel ihm plötzlich wieder ein, was er so leicht vergessen hatte. Was im Verborgenen lag.

Warte.

Sie bedeutete ihm, still zu sein, und zog ihm die Hose bis zu den Knien. Obwohl es kalt auf dem Boot war, schwitzte sie. Sie presste das Gesicht gegen seine Knie und atmete tief ein. Sie wirkte wackelig, die Hand über dem Mund, das Gesicht für einen Moment zu ihm gewandt. Ich brauche, sagte er, doch sie war schnell, zog ihm die Schichten seiner Oberteile über den Kopf und drang zu seiner Haut vor. Zwickte ihn mit Zeigefinger und Daumen in den Bauch. Er sah sich, wie sie ihn sehen musste: die eng um die Brust gewickelte Frischhaltefolie, die Stränge aus feuchtem Algenhaar unter den Armen. Jetzt waren ihre Finger am Ende der Folie, und Sarah drehte ihn, bis sie die Folie vollständig abgelöst hatte. Ihr Mund legte sich wie eine hohle, feuchte Hand um seine Brustwarze. Wieder dieses Gefühl, als wäre die Stufe immer da gewesen, als verfehlte er sie wohlweislich, in voller Absicht, um zu fallen. Bevor er etwas sagen konnte, hatte sie ihm die Unterwäsche ausgezogen. Das Wirrwarr aus braunem Schamhaar, die Fuge, die er fühlen konnte, als wäre sie mit den Enden seiner Finger verbunden, der Spitze seiner Zunge, den Windungen seines Gehirns. Sie hatte sich abgewandt und berührte sich selbst, rieb sich mit einer Hand zwischen den Beinen, die Finger an der Brust. Als sie sich wieder zu ihm umdrehte, tat sie das mit voller Wucht: Sein Kopf stieß gegen die Wand, und sie gingen zu Boden, eine Hand war verdreht und unter ihr eingezwängt, der Geruch seines Atems hing zwischen ihnen in der Luft. Sie drückte ihr Gesicht zwischen seine Beine, und er spürte die plötzliche Kälte ihrer Zunge. Da begriff er, dass sie es die ganze Zeit gewusst hatte. Das Zimmer neigte sich, kippte, kam auf ihn zu, bis er spüren konnte, wie die Wand über sein Gesicht strich, die feuchten Ecken in ihn eindrangen.

DAS COTTAGE

Wir hätten am Fluss bleiben und nie hierherkommen sollen. Du bist nicht für Häuser gemacht. Du bist wie ein Tier im Zoo und läufst vor den Fenstern auf und ab. Ich fühle mich, als würde ich dir unabsichtlich wehtun. Wie ein Kind, das nach einem Ei greift und es versehentlich zerdrückt. Ich wünschte, ich wüsste, wie man es richtig macht. Es ist beinahe einen Monat her, dass ich dich mit dem Bus in mein Haus gebracht habe, und ich weiß nicht, ob wir noch viel länger so weiterleben können. Ich will dir ein Bad einlaufen lassen, aber du weichst zurück, verkriechst dich in der Ecke und weinst.

Alles ist gut, sage ich.

Nichts ist gut, erwiderst du, und dann: Verdammt.

In Ordnung.

Scheiße, sagst du. Scheißender, kackender Schweineschwanz.

Ich lache, und du bekommst den staunenden Blick eines Babys, das zum ersten Mal etwas sieht, was es noch nie gesehen hat.

Himmel, Arsch und Zwirn, sage ich.

Du beäugst mich und presst die Aufschläge meines Bademantels vor deiner mageren Brust zusammen. Ich hole Luft.

Rammelnder, kackender, kotender, hurender Scheißhaufen.

Du lachst auf, es klingt fast wie ein Schrei.

Armselige, kotzende, verfickte Hackfressen, sage ich noch etwas lauter. Ich warte.

Schicksen, sagst du.

Bekloppte Betschwestern, Hurensöhne.

Schicksen.

Eier und Pimmel.

Furzende Pfarrer, sagst du.

Wir können nicht mehr vor Lachen. Du presst dir vornübergebeugt die Fäuste in den Bauch. Ich fege mit einer Handbewegung eine Flasche Shampoo vom Rand der Badewanne, und wir prusten wieder los. Als ich mich aufrichte, bist du verstummt und starrst mich an.

Warum lachst du? Was ist so lustig?, fragst du. Sofort überkommt mich eine Welle der Übelkeit, als wäre ich seekrank. Ich wollte dich finden, aber stattdessen fand ich eine andere, die dein Gesicht hat. Du grunzt.

War nur ein Scherz, sagst du und lachst, bis dir die Tränen kommen. Ich nehme dich in den Arm. Ich nehme dich in den Arm und halte dich so fest ich kann.

Am nächsten Tag sagst du, dass du über das Kind reden willst, das du zurückgelassen hast.

Schon gut, Mum, sage ich. Ich bin ja hier.

Du wirst wütend. Nicht du. Nicht du.

Du zeichnest ein Boot in dein Notizbuch, mit Gesichtern in den viereckigen Fenstern, und einen Pfad, der wie eine Straße daran vorbeiführt. Du hältst mir das Bild hin. Auf dem Pfad steht ein Strichmännchen mit erhobenen Armen, das die zylindrische Form eines in Decken gewickelten Kindes in die Luft reckt. Ich möchte einen Streit vom Zaun brechen. Ich möchte dir sagen, dass ich keine Geschichten über mich hören will. Ich möchte, dass du mir von Marcus erzählst, und vom Bonak. Du hältst das Notizbuch so fest, dass die Ränder sich verbiegen. Du hast abgenommen, vor allem im Gesicht. Ich überlege, ob ich dir genug zu essen gebe. Ich weiß nicht, wann ich selbst zuletzt gegessen habe oder etwas anderes getrunken als Wasser direkt aus der Leitung. Deine Miene verfinstert sich, du ballst die Fäuste.

Na gut, sage ich. Na gut. Erzähl mir einfach, was du willst.

Ja?

Ja.

SARAH Du bist dreiunddreißig. Du hast neue Gravitationskräfte, einen neuen Orbit: ein Kind, einen Mann. Die Wörter in deinem geistigen Wörterbuch lauten Geduld, Selbstlosigkeit. Du rauchst zehn Zigaretten am Tag. Du träumst von Seen, die groß genug sind, um ganze Planeten zu beherbergen.

Als Charlie und das Kind schlafen, schleichst du dich hinaus auf den Pfad. Es gibt keine Lichter, und die Dunkelheit ist ein Objekt, das alles bedeckt. Du bleibst so lange draußen, bis dir kalt wird. Durch die dünnen Wände des Boots hörst du, wie das Baby sich bewegt, sich umdreht, kurz davor ist, aufzuwachen. Von weiter unten dringen Geräusche herauf. Etwas scharrt, wühlt in der Erde. Du drückst dich in die Hecke. Das Geräusch nähert sich über den Pfad und erklimmt das Dach des Bootes. Als das Kind zu weinen anfängt – nicht besonders laut, aber hartnäckig –, horchst du, und das immer noch in der undurchdringlichen Dunkelheit verborgene Ding horcht ebenfalls. Du wartest darauf, dass es seinen massigen Körper durch den Kamin in den darunterliegenden Raum schiebt. Das Baby liegt in einer Krippe am Fuß deines Bettes. Das Ding würde es erschnüffeln, die Decke zurückschlagen und es mit seinen klugen Klauen davontragen. Der Wunsch ist da, bevor du ihn unterdrücken kannst. Etwas zu benennen ist ein machtvoller Akt, da ist.

es besser, man schweigt. Du drängst den Wunsch zurück in dein Inneres und denkst von da an jeden Tag: Jetzt werde ich sie lieben.

Das Mädchen ist zehn Monate alt und will – Charlies Ermunterungen zum Trotz – nicht krabbeln lernen. Es gefällt ihr, am Tisch zu sitzen, Bananen zu essen oder die Bilderbücher und Puzzles zu betrachten, die Charlie in Secondhandläden für sie kauft. Sie rutscht auf dem Hintern oder rollt sich auf die Seite, wobei ihre Beine unnütz herumwackeln. Sie kam nie besonders weit, bevor sie, sichtlich zufrieden, wieder eine Pause machte.

Was ist das auf dem Bild?, fragt Charlie, und sie blickt auf, als habe sie etwas gestochen, das Gesicht verschlossen, völlig in sich gekehrt. Komm schon, du schaffst es. Sag Dad-dy. Sag Bo-ot. Was ist mit Mum-my? Beide drehen sich nach dir um. Sag Was-ser. Sag Schwim-men.

Wenn du morgens von ihrem Weinen geweckt wirst, lauschst du jedes Mal einen Moment lang ihren atemlosen Angstböen, während sie die kleinen Fäuste über dem Kopf ballt und öffnet. Charlie nimmt sie in die Arme und vergräbt sein Gesicht in ihrem weichen Bauch. Sieht zu dir auf. Vorwurfsvoll. Alle beide. Er versteht nicht. Ihm fällt es so leicht, sie zu lieben. Wenn die Kleine deinen Daumen packt und mit dieser erstaunlichen Kraft umklammert, fragst du dich, wie du es je ertragen sollst.

Es dauert fast fünf Monate, bis du und Charlie einen Namen für sie habt. Zuerst versucht er es mit Dingen, an denen er in dieser Woche gerade Gefallen findet, Vögel, die er auf dem Fluss gesehen hat – Reiher, Sumpfhuhn, Entlein –, oder Wörter, deren Klang er mag. Eine Woche lang nennt er sie Pst, und sie beäugt ihn neugierig. Dann nennt er sie eines Tages Gretel, und der Name bleibt hängen. Du sagst ihn ihr leise vor, um zu sehen, ob er bedeutet, dass sie irgendwie hierhergehört, und sie betrachtet dich mit dieser sorgfältig gekräuselten Stirn.

Das Wesen, das du durch deinen Wunsch ins Leben gerufen hast, befindet sich auf dem Boot. Du weißt nicht genau, wie groß es ist oder wie es aussieht, nur, dass ein Geruch in der Luft hängt, der vorher nicht da gewesen ist. Manchmal, wenn du mit der Kleinen dasitzt und den Blick hebst, erstarrt sie, ihre kleinen Schultern verhärten sich, und sie fixiert eine Stelle hinter dir, während der Löffel auf halbem Weg zum Mund in der Luft hängt. Oder du ertappst sie auf dem Pfad dabei, wie sie mit vorgeschobener Lippe das Boot betrachtet und an der Unterseite ihrer nassen Hose zupft. Als könnte sie es riechen, sehen.

Ein anderes Mal hockt sie vor dem Schlafzimmer auf dem Boden und lässt Murmeln durch den dunklen Gang rollen, eine nach der anderen.

Wer hat ihr die Murmeln gegeben? Von mir hat sie sie nicht.

Herrgott noch mal. Charlie hebt die Kleine hoch und lässt sie vor seiner Brust tanzen, dann drückt er das Gesicht gegen ihre runden Wangen. Ich habe sie ihr gegeben. Was ist los mit dir?

Am liebsten hättest du ihm gesagt, was los ist, nämlich, dass du dir etwas gewünscht hast und dein Wunsch Wirklichkeit geworden ist. Du weißt es, ohne Wenn und ohne Aber.

Charlie sieht nichts, versteht nicht. Als er dir am Abend müde gegenübersitzt, sagt er, es sei dein Bonak.

Du blickst ihn an. Wovon redest du? Du bist auch auf ihn

wütend, ein rasender, blanker Zorn. Wieso hat er das zugelassen?

Deine Angst. Was auch immer du zu wissen glaubst. Es ist nicht wirklich. Es ist in Wirklichkeit gar nicht da. Es ist Buhu, es ist etwas, das du heraufbeschworen hast, ein Schatten. Es ist ein Bonak.

Du glaubst ihm nicht, trotzdem nickst du und nimmst seine Hand. Es ist das erste Mal seit Wochen, dass du ihn berührst. Du hast recht. Ja. Du hast recht. Du lachst über das alberne Wort. Es ist ein Bonak und sonst nichts. Du lässt dich von ihm ins Schlafzimmer bringen, wirst zurück in seine Umlaufbahn gezogen, und ihr umkreist einander.

Eines Nachts lassen die Bahngeräusche dich nicht schlafen. Als du das Kind hochhebst und es dir auf die Hüfte setzt, bleibt es dort, ohne sich zu beschweren. Du gehst mit ihm von Bord auf den frostigen Pfad. In deinem Inneren befinden sich Steine, Felsbrocken. Wenn du ins Wasser fielst, würdest du untergehen. Ein halber Mond stand am Himmel, ein Überbleibsel, gerade noch hell genug, um die dickbäuchigen Fabriken zu erleuchten, den Hügel, der in die Stadt hinaufführt, ihr Gesicht, das dich ansieht. Hab keine Angst, sagst du. Sie scheint mit jedem Schritt schwerer zu werden.

Am Ende des Pfads, gleich hinter der Brücke, haben ein paar betrunkene Jugendliche eine gestohlene Mülltonne zurückgelassen. Du fischst die letzten Abfallreste heraus, bittest das Mädchen, die Arme zu heben, und stülpst ihr den Pullover über, den du für sie gekauft hast. Sie sieht dich zwischen den Fingern hindurch an, wie Charlie es manchmal tut, wenn er mit ihr spielt.

Hab keine Angst. Du setzt sie in die Tonne, schälst eine

Orange und gibst sie ihr. Anschließend erzählst du ihr ein paar von Charlies Rätseln, bis sie zu schlafen scheint.

Du gehst in die Richtung, aus der du gekommen bist, davon. Es ist dunkler geworden, und die Fabriken liegen im Verborgenen, genau wie das schlammige Wasser und die Häuserblocks mit den identischen Fassaden. Du gehst so lange, bis das Licht über die rechteckigen Dächer dringt, über das ölige Wasser, durch die Gitter der Eisenbahnbrücken. Du gehst und gehst. Du gehst, bis die Stadt hinter dir liegt, und immer weiter, bis deine Füße Blasen bekommen. Erst im Laufe der nächsten Tage begreifst du langsam, was du getan hast. Du kannst kaum glauben, dass du zu so etwas fähig bist. Du kannst ihre kleinen Hände sehen, ihr gen Himmel gewandtes, ernstes Gesicht, wenn sie nachdenkt; ihre speckigen, bis an die Brust herangezogenen Beine. Du hast sie verlassen. Du hast dein Kind zurückgelassen.

Es ist das Jahr 1983, und zwei Männer sind 211 Tage im Weltall, so lange wie noch nie jemand vor ihnen. Du kannst dir vorstellen, wie sie sich fühlen. Du bist erneut in einem Mietzimmer gestrandet. Ein paar Tage die Woche arbeitest du in einem Lebensmittelladen, wo du die Einkäufe anderer Leute in Tüten packst. Du sagst dir und jedem, der dich fragt, dass er dir nicht fehlt, dieser schnitzhändige Bootsmann, der dir Rauchen und Kochen beigebracht hat. Er fehlt dir nicht. Er fehlt dir nicht, und dann fehlt er dir doch.

Zu deiner Überraschung bist du – nach allem, was passiert ist – nicht mehr gerne an Land. Es macht dich nervös: die Unnachgiebigkeit von Beton und Zaunpfosten, Bürgersteigen, Parkplätzen. Treppen, Keller und Korridore bereiten dir Unwohlsein. Du wachst mitten in der Nacht auf und bist nass, das Zimmer schaukelt in einer Strömung, die es nicht gibt, und deine Füße frieren vom kalten Kielwasser. Du treibst dich auf Werften herum und wirfst begehrliche Blicke auf die glänzenden Touristenboote, die mit Herden, viertürigen Öfen und aus der Wand klappbaren Betten aufwarten. Dergleichen kannst du dir nicht leisten. Du weißt nicht, wer sich das leisten kann. Doch du kannst dir – auf der Stelle – die Blechkiste im hinteren Teil der Werft kaufen, die kurz vorm Verschrotten ist.

Du fährst, so weit du kommst, ehe der Motor versagt. Der Ort, an dem du gelandet bist, gefällt dir. Die Strömung ist stark und voller Treibgut, dem du beim Vorbeischwimmen zusiehst. Es gibt ein Stück schlammiger Erde, auf dem du – auch wenn es nie dazu kommt – Gemüse anpflanzen willst. Dahinter wachsen Bäume. Außer dir ist dort niemand.

Irgendwann muss es einen anderen Mann gegeben haben. Einen Bootsmann, auf der Durchfahrt nach irgendwo, der für eine Nacht bei dir hereinschneit. Es spielt nie eine Rolle, wer er ist. Das lässt du nie zu. Da ist ein Mann, und eine Weile später bin da ich. Noch nicht viel, kaum eine Idee.

Als du die Schwangerschaft bemerkst, ist es zu spät, um etwas zu unternehmen. Nacht für Nacht hält dich die Frage wach, was du tun wirst, wenn das Baby kommt, wie du zurechtkommen wirst, nachdem du zuvor so schlecht zurechtgekommen bist. Das ist, denkst du, deine Buße. Du denkst, die Hölle bestehe darin, immer wieder dieselben Tage zu erleben, in einer Zeitspalte gefangen zu sein, unfähig, sich zu befreien.

Ich komme im Frühling zur Welt. In meiner Vorstellung ist er wie jeder Frühling, den ich an diesem Ort erlebt habe. Die Nächte sind kalt, aber kürzer; der Boden ist übersät mit dem, was sein könnte, dem, was kommen wird. Du kochst mit hochgekrempelten Ärmeln. Du rufst meinen Namen, und er schallt durch die alten Jahre, hinterlässt im Näherkommen blaue Flecken, ist gefärbt mit Neugeborenenblut. Ein gebrauchter Name, ein Name, bei dem du immer an jemand anderen denken wirst. Gretel, rufst du mich. Gretel.

Du schnallst mich an deine Brust, türmst dir das Haar mit einem Schal auf und schrubbst so lange Rost und Schmutz, bis deine Hände so rau sind wie die Kiefernstämme unweit des Ufers. Du machst dir nicht die Mühe, den Motor zu reparieren, stattdessen besserst du die kaputten Türen und die Dachluke aus. Es gibt nur dich und mich. Ich bin anders als das verlorene Baby. Du wirst jeden Tag daran erinnert. Ich zeige auf alles, was ich sehe. Baum, sage ich. Boot. Wasser. Ich renne, kaum dass ich laufen kann. Ich rede gern und schreibe Wörter. Ich lese jedes Buch, das du auftreiben kannst. Als du ein altes Scrabble-Brett findest, verbringe ich Stunden damit, immer längere Wörter zu legen. Du gibst mir etwas Draht zum Spielen, und als du das nächste Mal hinsiehst, habe ich eine merkwürdige Vorrichtung daraus gebaut, ein Windspiel, das im Wind singt.

Manchmal denkst du an das andere, das verlorene Kind. Zählst seine Geburtstage. Versuchst, es im Kopf zu behalten. Wie es immer – damals als es – weißt du noch. Allerdings fällt es dir von Stunde zu Stunde schwerer. Es wird davongetragen, und eines Morgens wachst du auf und kannst dich nicht einmal an sein Gesicht erinnern. Die Tage vergehen, die Jahre winden sich vorüber. Die Erinnerung hat so eine Art, Dinge auszulöschen und nur das Nötigste zu behalten. Du stehst auf dem Dach und drehst dir eine Zigarette, steckst sie dir in den Mund, rauchst sie aber nicht. Es ist wieder Winter. Der Fluss ist hoch, unruhig.

DER FLUSS

Sarah, Marcus und Gretel hielten abwechselnd Wache. Es war unmöglich, den Bonak nicht in jedem Ast zu sehen, der von der Strömung angespült wurde, im Wasser, das sich vom Wehr ergoss oder gegen die Seiten des Boots drängte. Er hatte sich seinen Weg durch die Untiefen gewunden, sich durch die dichten Hecken beiderseits der Schleusen gekämpft, war über die Stellen geklettert, die mehr Fels waren als Wasser. Er war gekommen, wie etwas, das sie fast vergessen hatten. Wie etwas, das sie hätten wissen müssen. Er dachte an Sarahs vom heißen Wasser ganz roten und schrumpeligen Hände, und daran, wie seine Haut unter dem Druck ihrer Finger weiß geworden war. Er dachte an seine Eltern, die – auch wenn er es nicht wissen konnte – immer noch nach ihm suchten, nicht schliefen und nach den schweren Regenfällen die Poster mit seinem Bild austauschten. Er dachte an die Dinge, von denen Fiona gesagt hatte, dass er sie tun würde. Als Sarah ihn ablöste, legte er sich zum Schlafen auf den Deckenhaufen. Durch seine Träume zog sich, nahezu reglos, der Bonak. Sarah ritt auf seinem Rücken, mit nackten zusammengepressten Knien. Wenn es zum Schwimmen zu seicht war, band sie ihn um ihren Hals fest und ging voraus über die Steine. Sein Mund stand offen, und darin verborgen lag eine Wahrheit, die Marcus noch nicht gefunden hatte, etwas, das er eigentlich wissen sollte. Er griff hinein, und die Kiefer schlossen sich wie Schraubzwingen um seine Handgelenke.

Er döste bei der Wache ein, schreckte wieder hoch und lief an Deck auf und ab, um sich wach zu halten. Dabei schlug er sich so lange ins Gesicht, bis es wehtat, und biss sich auf die Zunge. Der die Bäume umgebende Nebel hatte sich ausgebreitet. Marcus ging nach drinnen, um sich etwas Brot zu holen, und die beiden verstummten und sahen ihn an, als wäre er ein Fremder. Er aß schnell und setzte sich auf das kalte Dach. Der Schmerz zwischen seinen Beinen war verschwunden, als hätte es ihn nie gegeben. Das Blut schien nur langsam durch seinen Körper zu zirkulieren und kaum die Gliedmaßen zu erreichen. Langsam wurde es hell. Er stellte sich vor, was sie tun würden, wenn sie den Bonak gefangen hatten, wohin sie gehen würden. Es würde eine weitere Reise geben, einen weiteren langen Marsch. Doch das störte ihn nicht.

Vom Käfig ertönte ein Geräusch, die Falltür. Er wartete, dass Sarah an Deck kam, doch vergeblich. Wahrscheinlich hatte sie es nicht gehört. Vielleicht schlief sie. Vielleicht schliefen alle beide. Er wollte nicht, dass sie kam. Er wollte, dass sie in Sicherheit war. Er stolperte an die Dachkante und versuchte, etwas im Käfig zu erkennen. Unmöglich. Er ließ sich über die Kante des Bootes auf die hölzerne Leiste gleiten, die um den gesamten Bootsrumpf verlief. Er würde ins Wasser gehen, an Land schwimmen und nachsehen, was im Käfig war. Er würde es tun, um es ihr zu ersparen. Er würde es tun, weil er seine Eltern verlassen hatte und mittlerweile daran zweifelte, dass es die richtige Entscheidung gewesen war. Er befand sich so dicht über dem

Wasser, dass er die eisige Kälte, die davon ausging, spüren konnte. Sie pochte wie ein zweiter Puls in seinen Knöcheln. Er ließ sich fallen. Sein Kopf tauchte unter, und sein Mund füllte sich. Er verlor schnell die Orientierung und wusste nicht mehr, in welcher Richtung die Luft war, aus welcher Richtung er gekommen war. Als er wieder auftauchte, hatte die Strömung ihn bereits ein gutes Stück abgetrieben, sodass der Käfig nicht mehr geradezu vor ihm lag, sondern hinter ihm.

Er strampelte gegen den Sog an, wobei sein schlechtes Bein aus dem Wasser ragte, zu nichts zu gebrauchen. Manchmal spürte er etwas vorbeiwabern, doch es waren immer nur Blätter, gelber Schaum, eine Plastiktüte, die kurz an seinem Fuß hängen blieb und dann weitergetragen wurde. Das Wasser war eisig. Ein Ast traf ihn und hätte ihn fast mitgerissen. Ein anderer sah so sehr wie der Bonak aus, dass Marcus um sich schlagend untertauchte. Das Wasser schmeckte nach Schlamm und Öl, nach Hefe. Fiona war bei ihm, ihre langen, dünnen Haarsträhnen. Sie konnte das Wetter beeinflussen, buk Kuchen, den niemand essen wollte, wusste im Voraus, was passieren würde. Sie lag auf dem Grund des Flusses und trank, bis das Wasser weg war. Du wirst deinen Vater töten, sagte sie, als sie genug Luft bekam. Du wirst mit deiner Mutter Sex haben.

Er tauchte auf und strampelte mit den Beinen. Das Ufer war näher, langsam spürte er wieder Boden unter den Füßen. Er war fortgegangen, das war es, was er getan hatte. Er war fortgegangen, um sich davon abzuhalten, die Dinge zu tun, von denen Fiona gesagt hatte, dass er sie tun würde. Seine Hände fühlten sich plötzlich so voll an, dass er sie nicht schließen konnte. Sie waren voll gewesen, als sie den Körper des toten Mannes hochgehievt und ins Wasser hatten fallen lassen; sie waren voll gewesen mit Sarahs Gesicht, ihren Füßen, die er gehalten hatte.

Außerhalb war es kälter als im Wasser. Seine Kleider wogen schwer. Der Nebel unter den Bäumen machte die Stämme der Kiefern fußlos. In der Nähe der Uferböschung waren die Steine rutschig, und ein dickes Schilfrohr schnitt ihm in die Wange, sodass sich das Wasser, durch das er watete, kurze Zeit rot färbte. Gretel hätte ihm sagen können, wie das Wort dafür hieß, wenn man die Wahrheit über etwas erst erfuhr, wenn es bereits zu spät war. Er wusste nur, dass er die Stiefel vor dem Untertauchen hätte ausziehen sollen. Er zerrte an einem und sah zu, wie das Wasser herausquoll. Er spürte sämtliche Nerven in seinem Kiefer, gespannt wie eine Leine zwischen zwei Bäumen. Er hatte Charlie getötet. Er hatte Sex mit Sarah gehabt.

Er folgte dem Ufer bis zum Käfig, der nah am Wasser stand. Marcus schlug einen Bogen, sodass er sich von hinten näherte. Seine Zähne klapperten. Alles war ruhig, und er fragte sich, ob er sich getäuscht hatte. Er setzte seinen Weg auf allen vieren fort. Er hatte ihn fast erreicht, doch das Innere wurde von dem Blattwerk verborgen, das sie zur Tarnung darübergelegt hatten. In den Baumspitzen schrie und schrie etwas. Er schob die Zweige beiseite. Er rechnete damit, den Bonak zu sehen. Er entzog sich der Vorstellungskraft; er würde den Käfig durchbrechen und sich auf ihn stürzen.

Aber der Käfig war leer. Die Tür war von selbst zugefallen. Marcus stellte sich davor und stemmte sich dagegen, in dem Versuch, sie hochzuschieben und in Position zu bringen, damit der Mechanismus wieder einschnappte. Hinter ihm glitt der Fluss vorbei. Der Boden war so weich, dass er einsank. Er schob fester und konnte fühlen, wie die Tür sich langsam hob.

Vom Boot drang ein Geräusch herüber. Als Marcus sich umwandte, sah es aus, als würde es sich jeden Moment losreißen. Es stand quer zur Strömung und die Taue neben Marcus' Füßen spannten sich. Sarah beobachtete ihn vom Dach aus. Ihr Gesicht war in der Dämmerung nicht zu erkennen. In der Dunkelheit glich ihr Körper einem Schwert.

Die Tür rutschte ihm aus den Händen und knallte erneut zu. Er ließ von ihr ab und drehte sich, sodass er Sarah besser sehen und vielleicht etwas zu ihr sagen konnte. Aber was? Direkt vor ihm floss der Fluss schnell und ungehindert. Das Ufer war uneben und voller Löcher. Er blieb im Matsch stecken und stolperte, fiel weg vom Käfig und ins Wasser, traf hart auf die Strömung.

Sie erfasste ihn augenblicklich und trug ihn flussabwärts, fort vom Ufer und vom Käfig. Das Wasser schmeckte so, wie sie geschmeckt hatte, ihre Finger knöcheltief in seinem Mund. Er schloss die Augen, doch als er sie wieder aufmachte, war kein Unterschied zu erkennen. Er strampelte, wollte sich wieder nach oben drücken. Er wartete, dass sie ihm zu Hilfe kam. Sie hatte ihn stürzen sehen. Sie würde kommen. Die Luft, die aus ihren Lungen in seine strömte, ihr kalter, geöffneter Mund an seinem. Sie würde ihn retten, weil sie seine Mutter war. Er strampelte mit einem Bein, kämpfte sich nach oben, hatte es fast geschafft. Aber dort, wo er die Oberfläche vermutet hatte, war nur noch mehr Wasser. Die Luft sprudelte aus ihm heraus und war weg. Er machte die Augen weit auf und hielt Ausschau nach den explodierenden weißen Sternen ihres aufs Wasser treffenden Körpers. Treibgut, das kilometerweit von der Strömung mitgespült worden war, prallte gegen seine Rippen, schob ihn weiter. Andere Trümmer krachten ihm ins Gesicht. Hinter seinen Augen flammte ein greller Schmerz auf, bis die Kälte ihn vertrieb. Die Dunkelheit war angenehm. Er berührte sie vorsichtig mit den Händen. Sarah kam nicht. Er wartete auf sie. Der Fluss zog ihn unter Wasser und hielt ihn dort fest.

Die Strömung schloss ihn schnell in die Arme und trug ihn mit sich und fort von dem Ort bei den Kiefern. Der Fluss hieß Isis und hatte schon früher Leichen geführt, den ganzen Weg bis zur Themse und weiter und danach bis ans Meer. Es war die Zeit der Schneeschmelze und schwerer Regenfälle, und das Wasser trug ihn schnell, schleuderte ihn umher, mal mit dem Gesicht nach unten, mal nach oben zu den Splittern der von Licht durchbrochenen Oberfläche. Durch Städte, eingeklemmt an von Bäumen verstopften Wehren, und dann wieder weiter. Jemand hätte ihn finden können. Ein Angler, der draußen in der Kälte auf ein Ziehen an der Leine wartete. Oder ein Pendler, der auf einer ruhigen Brücke Pause machte, um eine Zigarette zu rauchen. Jemand hätte ihn finden und herausziehen und die Polizei rufen können, die über kurz oder lang Roger und Laura ausfindig gemacht hätte, die auf eben diesen Anruf warteten und in das Leichenschauhaus gefahren wären, in das die Suche nach dir mich geführt hatte. Und es hätte alles geändert oder auch nichts.

Doch es fand ihn niemand. Der Fluss trug ihn, so weit es ihm gefiel, und dann begrub er ihn.

DIE JAGD

Am Fluss sitze ich mit dir am Feuer.
Ich habe Hunger, sagst du.

Eine Erinnerung quält mich. Die Erinnerung an das Essen mit Fiona war plötzlich in meinem Kopf aufgetaucht wie ein Fremder an einem Küchenfenster und pochte gegen meine Stirn.

Hast du gehört? Ich habe Hunger.

Wir gehen bald, sage ich. Willst du? Ich habe ein Cottage auf einem Hügel. Ich glaube, es würde dir dort gefallen.

Du schaust mich an, als sei ich verrückt geworden. Wir können ihn nicht hierlassen, sagst du. Wir können ihn nicht alleine hierlassen.

Ich lasse dich alleine am Feuer zurück und gehe zwischen die Bäume. Ich kann das chinesische Essen riechen, hören, wie Fionas Gabel über den Teller kratzt und der Koch sich in der Küche am Telefon mit jemandem streitet. Gegen Ende ihrer Erzählung hält Fiona inne und lehnt sich zurück, die Fäuste auf den Brustkorb gelegt. Sie blickt mich an. Es ist besser, sagt sie, aufzuhören. Es ist besser, hier aufzuhören. Doch ich sitze einfach nur da und warte, bis sie mit den Achseln zuckt, sich vorbeugt und mir sagt, was sich in der Nacht von Rogers Geburtstag zugetragen hat. Der Geruch der Kerzen auf dem Kuchen, den Fiona gebacken hatte und der nicht aufgegangen war. Die Frühlingsrollen, die der Lieferdienst gebracht hatte und die nicht knusprig genug waren. Alle leicht angetrunken, leere Weinflaschen im Altglasbehälter, willkürlich von dem Block im Kühlschrank abgeschnittene Käsestücke. Ich sehe Margot mit dem Rücken zum Zimmer am Spülbecken stehen. Sie trägt gelbe Abwaschhandschuhe und hat ihr langes Haar zurückgebunden, sodass es ihr nicht in das sanfte, liebliche Gesicht hing. Sie hat deine Augen. Natürlich hat sie die. Sie hat meine Augen. Hinter ihr beginnt Fiona zu sprechen. Sie sagt: Du wirst deinen Vater töten. Du wirst mit deiner Mutter Sex haben.

Ich gehe im Wald in die Hocke und vergrabe die Hände in den Kiefernnadeln. Meine Zunge liegt dick im Hals, und als ich dir etwas zurufen will, kommt kein Ton heraus. Ich kann fühlen, wie mir die Wörter ebenso leicht verloren gehen wie dir. Ich kann Margot in der Küche des Hauses sehen. Sie blickt mich über Fionas Schulter hinweg an. Sie ist ein Geist. Ich kann ihre Geisterhände auf meinen Armen und in meinem Gesicht fühlen. Sie hat gedacht, Laura und Roger seien ihre Eltern, und ist fortgegangen, um sie zu beschützen. Ich kann ihren Atem in meinem Mund fühlen, ihre Faust, die sich in meiner offenen Hand bewegt. Doch die beiden sind gar nicht ihre Eltern. Ich lege den Kopf auf den Boden. Ich kann hören, wie du am Feuer vor dich hinplapperst, ab und zu innehältst, als würdest du horchen, ab und zu auf eine Weise lachst, die mir fremd ist. Der Schwindel verzieht sich wie eine dünne Nebelbank. Die Erde riecht feucht und nach verfaulten Pilzen. Ich bin überzeugt, unter meinen flach am Boden liegenden Händen den Mulch aus Insekten und wachsenden Wurzeln zu fühlen. Ich richte mich auf. Aus dem Gestrüpp ist nichts mehr von dir zu hören. Ich muss dich ins Cottage bringen, wo es Essen, Wasser und ein Bett gibt. Ich muss mir überlegen, wie es mit dir weitergehen soll, wie es mit mir weitergehen soll. Ich stehe auf und drehe mich um. Zwischen den dünnen Kiefern ist etwas, ein Umriss. Ich hebe die Hand, um meine Augen abzuschirmen. Die Bewegung lässt ihn aufschrecken und er galoppiert über den flachen Boden auf mich zu. Seine dicken Beine pumpen, sein Kopf ist erhoben, und sein Schwanz peitscht über den Boden. Ich weiche zurück und verliere den Halt. Er kommt mit großer Geschwindigkeit näher, und ich begreife, dass er mich töten und dich am Fluss behalten will, und dann – aus dem Nirgendwo – bist da auf einmal du, schwingst den Spaten über den Kopf und stürzt dich mit einer Art Kampfschrei auf den Bonak – denn es ist der Bonak –, sodass er im letzten Augenblick abdreht und von dir verfolgt durch die Bäume davonflitzt und verschwindet.

Ich renne dir hinterher. Es scheint kälter geworden zu sein – so kalt wie in jenem Winter –, und der Boden unter meinen Stiefeln fühlt sich hart an. Ich meine, Marcus zwischen den Bäumen zu sehen. Ich habe dich verloren. Ich laufe bis zu dem Maschendrahtzaun, hinter dem die Bahngleise in der Erde liegen, und zurück zum Gestrüpp. Du bist nicht da. Ich begreife nicht, wie du so schnell rennen kannst. Ich schlage mich wieder zwischen die Bäume. Rufe und rufe. Glaube, das Echo einer Antwort zu hören. Die Kiefern fallen zurück, und das Land ebenfalls. Ich höre den Fluss, noch bevor ich ihn sehe. Du stehst unten am Ufer, vornübergebeugt, von mir abgewandt, mit gekrümmtem Rücken. Der Boden um dich ist nass und das Wasser rostfarben. Meine Füße setzen sich in Bewegung. Neben dir liegt der Spaten, mit dem ich das Boot aufgebrochen habe. Das Metall war blutgetränkt. Der Fluss war zum ersten Mal seit Jahrzehnten sicher. Ich stelle mir vor, dass er sich nicht gewehrt hat, dass er – nach all der Zeit – das Gefühl hat, dich zu kennen. Und du hast es für mich getan. Ich steige die Böschung hinunter. Du ziehst gerade die raue, schuppige Haut vom Fleisch, befreist sie davon. Seine Beine sind kurz und stark, mit Klauen versehen; sein Maul ist lang und gezahnt, sein Schwanz verschwindet im trüben Wasser, sein Körper ist dick und kratzig, mit Ausnahme des Bauches, der blass ist wie Schlagsahne. Du steckst bis zu den Schultern im Bonak. Ich beobachte dich, und – für einen Augenblick – sieht es aus, als würdest du dich in ihn verwandeln. Als wärst du die ganze Zeit er gewesen.

Ich habe lange gebraucht, um das Loch auszuheben. Die Büroarbeit hat meine Arme schmächtig gemacht, mein Herz donnert. Du hast ihm die Haut abgezogen und wäschst sie im Fluss, bürstest sie ab wie früher die Kadaver, die wir vom Boot der Fleischerin bekommen haben. Als ich hineinschneide, stoße ich auf Organe, Blut und Muskeln, die so hart sind, dass ich Mühe habe, sie mit dem Messer zu durchtrennen. Ich grabe das Loch fertig. Langsam wird es dunkel, wie es das im Sommer immer tut: allmählich, schleichend. Ein Haubentaucher stößt einen Schrei aus, und du schreist vom Ufer aus zurück. Ich türme Feuerholz auf, bis die Flammen brausend in den Himmel steigen. Der Wald scheint mir alles zu geben, was ich brauche, als hätte er nur auf diesen Moment gewartet. Das Feuer schreit über meinen Kopf hinweg. Du kommst, setzt dich neben mich und streckst die Hände aus, um sie zu wärmen. Du hast dir die Bonak-Haut um die Schultern gelegt, sodass das Maul auf deinem Kopf ruht und die Beine deinen Körper umschlingen. Du siehst wie ein Zwitterwesen aus, mit schorfigen, vorstehenden Knien und weißen Haarbüscheln, die wie ein seltsames Fell zwischen den schlaffen Kiefern des Bonak hervorstehen. Ich schneide ein paar dicke Scheiben von dem Kadaver ab, spieße sie auf und sehe zu, wie sie langsam schwarz werden. Abwechselnd nehmen wir seine Organe in die Hand, wiegen sie mit demselben Staunen, mit dem wir früher in der Enzyklopädie gelesen haben. Das Gehirn ist klein, bläulich; die Lunge ist riesig, die Leber größer als das Herz, aber das Herz ist so fest, dass es mir nicht gelingt, es zu durchbohren. Ich schiebe es unter die Asche in der Mitte der Feuerstelle.

Wir essen mit den Händen. Ich fühle mich an die Festmähler erinnert, die wir auf dem Boot veranstaltet haben, wenn die Fleischerin da gewesen ist oder vorbeifahrende Leute uns Essen dagelassen haben. Kürbisse oder Paprikaschoten, Brot und Ziegenkäse. Ich fühle mich an meinen Restaurantbesuch mit Fiona erinnert, daran, wie sie sich vollgestopft und zu viel gegessen hat, als müsse sie die Geschichten kompensieren, die aus ihr herauskamen. Essen war ebenso sehr ein Ausdruck der Freude wie der Entschuldigung, Vergebung. Das Fleisch schmeckt angegangen, ein bisschen wie die Fische, die wir früher aus dem Wasser gezogen haben. Das Blut läuft mir über die Handgelenke. Die Dunkelheit senkt sich herab. Ich stochere im Feuer, bis es zu neuem Leben erwacht. Grabe mit einem Stock das Herz aus.

ACHT

Anfänge

DAS COTTAGE

Dein schrumpeliger Umriss im Sessel, der Kopf zurückgelegt, die Arme auf den Lehnen. Der Regen, der von draußen gegen die Fenster peitscht und das Feld überschwemmt. Du isst nichts als Orangen, die ich im Dutzend für dich schäle. Wenn ich dir Wasser bringe, kippst du es auf den Boden. Marcus spricht aus deinem Mund oder ich. Ich sehe dich vor mir, wie du einen schmalen Leinpfad entlanggehst und ein Kind in den Armen hast, das nicht ich ist, aber meinen Namen trägt. Durch die verglaste Dachluke des Boots beobachte ich Körper, die sich aneinander reiben wie Münzen, wieder und wieder. Der Wohnzimmerboden beginnt wie der Fluss zu schwanken. Unter der Oberfläche befinden sich Körper, meiner oder der von Marcus, und wirbeln umher in einer Strömung, die sie davonträgt.

Ich bin so wütend auf dich, dass ich kaum etwas sehe. Ich tobe, und du sitzt ruhig da oder tobst mit mir, knallst die Küchentür zu oder fegst Sachen vom Tisch. Ich denke an all die Möglichkeiten, dich zu bestrafen. Ich könnte dir das Essen verweigern, dich am Schlafen hindern, die Tür aufmachen und dich einfach davonspazieren lassen. Wenn du weinst, legst du mir die Arme um den Hals und klammerst dich an mir fest. Du bist nicht du selbst. Du bist nicht die Frau, die diese Dinge getan hat. Du hast die Sprache vergessen, die dich zu dieser Frau gemacht hat. Du drückst dein faltiges Gesicht fest gegen meines, tastest nach meinen Kleidern, um mich noch näher zu ziehen. Wenn du in die Hände klatschst, taucht die Dachluke zwischen ihnen auf und lässt Licht in mein dunkles Wohnzimmer perlen.

An manchen Morgen bin ich eiskalt davon überzeugt, dass nur eine altertümliche Strafe infrage kommt: dich steinigen, blenden oder den Wölfen zum Fraß vorwerfen. Du sagst, du hast es nicht gewusst, und wir verstummen und fragen uns, ob eine von uns das wirklich glaubt. Wieder und wieder kehre ich zu der Vorstellung zurück, dass unsere Gedanken und Handlungen von der Sprache bestimmt werden, die in unserem Geist lebt. Dass die Dinge gar nicht anders hätten passieren können als so, wie sie passiert sind. Dahinpimpern, Uffzeit, Harpiedudel, Gesprungs, Gemucks, Bonak. Bonak, Bonak, Bonak. Wörter wie Brotkrumen. Als hätte *Bonak* von Anfang an nicht das bezeichnet, vor dem wir Angst hatten, das, was im Wasser war, sondern: Pass auf, das kommt durch den Fluss auf dich zu.

Es ist über einen Monat her, dass ich dich zu mir nach Hause gebracht habe. Wir befinden uns in einer Pattsituation und reden gar nicht mehr. Stattdessen bewegen wir uns in streng festgelegten Besitzkreisen: Das Wohnzimmer gehört dir, ich bekomme das Schlafzimmer und die Küche, du das Bad. Würden wir reden, müssten wir darüber sprechen, und das wird nicht geschehen. Darüber, was du getan hast. Darüber, was passiert ist, als du Margot bekamst. Wenn du im Bad bist, brate ich Fischstäbchen und stelle sie neben deinen Sessel. An einem Tag finde ich ein halbes Mars auf meinem Kissen. An einem anderen zerdepperst du alle Schalen in der Küche, und ich gehe hinaus in den Regen, steige in einen Bus, fahre in die Stadt und streife durch die

Läden. Warte in Hauseingängen, bis die starken Sturmböen nachlassen. Finde mich in dem Supermarkt wieder, in dem wir zusammen waren. Ich bin überzeugt, dass du fort bist, wenn ich zurückkomme, und unsicher, wie ich mich bei dem Gedanken fühle. Aber du bist noch da. Wo solltest du auch hingehen? Ich koche dir Abendessen. Du hast unseren Streit vergessen und streichst mir über die Haare und Hände, sagst, dass du den Regen magst, ob ich ihn auch mag?

Am nächsten Tag beobachte ich, wie dir die Wörter abhandenkommen. Die Pronomen sind schlüpfrig und wollen nicht stillhalten; die Gegenstände müssen als Erstes dran glauben, und du deutest nur noch oder schreist, bis ich dir bringe, was du haben willst. Namen sind schon lange fort. An manchen Tagen erzählst du von Kindern, die du hattest, aber wenn ich dich frage, wie sie hießen, kannst oder willst du nicht antworten. Wir spielen kleine Spiele, Zeitfüller, die du mit solcher Konzentration angehst, dass ich vom Zusehen Kopfweh bekomme. Links und rechts, rauf und runter. Wie heißt das? Wie spät ist es? Welches Jahr haben wir? Ich warte darauf, dass die Geschichten verschwinden. Es wäre das Beste, wenn sie verschwinden. Alles, was du mir erzählt hast. Aber sie bleiben, schwappen immer wieder aus dir heraus, obwohl du dir die Hände vor den Mund presst, um sie zurückzuhalten. Das Haus quillt über mit allem, was vorgefallen ist. Marcus' kaltes Gesicht schaut durch die regennassen Scheiben oder blickt mir beim Zähneputzen aus dem Spiegel entgegen, während er neben deinem Sessel steht. Der Bonak ist ebenfalls hier, poltert durch die Zimmer über unseren Köpfen oder darbt im Bad. Ab und zu hat er deine Augen oder lange Füße anstelle eines Schwanzes. Ab und zu hat er ein Fell anstelle von Schuppen oder geht aufrecht oder ist ein Schatten, kaum vorhanden. Der Fluss wogt durch die Ecke des Wohnzimmers und bringt die Dielen durcheinander. Bäume brechen durch den feuchten Verputz und schlingen ihre Wurzeln um uns. Nachts höre ich das Geräusch des Zuges. Flachdachige Boote dümpeln vor sich hin, und ein Mann schnitzt einen Köder, der groß genug ist, um das zu fangen, vor dem wir Angst haben. Was auch immer es ist.

Nicht, sage ich, als du den Mund öffnest. Du musst nicht mehr.

Aber das Erzählen geschieht unfreiwillig und hört nicht einmal auf, wenn ich dir heimlich Schlaftabletten in den Tee tue oder versuche, dich mit alten Schwarz-Weiß-Filmen auf meinem Laptop abzulenken, dir von der Geschichte der Lexikografie erzähle oder auf dem Boden Puzzles für dich auslege. Dein Mund klafft auseinander, und die Geschichten wiederholen und wiederholen sich.

Als ich am nächsten Tag nach unten komme, hast du den Kühlschrank ausgesteckt und alles, was im Gefrierfach war, ausgepackt und auf dem Boden verteilt. Erst bleibe ich ruhig. Wir machen ein Spiel daraus, die umherliegenden Fischstäbchen, vegetarischen Würstchen, Frühlingsrollen und Spinatkugeln einzusammeln. Ich erkläre dir, dass wir ein Festmahl veranstalten, so wie früher, und du lächelst und dackelst mir hinterher, als ich den Ofen einschalte und mit Alufolie auslege. Ich bin verblüfft, wie einfach alles plötzlich ist, und erkläre dir, dass wir als Nachtisch einen Kuchen backen. Ich hole die Zutaten aus dem Schrank, doch als ich mich wieder umdrehe, hängst du mit den Armen bis zu den Ellbogen im heißen Ofen. Ich schreie, und du kippst nach hinten. Die Haut ist rot und wirft an den Gelenken bereits Blasen. Ich zerre dich zum Spülbecken und drehe das kalte Wasser auf. Du gibst keinen Mucks von dir.

Was machst du da? Was hast du dir dabei gedacht? Ich merke, dass ich schreie und deine verbrannten Arme umklammere, während du mich mit offenem Mund anstarrst. Ich lasse dich los, und du trippelst ins Wohnzimmer davon. Ich schalte den Ofen aus, gehe nach oben und lege mich aufs Bett, wo ich die Augen schließe und dem prasselnden Regen lausche. Als ich wieder nach unten komme, hast du vergessen, was passiert ist, du beugst dich über meinen Schreibtisch und betrachtest die Karteikarten, als wärst du in eine Aufgabe vertieft, die du abschließen möchtest. Im Badezimmer finde ich eine Salbe, die ich auf deine Verbrennungen schmiere. Du siehst mir mit solcher Konzentration zu, dass ich mich räuspere und irgendetwas vor mich hinplappere, um dich abzulenken.

War ich das?, fragst du.

Ja. Ist aber nicht so schlimm.

Nach dem Vorfall mit dem Ofen tust du dir noch öfter weh. Erst sind es Unfälle – oder sehen wie welche aus –, einfach nur eine weitere Begleiterscheinung deiner Krankheit. Du nestelst an den verschorften Brandwunden herum, bis sie bluten, lässt dir ein Bad einlaufen und vergisst das kalte Wasser, fällst die letzten Treppenstufen hinunter und schlägst dir die Knie auf. Du gehst immer wieder zum Ofen, um den Grill anzuschalten oder die Hände hineinzustecken.

Was machst du da?

Nachsehen, ob er heiß genug ist.

Bitte lass das.

Du entwickelst unvorbereitet eine Faszination für die Messer in der Besteckschublade, scharfe Tischkanten, Steckdosen und den Toaster. Ich bringe alles, von dem ich glaube, dass es dir schaden könnte, in den Keller, und du machst dich auf die Suche danach, wie früher nach Alkohol. Du weißt zwar nicht, wie die Gegenstände heißen, aber du weißt, welche du willst, beschwatzt und packst mich, gequält und stinksauer. Du stellst das Essen ein.

Ich erkenne es nicht als das, was es ist, bis ich eines Tages auf die Toilette gehe und dich beim Zurückkommen mit dem Kopf im mit kaltem Wasser gefüllten Spülbecken vorfinde. Luftblasen bedecken wie Pocken die Oberfläche, und du klammerst dich mit beiden Händen am Beckenrand fest, um dich unter Wasser zu halten. Ich zerre dich hoch.

Was machst du da? Was machst du da?

Du gibst keine Antwort, starrst mich nur missmutig an. Ich wickle dir ein Geschirrtuch um den Kopf und rubble fester als nötig, bis du mit roten Augen und nassem Kopf zum Vorschein kommst und mich ansiehst.

Ich möchte, sagst du, klar wie seit Tagen nicht, jetzt vergessen.

Ich packe die Tabletten aus dem Medizinschrank weg, das Bleichmittel unter der Spüle, Streichhölzer, Rasierklingen, Scheren, Glas. Ich stelle den Strom und das Wasser ab. Der Keller lässt sich nicht abschließen, also nehme ich dich mit zu der Mülltonne unten an der Straße und werfe alles weg. Du weigerst dich, die Kapuze aufzusetzen, und der Regen rinnt dir über die Haare und das Gesicht. Deiner Miene ist nicht zu entnehmen, ob du begreifst, was ich da tue.

Du wirst es sowieso vergessen, erkläre ich dir. Doch dabei bin ich mir nicht so sicher. Meinen Namen und deinen, die Namen der Gegenstände im Haus, Zahlen, Wochentage, hell und dunkel, Tag und Nacht: All das scheinst du – irgendwann – zu vergessen. Aber die Geschichte von Margot und dem Mann, der ihr Vater war, die Geschichte vom Bonak und woher er kam, vergisst du nicht mal für einen winzigen Moment.

Wir steigen wieder den Hügel hoch. Matsch spritzt auf die Rückseite unserer Beine. Ich nehme deine Hand, und du lässt es, stumm, geschehen.

Tage nahe der Panik. Ich ertappe dich dabei, wie du am oberen Ende der Treppe stehst und dich hinunterwerfen willst. Ich halte dich davon ab, dir an allem, was du finden kannst, die Pulsadern aufzuritzen. Dein Vorgehen hat etwas Abgeklärtes. Eine gewisse Gelassenheit, die mir mehr Angst macht als alles andere. Wann immer ich dich erwische, wirkst du leicht ungeduldig. Du sagst meinen Namen und lässt dich widerstandslos wegführen. Du scheinst jetzt wieder mehr zu wissen; scheinst zu wissen, wo du bist und wie du hergekommen bist. Du erzählst mir immer wieder dieselben Splitter und Fragmente aus der Vergangenheit, als wären es Echos. Hör auf, sage ich, doch dazu scheinst du nicht in der Lage zu sein. Ich schlafe nicht, denn du wartest darauf, um ins obere Stockwerk zu gehen und die Fenster zu öffnen. Ich überlege, jemanden zu holen, doch das kommt mir wie Verrat vor. Du hättest nie jemanden um Hilfe gebeten. Ich binde dich mit einem Strick an mir fest, und wir ziehen erst in eine Richtung und dann in die andere. Ich sorge dafür, dass du isst. Erst jammerst du, dann gibst du Ruhe. Die Worte sprudeln aus dir heraus. Du sprichst in Sätzen, die nicht deine eigenen zu sein scheinen, bedeutungsschwer. Du erklärst, dass alles, was geschehen ist, mit dir begonnen hat. Du erklärst, dass dein Blut die Ursache ist und dass du vergessen willst. Ich weiß nicht, was ich erwidern soll.

Der Regen wird schlimmer. Die Straße am Fuß des Hügels ist überflutet, und als ich das Telefon abhebe, ertönt nicht einmal das Freizeichen. Durch das Fenster sehen wir, dass der Bach sich in eine Flut verwandelt hat und über den matschigen Boden drischt, womöglich so tief wie der alte Fluss, an dem ich dich gefunden habe. Du hast etwas Falsches gegessen. Ich halte dir die dünnen Haare aus dem feuchten Gesicht. Auf dem Dach und dem Hügel ist das Geräusch des Wassers zu hören. Wir dösen auf dem Fußboden. Ich träume, dass du fort bist und dass ich in einem anderen Haus bin. Es sind noch andere Leute da, aber ihre Gesichter sind grau und glänzen wie Seehundhaut und ich erkenne sie nicht. In dem Traum hatte ich dich nie gefunden, kannte ich dich nicht, war ich auf leise, gleichgültige Weise mutterlos. In dem Traum wusste ich nur das Alltägliche: wie man Teller wäscht oder Falten aus Kleidern bügelt, wie man Auto fährt oder einen Brief aufgibt. Ich schlief nachts durch, ging an den Wochenenden frühstücken oder fuhr mit einem Auto, das mir gehörte, irgendwohin, um spazieren zu gehen. Es gab einen Hund, der wie ein Otter aussah und unter Wasser die Luft anhalten konnte.

Ich bin eingeschlafen und habe dich dir selbst überlassen. Die Badezimmertür steht weit offen. Ich rufe nach dir. Ich kann dich nicht finden. Ich rufe deinen Namen. Ich weiß, was passiert ist. Ich laufe durchs Haus. Ich rufe einen Krankenwagen, obwohl ich dich noch gar nicht gefunden habe. Ich gebe die Adresse durch und lege auf. Ich rufe und suche und kann dich nicht finden. Ich laufe nach draußen. Der Regen hat aufgehört, und die Sonne scheint auf die Pfützen und die schmutzige Hausfassade und dein Gesicht. Du hast dein Bettlaken genommen und dich am Fenster erhängt.

Ich schneide dich herunter. Der Tod hat dich glatt wie einen Stein gemacht. Ich lege dir die Hände auf die Wangen, den Kopf, die Fußknöchel, die Schultern, die Handgelenke. Ich möchte – als ich dasitze und deinen Körper umklammere – etwas sagen. Die Geschichte beenden. Beenden, was wir begonnen haben. Aber obwohl ich lange bei dir bleibe, stellen sich keine Worte ein. Irgendwann werde ich aufstehen und die Fenster und Türen öffnen, um das Haus zu trocknen.

DAS COTTAGE

Der Ort unserer Geburt lässt uns nie los. Er tarnt sich als Worte, Gedächtnisschwund, Albträume. Er sorgt dafür, dass wir manchmal aus dem Schlaf schrecken und einen animalischen Druck auf der Brust spüren oder das Licht anmachen und sehen, dass jemand, den wir längst für tot gehalten haben, vor uns steht und uns ansieht.

Es ist wieder Winter. Am Morgen röchelt und röhrt die Heizung, und die falsche Seite der Fenster ist mit Frost überzogen. Als ich zur Quelle gehe, ist sie gefroren. Das Radio ist voller Autounfälle und Zugverspätungen. In diesem Jahr vermisse ich die Winter am Fluss. Die Stille. Niemand außer man selbst. Ich warte, dass du zurückkehrst. Wenn jemand wiederkommen würde, um bei mir zu spuken, dann du. Aber das Haus ist ruhig, und falls du hier bist, sagst du nichts. Die Vorstellung, dass es für immer Winter um Winter geben wird, ist unbegreiflich. Du bist tot und hast mehr als ein Jahrzehnt unguter Gefühle mit dir genommen, einen Sumpf aus Missverständnissen, vergessene Geburtstage, mein Leben zwischen zwanzig und dreißig, eine weggeschnittene Brust, deren Verschwinden ich nicht mitbekommen habe, sowie Margot und alles, was ihr widerfahren ist. Ich denke oft an all die Toten, die im Wasser leben.

Ich weiß, dass ich weitermachen muss. Ich gehe wieder ins Büro und arbeite an meinem Schreibtisch. Taste mich an unverbindliche Feierabendbiere mit den anderen Lexikografen in einem Pub namens Fox and Hound heran. Ich wünschte, der Hund wäre hier. Überlege, mir einen aus dem Tierheim zu holen. Tue nichts dergleichen. Die guten Tage überwiegen die schlechten. Mehr verlange ich noch gar nicht. An den schlechten Tagen muss ich daran denken, wie am Fluss alles versinkt, die Umrisse der Bäuche der Schleusen unter dem Schwimmschlamm, die Gedärme der Wurzeln und Bäume. Und ich weiß, dass er flussaufwärts schmal wird wie ein Korkenzieher, dass sich entlang der Uferböschung gelblicher Schaum zieht und im Rauschen der Schleuse ein Reiher steht, als würde er auf etwas warten.

DANKSAGUNG

Ich schrieb bereits etwa ein Jahr an diesem Buch, als mein Lebensgefährte mir ein kleines gerahmtes Schild für den Schreibtisch gebastelt hat. Den Text darauf hatte ich selbst verfasst, aber trotzdem nicht richtig geglaubt. Er lautete: Ich glaube, dass dieses Buch wirklich verdammt gut wird. Daisy Johnson. Jetzt dient das Schild mir als Erinnerung, dass es unmöglich ist, ein Buch alleine zu schreiben. Dieses hier gäbe es nicht ohne:

Amelie Chanarin, die dieses Buch hoffentlich eines Tages in dem Wissen lesen wird, dass es zu einem großen Teil lektoriert wurde, während sie schlief.

Susie und Martin Bradshaw und Emma George, ohne die es dieses Buch nicht geben würde.

Alex Bowler, der von Anfang an Ja zu diesem Buch sagte.

Steve, Fiona und alle bei Graywolf.

Alle bei Jonathan Cape und ihre harte Arbeit. Vor allem Ana, Clare, Michal, Joe und Suzanne.

Chris Wellbelove und alle Mitarbeiter von Aitken Alexander.

Jack Ramm, der beinahe genauso viel an diesem Buch gearbeitet hat – und vermutlich genauso daran verzweifelt ist – wie ich.

Die Menschen auf der anderen Seite des Tisches: Jessie, Jess, Laura und Hannah.

Weil nichts ohne sie geschrieben würde: Sarvat, Kiran und Tom.

Matt, von dem das oben erwähnte Schild stammt. Möge es immer Campingtrips geben.

Big Jake. Pollyanna und Jake. Meine Großmutter.

Meine Eltern, denen mein ganzes Schreiben gilt.

Die Buchhändler und Buchhandlungen. Allen voran Blackwell's Oxford.

Alle, die *Fen* gelesen und ihren Freunden und Angehörigen empfohlen haben. Alle, die dieses Buch lesen und es – toi, toi, toi – weiterempfehlen.

Die englische Originalausgabe erschien 2018 unter dem Titel »Everything Under« bei Jonathan Cape, London.

Die Arbeit der Übersetzerin am vorliegenden Text wurde vom Deutschen Übersetzerfonds gefördert.

Dieses Buch ist auch als E-Book erhältlich.

FSC www.fsc.org
MIX
Papier aus verantwortungsvollen Quellen
FSC® C083411

Verlagsgruppe Random House FSC® N001967

1. Auflage

in der Verlagsgruppe Random House GmbH
Neumarkter Str. 28, 81673 München
Redaktion: Frauke Brodd
Covergestaltung: semper smile, München
unter Verwendung eines Designs von © Suzanne Dean
und einer Illustration von © Kustaa Saksi
Satz: Uhl + Massopust, Aalen
Druck und Einband: CPI books GmbH, Leck

Printed in Germany
ISBN 978-3-442-71780-4

www.btb-verlag.de
www.facebook.com/btbverlag